ARROGANTER MILLIARDÄR

LAURA LEE

©2020 Laura Lee

Alle Rechte vorbehalten. Gemäß dem U.S. Copyright Act von 1976 ist das Einscannen, Hochladen und die elektronische Weitergabe von Teilen dieses Buches ohne die Erlaubnis des Herausgebers rechtswidrige Piraterie und Diebstahl des geistigen Eigentums des Autors.

Dieses Buch ist ein Werk der Fiktion. Alle Namen, Charaktere, Orte und Ereignisse sind Produkte der Fantasie des Autors. Jede Ähnlichkeit mit tatsächlichen Personen, Dingen, lebenden oder toten Personen, Orten oder Ereignissen ist rein zufällig.

Wenn Sie Material aus dem Buch verwenden möchten (außer zu Rezensionszwecken), müssen Sie vorher eine schriftliche Genehmigung einholen, indem Sie sich an den Verlag unter 1lovestruckpub@gmail.com wenden. Wir danken Ihnen für Ihre Unterstützung der Rechte des Autors.

Übersetzung und Bearbeitung: Red Ink Edits – Nadine und Liza Schumacher

Umschlagdesign: Y'all That Graphic

KAPITEL EINS

QUINN

„Sein Schwanz muss *riesig* sein."

Fast hätte ich meinen Kaffee über die sich schließenden Fahrstuhltüren gespritzt. „Sylvie!"

„Was?" Meine beste Freundin zuckte mit den Schultern. „Wenn man mal darüber nachdenkt, muss er, statistisch gesehen, ganz schön was auf dem Kasten haben. Du hast seine Beule gesehen. *Verdammt,* was würde ich nicht alles dafür geben, so etwas zu bekommen."

Ich kniff mir in den Nasenrücken. Ich würde noch einen dreifachen Milchkaffee brauchen, um heute mit ihr fertig zu werden. Ich liebte Sylvie abgöttisch, aber manchmal konnte ihr fehlender Filter ein bisschen zu viel sein. Ein typisches Beispiel: diese Diskussion in einem überfüllten Aufzug um acht Uhr an einem Montagmorgen. Ich hatte keine Ahnung, wie unser Gespräch überhaupt diese Wendung genommen hatte. In der einen Minute sprachen wir über einen Drink nach der Arbeit, und in der nächsten ging es nur noch die ganze Zeit um Schwänze.

„Würdest du bitte aufhören, über den Penis des Mannes zu reden?" flüsterte ich.

Sie lachte. „Ach, komm schon, Quinn, du kannst nicht behaupten, du hättest nicht darüber nachgedacht. Der Mann ist ein Riese - wie groß ist er, 1,90 m, 1,95 m? Bestimmt fünfundneunzig Kilo sabberwürdige Muskeln. Ich frage mich, was für ein großes Baby er war. Ich würde meine Chanel-Clutch darauf verwetten, dass er seit seiner Geburt Vaginas ausradiert."

Ich stöhnte und murmelte eine Entschuldigung zu der älteren Frau, die neben mir stand.

Warum ist dieses verdammte Ding so langsam?

Als wir schließlich im einundfünfzigsten Stockwerk ankamen, konnte ich nicht schnell genug aus dem Aufzug steigen.

„Quinn!" rief Sylvie und ihre lächerlichen

Absätze klackten auf dem Marmorboden. „Nicht so schnell!"

Ich seufzte und wartete, bis sie zu mir aufgeschlossen hatte. „Dir ist schon klar, dass mindestens ein Dutzend anderer Leute mit uns in dem Aufzug gefangen waren, oder?"

Sie zog die Stirn in Falten. „Und?"

„Oh mein Gott, du verrückte Frau, du kannst doch nicht einfach so über die Größe eines Männerschwanzes reden. Schon gar nicht über Ronan Maxwells Schwanz, *in seinem eigenen verdammten Gebäude*! Was, wenn ein Angestellter uns gehört hat?"

Sylvie lachte. „Erstens, wenn jemand ein Problem damit hat, über Schwanzgröße oder Schwänze im Allgemeinen zu reden, muss er sich locker machen oder sich flachlegen lassen. Zweitens habe ich nie den Namen des Mannes genannt." Sie schaute sich im Empfangsbereich um. „Obwohl *du* das gerade getan hast. Ziemlich laut sogar."

Ich schaute mich um, und tatsächlich, Antonio, der Empfangschef, kicherte. Zum Glück für mich, war er mein anderer bester Freund.

Ich zeigte auf ihn. „Kein einziges verdammtes Wort."

Er verschloss seine Lippen zu und klimperte mit den Wimpern. „Meine Lippen sind versiegelt,

Schätzchen. Aber wenn ihr dieses Gespräch fortsetzen wollt, solltet ihr Schlampen mich besser mit einbeziehen."

Ich funkelte ihn an. „Ist er schon da?"

„Wer?" fragte Antonio unschuldig. „Der Besitzer des besagten Schwanzes?"

Meine Augen verengten sich noch mehr. „Nein, du Idiot. Der Lieferjunge von Stumptown."

„Oh, mach dir nicht in deine La Perla Unterwäsche. Er ist gerade vor fünf Minuten gegangen. Jeder wird ausreichend gefüttert sein und Koffein intus haben. Erzählt mir mehr über Mr. Maxwells Schwanz. Je mehr Details, desto besser."

Ich knurrte, was Antonio und Sylvie zum Lachen brachte, während ich den langen Flur hinunterging, der zu unserem Hauptkonferenzraum führte.

Maxwell Hotels hatte vor kurzem zwei wunderschöne Häuser auf Hawaii erworben, und heute trafen wir uns, um unsere neue Marketingkampagne für die Markteinführung zu besprechen. Als Sylvie und ich im Konferenzraum ankamen, begann ich sofort, das Gebäck umzustellen, so dass die Muffins auf der linken Seite, die Bagels in der Mitte und die Plundergebäcke auf der rechten Seite lagen. Unser CEO, Ronan Maxwell, oder wie ich ihn gerne nannte, Milliardärs-Bosshole, war das pedantischste

Arschloch auf diesem Planeten. Ich hatte keine Ahnung, warum, aber der Mann hatte praktisch ein Aneurysma bekommen, als die Backwaren das letzte Mal zusammengemischt worden waren. Ich hatte keine Lust, einen anderen Kaffeeverkäufer zu finden, also ordnete ich sie nach Größe, so wie er es bevorzugte.

Sylvie schaltete den Projektor ein und begann mit ihrer PowerPoint-Präsentation. Sie war seit etwa vier Jahren in der Firma als Kreativdirektorin im Marketing tätig, und ich war seit etwas mehr als zwei Jahren als Mr. Maxwells Assistentin der Geschäftsführung hier. Unter uns gesagt, sie hatte definitiv das bessere Ende des Deals erwischt. Mein Gehalt mag Außenstehenden obszön erscheinen, aber wenn sie wüssten, womit ich mich jeden Tag herumschlagen muss, würden sie denken, ich sei unterbezahlt.

Ich ging zum vorderen Teil des Raums und begrüßte mehrere Mitglieder unseres Führungsteams, die gerade hereinkamen und ihre Plätze einnahmen.

„Danke, dass Sie heute hier sind. Wie Sie wissen, sind die Renovierungsarbeiten an unseren neuen Standorten auf Hawaii fast abgeschlossen." Ich nickte Sylvie zu. „Das Team von Miss O'Hare hat eine brillante Marketingkampagne entwickelt, um die bevorstehende Hochsaison zu nutzen. Sie wird jede Phase überprüfen..."

Dann betrat Mr. Maxwell den Raum. Wie immer war er tadellos gekleidet, in einem anthrazitfarbenen Designeranzug - ich schätze, von Prada - und einem frischen weißen Hemd. Die Lichter über ihm schimmerten auf seinen charakteristischen Manschettenknöpfen aus Platin, während er auf seine Uhr sah.

Seine hellblauen Augen trafen meine, und für einen Moment vergaß ich, wie sehr ich diesen Mann verabscheute. Sein Blick war so intensiv, dass es ein Wunder war, dass ich meinen Satz beenden konnte. Ronan Maxwell war so schön und doch so männlich, dass es mir den Atem raubte. Jeder Zentimeter von ihm war unbestreitbar attraktiv, aber mein Blick blieb immer an seinen lächerlich vollen Lippen hängen.

Ich kann nicht sagen, wie oft ich mir vorgestellt habe, diese Unterlippe zwischen meine Zähne zu nehmen. Wenn ich es nicht besser wüsste, würde ich schwören, dass er sie sich hat spritzen lassen. So gern ich es auch leugnen würde, mein Intimbereich war sofort einsatzbereit, wenn er in der Nähe war. Verdammt, der Mann könnte mich praktisch allein mit seiner tiefen, rumpeligen Stimme zum Kommen bringen. Es half auch nicht, dass man eine Münze an seinem Arsch abprallen lassen konnte und er trug sein dunkelbraunes Haar immer so frisch gefickt, wie ich es liebte.

Ich schaute weg und ignorierte geflissentlich, wie sein perfekt geschnittener Anzug über seiner breiten Brust spannte. Einmal hatte ich ihn dabei erwischt, wie er sich umzog, und ich schwöre bei meinem Leben, ich hätte fast auf der Stelle einen Orgasmus bekommen. Mr. Maxwell stand in der Mitte seines Büros, völlig ohne Hemd. Bei jemandem, der so viele Stunden arbeitet, würde man nicht denken, dass seine Muskeln so definiert sind, aber ich konnte persönlich bestätigen, dass sie es waren. Er hatte sogar dieses schwer fassbare V, das kluge Frauen in Dumpfbacken verwandelt.

Ich hatte keine Ahnung, wann er in seinem Terminkalender Zeit für ein Training fand, aber ich würde nicht lügen und sagen, dass ich nicht dankbar war. Es war nur eine Frage von Sekunden, bis er ein neues Hemd anhatte - eines, das keinen riesigen Kaffeefleck aufwies -, aber dieser kurze Moment hatte mehr als einen sexuellen Traum inspiriert. Dafür war der Mann auf jeden Fall gut.

„Wir wissen alle, warum wir hier sind", bellte das Oberarschloch. „Da Sie eine *viel* bessere Tür als ein Fenster sind, wäre es fantastisch, wenn Sie zur Seite gehen würden, damit wir die Dias *sehen* können, Miss Montgomery."

Das erinnert mich daran, was für ein Arsch er ist.

Ich setzte mich auf den Platz, der Sylvie am nächsten war, und gab ihr ein Zeichen, mit ihrem Vortrag zu beginnen. Ich hörte nur halb zu, da ich bereits alle Folien gesehen hatte, was wahrscheinlich auch gut so war, denn Mr. Maxwell war wie immer herablassend zu mir. Sylvie beantwortete seine Fragen wie eine knallharte Marketingfachfrau, und als sie das Ende ihrer PowerPoint-Präsentation erreicht hatte, sahen die anderen Führungskräfte sie bewundernd an, offensichtlich zufrieden mit ihrer Präsentation.

Mr. Maxwell war natürlich nie mit etwas zufrieden. „Miss O'Hare, ist das wirklich die beste Idee, die Ihrem Team eingefallen ist?" Er deutete auf die Projektionsfläche. „Sicherlich fällt Ihnen ein originellerer Slogan ein als ‚Ein Hauch von Paradies im Paradies'."

Sylvie räusperte sich. „Herr Maxwell, wie ich in meiner Präsentation erwähnt habe, ist dieser Slogan derjenige, auf den unsere Testgruppe am besten reagiert hat."

Er rollte mit den Augen. „Es ist mir *scheißegal*, worauf die Tester am besten reagiert haben. Mich interessiert, womit wir unsere Auslastung maximieren können. Was die Verkäufe für Spa-Dienste und Gästeausflüge ankurbeln wird. Mich interessiert, was *mir und unseren Aktionären Geld einbringt.* Und dieser Slogan ist es *nicht.* Verstehen Sie das?"

Sie blinzelte schnell. „Ja, Sir. Wir werden uns weitere Ideen einfallen lassen und Ihnen diese bis Ende der Woche vorlegen."

„Sie haben bis Donnerstag Zeit, sonst müssen Sie sich alle einen neuen Job suchen. Habe ich mich klar ausgedrückt?" Mr. Maxwell verschränkte die Arme vor der Brust.

Sylvie nickte und begann, ihren Laptop zu schließen. „Ja, Sir."

Mr. Maxwell sah sich im Raum um. „Nun, worauf warten Sie noch? Die Sitzung ist vorbei. Raus mit Ihnen."

Verdammt, er ist so ein Arsch.

Als ich auf die Tür zuging, sagte Mr. Maxwell: „Sie nicht, Miss Montgomery. Ich würde gerne mit Ihnen sprechen."

Sylvie wünschte mir *viel Glück,* als sie aus dem Besprechungsraum trat.

Ich tat es ihm gleich und verschränkte meine Arme. „Ja?"

Er starrte mich an, ohne ein Wort zu sagen. Als er sich über die Unterlippe leckte, tauchten unwillkürlich Bilder auf, wie er mit seiner Zunge über meine Haut fuhr. Was war nur los mit mir? Dieser Mann war der größte Idiot, den ich je getroffen hatte, und doch konnte ich nicht aufhören, mir ihn in jeder nur denkbaren kompromittierenden Situation vorzustellen.

„Sie haben die Präsentation von Miss O'Hare genehmigt?"

Ich hob mein Kinn. „Ja, das habe ich, weil es eine verdammt gute war."

Er spottete. „Komisch, ich dachte, Sie hätten inzwischen gelernt, dass ich *keine* Mittelmäßigkeit akzeptiere. Diese Ideen wären ‚verdammt gut', wenn wir eine Budgethotelkette wären. Muss ich Sie daran erinnern, dass wir eine der größten Luxushotelketten der Welt sind, Miss Montgomery?"

Meine Augen verengten sich. „Das ist mir *sehr wohl* bewusst, Mr. Maxwell."

„Ach, was Sie nicht sagen."

Ich musste mir buchstäblich auf die Zunge beißen, um keinen Ausbruch zu provozieren. „Gibt es sonst noch etwas?" Das „*Verpiss dich*" war in meinem Tonfall angedeutet.

Als er aufstand, fiel mein Blick automatisch auf die Beule, die Sylvie erwähnt hatte. Heiliger Strohsack, wurde er hart?

„Meine Augen sind hier oben, Miss Montgomery.
"

Verdammt!

Ich spürte, wie meine Wangen rot wurden, aber ich tat so, als wäre ich nicht gerade dabei erwischt worden, wie ich ihm in den Schritt starrte. „Dessen bin ich mir auch sehr bewusst."

Das Arschloch grinste. „Natürlich sind Sie das. Sie sind entlassen. Verschwinden Sie aus meinem Konferenzraum."

Ich schob mich an ihm vorbei und weigerte mich zuzugeben, was dieses überhebliche Lächeln mit mir anstellte.

„Oh, und Miss Montgomery?"

Ich hielt an der Schwelle inne und schaute über die Schulter. „Ja?"

„Wenn Sie das nächste Mal meine Zeit verschwenden, indem Sie so eine Scheißkampagne genehmigen, werden Sie sich auch einen neuen Job suchen."

Wie ich schon sagte. Arsch. Loch.

RONAN

„Meinst du, er geht in die Stadt? Scheiße, was würde ich nicht dafür geben, den Kopf dieses Mannes zwischen meinen Schenkeln zu haben."

Meine persönliche Assistentin kicherte über ihre Freundin, Miss O'Hare. „Ja, richtig. Ronan Maxwell würde keine Muschi lecken, es sei denn, es würde sein Nettovermögen erhöhen. Nichts an diesem Mann deutet darauf hin, dass er ein Geber ist."

Ah, Miss Montgomery, wie falsch Sie liegen. Ich würde Ihnen gerne zeigen, wie sehr ich es liebe, Muschis zu lecken.

„Das ist schade", sinnierte Miss O'Hare.

„Da stimme ich dir zu", sagte Miss Montgomery. „Ich kann dir gar nicht sagen, wie viele Nächte ich mir ausgemalt habe, wie er mich leckt. Erst heute Morgen bin ich so verdammt feucht aufgewacht, weil ich von ihm geträumt habe, dass ich es mir dreimal unter der Dusche machen musste."

Nun, dieses Gespräch wurde gerade um einiges interessanter.

In den letzten fünfzehn Minuten hatte ich sie belauscht. Meine Mittagssitzung war in letzter Minute abgesagt worden, so dass Miss Montgomery keine Ahnung hatte, dass ich noch im Gebäude war. Ich wollte gerade hinausgehen, um einen Happen zu essen, als ich hörte, wie die Damen mit ihrem Essen zurückkamen. Ich war mir nicht sicher, was mich aufgehalten hatte, aber als ihre Stimmen durch den kleinen Spalt in der Tür erklangen, überkam mich die Neugierde. Jetzt saß ich auf der Couch, die an unserer gemeinsamen Wand stand, und versuchte, nicht zu laut zu atmen.

„Ich sage dir, Quinn, ich denke, du solltest es tun. Geh einfach in sein Büro, zieh ihm den großen Schwanz aus der Hose und gib ihm den Ritt seines Lebens. Ich wette mit dir, dass er danach viel netter zu dir sein wird."

Miss Montgomery lachte. „Ja, genau. Dieses Arschloch ist unfähig, nett zu sein. Und ich bin immer noch nicht von deiner Theorie über die Größe seines Schwanzes überzeugt. Seine spezielle Art von ‚Arschlochigkeit‘ sagt mir, dass er etwas kompensieren muss. Außerdem fährt er einen McLaren. Ich meine, wenn das nicht nach einem kleinen Schwanz schreit, dann weiß ich nicht, was es tut.“

Ich wäre mehr als glücklich, dir das Gegenteil zu beweisen, Schätzchen.

Verdammt, besagter Schwanz wurde schon bei dem Gedanken daran schmerzhaft hart. Ich drückte meine offene Handfläche gegen meinen Hosenschlitz und wollte, dass er sich beruhigte. Ich hatte von dem Moment an, als ich Quinn Montgomery gesehen hatte, gewusst, dass sie Ärger bedeuten würde. Die Personalabteilung kümmerte sich um alle Einstellungen hier, also hatte ich sie erst an ihrem ersten Arbeitstag kennengelernt. Als ich ihr langes blondes Haar, ihre vollen Lippen und ihre üppigen Kurven erblickte, wollte ich sie sofort an die Wand drücken und besinnungslos ficken.

Im ersten Jahr, in dem sie hier arbeitete, hatte ich mit mehreren heißen Blondinen geschlafen und versucht, meine Anziehung zu ihr zu unterdrücken.

Unglücklicherweise für mich - und meinen Schwanz - war ich am Ende immer unzufrieden. So sehr, dass ich aufgehört hatte, es zu versuchen. In den letzten zwölf Monaten hatte ich nichts als meine Hand und Fantasien von meiner verdammt sexy Assistentin. Zu sagen, dass ich sexuell frustriert war, wäre eine massive Untertreibung.

Das Ärgerlichste daran - neben der Tatsache, dass sie für mich arbeitete und ich nicht zu ihr gehen konnte - war, dass ich wusste, dass sie mich auch wollte. Ich brauchte dieses Gespräch nicht zu belauschen, um das zu wissen. Ich sah die sehnsüchtigen Blicke, die sie mir zuwarf, wenn sie dachte, ich würde sie nicht beobachten. Wie oft ihre Augen hungrig über meinen Körper wanderten. Verdammt, noch vor ein paar Stunden hat sie mir in den Schritt gestarrt, als wollte sie meinen Schwanz verschlingen. Als sie mir diesen Blick zuwarf, brauchte ich all meine Willenskraft, um sie nicht an den Konferenztisch zu drücken. Die Frau konnte mich nicht ausstehen, kein Zweifel, aber sie *wollte* mich, verdammt noch mal.

Meine Ohren spitzten sich, als ich Miss Montgomery wieder sprechen hörte. „Meine Fixierung auf ihn wird langsam lächerlich, Syl. Warum kriege ich ihn nicht aus meinem Kopf?"

„Weißt du, was ich denke?" erwiderte Miss

O'Hare, wobei ich annahm, dass sie den Mund voll hatte.

„Was?"

„Du musst mal wieder Sex haben. Das letzte Mal war es dieser süße Typ aus der Buchhaltung, richtig?"

Welcher Typ aus der Buchhaltung?

Miss Montgomery stöhnte. „Ja. Vor über *einem Jahr*. Und das war bestenfalls unzureichend. Der einzige Grund, warum ich überhaupt gekommen bin, war, dass ich die Sache selbst in die Hand genommen und angefangen habe, über meinen blöden Chef zu fantasieren."

„Ah, er ist wirklich ein großartiges Material", lachte Miss O'Hare. „Was ist mit L.A. Singles?"

„Die Dating-App?" fragte Miss Montgomery. „Ich weiß nicht, ob Online-Dating wirklich das Richtige für mich ist."

„Warum nicht? Es ist perfekt für jemanden wie dich."

Ich konnte fast sehen, wie Miss Montgomery die Brauen zusammenzog. „Was soll das denn heißen?"

„Oh, beruhige dich, Quinn. Ich habe mich darauf bezogen, wie viele Stunden du arbeitest. Online-Dating ist so ziemlich die einzige Möglichkeit für viel beschäftigte Berufstätige, jemanden außerhalb des Arbeitsplatzes kennenzulernen. Der einzige

Grund, es nicht zu tun, wäre, wenn du hier jemanden im Visier hättest."

„Ich weiß nicht..." Miss Montgomery wich aus.

„Was kann es schaden? Lade dir einfach die App herunter, damit du dir die Männer wenigstens ansehen kannst. Du brauchst dein Profil nicht öffentlich zu machen, bis du bereit bist."

Miss Montgomery seufzte. „Okay, gut. Ich werde sie herunterladen."

Ihre Freundin klatschte. „Wir werden dich bis zum Wochenende flachlegen!"

„Ich habe nicht gesagt, dass ich jemanden kontaktieren werde!"

Miss O'Hare spottete. „Natürlich wirst du das. So schön er auch ist, aber du kannst nicht nur zu Gedanken über deinem Chef masturbieren. Du brauchst einen richtigen Schwanz, bevor die Spinnweben einsetzen. Also, wie soll dein Profilname lauten?"

„Ist es wirklich so wichtig?"

„Natürlich ist es das!", sagte ihre Freundin. „Du brauchst etwas Faszinierendes. Etwas, das zu dir passt."

Es herrschte einen Moment lang Schweigen, bevor Miss Montgomery sprach. Ich konnte mir ihr kleines, sexy Lächeln vorstellen, als sie sagte: „Was ist mit Egomanen-sollten-sich-nicht-melden?

Miss O'Hare schnaubte. „Oh mein Gott, das ist perfekt!"

„Richtig? Ich habe nur Platz für eine extrem egozentrische Person in meinem Leben, und dieser Typ zahlt mir einen Haufen Geld, damit ich ihn ertrage. Ich werde ganz sicher nicht umsonst Zeit mit so jemandem verbringen."

Beide Frauen lachten. Ich jedoch fand ihre Bemerkung nicht annähernd so lustig.

„So lustig das auch ist, ich muss zurück, damit ich mir noch ein paar Slogans ausdenken kann", sagte Miss O'Hare.

„Gott, er ist so ein Arsch. Der Slogan ist perfekt."

„Ach, das bin ich inzwischen gewöhnt. Wann hat er jemals etwas beim ersten Versuch akzeptiert?"

„Stimmt", stimmte Miss Montgomery zu. „Willst du mit mir nach unten gehen, um erst mal Koffein zu tanken?"

„Sicher. Ich habe das Gefühl, ich werde es brauchen."

Ich wartete, bis ich sicher war, dass sie weg waren, bevor ich mein Büro verließ. Bevor ich es mir anders überlegen konnte, zwinkerte ich Miss Montgomery zu, als ich auf meinem Weg aus dem Gebäude am

Kaffeewagen vorbeikam. Ich wollte mich nicht in die Karten blicken lassen, aber was konnte es schaden, wenn ich sie schwitzen ließ? Zumindest würde es ihr eine Lehre sein, ihre persönlichen Gespräche im Büro vorsichtiger zu führen.

KAPITEL DREI

QUINN

Wenn er mir nicht so viel zahlen würde, ich schwöre, ich hätte gleich am ersten Tag gekündigt. Okay, das war eine Lüge; ich hatte verdammt hart gearbeitet, um diese Stelle zu bekommen, und ich hatte vor, sie so lange zu behalten, wie sie meinen Zielen entsprach. Er mag ein unausstehliches Arschloch sein, aber Ronan Maxwell war ein brillanter Geschäfts-mann. Man wurde nicht CEO eines Multimilliarden-Dollar-Konzerns, wenn man es nicht war. Sicher, er hatte die Rolle von seinem Vater geerbt, aber er hatte sie verdient. Ich glaube sogar, *weil* es das Erbe seiner

Familie war, hat er noch härter gearbeitet, um sich zu beweisen.

Nicht, dass er das zugeben würde. Der Bastard war viel zu eingebildet.

Vor mir hatte Mr. Maxwell eine Drehtür für Assistentinnen. Keine hielt länger als ein paar Monate durch, weil sie dem Stress nicht gewachsen waren. Der Mann hatte lächerlich hohe Ansprüche, aber er praktizierte, was er predigte, also konnte ich ihm nicht wirklich einen Vorwurf daraus machen. Es war die Art und Weise, wie er diese Erwartungen umsetzte, die dazu führte, dass ich ihm oft eine klatschen wollte.

Außerdem war ich zu stur, um aufzugeben. Meine Mutter sagte mir immer, ich sei der sturste Mensch, den sie je kennengelernt hatte. Damals ahnte sie noch nicht, wie wertvoll dieser Charakterzug werden würde. Ich hatte in den letzten zwei Jahren so viel von Ronan Maxwell gelernt - Dinge, die ich für meine jetzige Position nicht wissen musste, aber er hatte sich die Zeit genommen, sie mir trotzdem beizubringen.

Gastfreundlichkeit hatte ich vorher nie auf dem Schirm, weil ich durch und durch ein Zahlenfreak war, aber jetzt, da ich den Umfang besser verstand, fand ich es toll. Wenn ich es mit meinem Arschloch-

Chef aushielt, hatte ich die besten Aussichten auf Erfolg in diesem Bereich.

„Schön, dass Sie endlich auftauchen. Ich dachte schon, Sie hätten sich für den Rest des Tages frei genommen." Ich blickte auf, erschrocken über die tiefe Stimme. Mr. Maxwell stand in der Tür zu meinem Büro, das als Vorzimmer zu seinem diente.

„Natürlich nicht, Mr. Maxwell." Meine Stimme war zuckersüß, aber mit Gift versetzt. „Ich würde nicht im Traum daran denken, so etwas ohne Erlaubnis zu tun."

Er verschränkte die Arme und warf mir einen stechenden Blick zu. „Warum haben Sie so verdammt lange gebraucht?"

Ich widerstand dem Drang, mit den Augen zu rollen. „Wir sind hier in Los Angeles, Sir. Der Verkehr ist zu jeder Tageszeit ein Albtraum. Da Sie beschlossen haben, mich an einem Freitag mitten im Feierabendverkehr quer durch die Stadt zu schicken, war es noch schlimmer. Ich entschuldige mich dafür, dass ich nicht in der Lage bin, Tausende von Fahrzeugen zu überholen, damit ich früher zurückkehren kann."

Ich könnte schwören, dass er sich ein Lachen verkniff. „Ich will die endgültige Reiseroute für Hawaii bis sieben Uhr auf meinem Schreibtisch haben. Und bestellen Sie etwas zu essen aus dem Emperor's Dragon. Ich nehme das Chicken Manchurian mit einer Beilage aus gegrilltem Schweinefleisch. Bestellen Sie auch etwas für sich mit. Wir haben noch eine Menge zu erledigen, bevor der Tag zu Ende ist." Damit drehte er sich auf den Fersen und schlug die Bürotür hinter sich zu.

Ich wusste nicht, was ihm in den Arsch gekrochen war, aber er war diese Woche noch schlimmer als sonst. Jeden Abend war ich nicht vor neun Uhr nach Hause gegangen. Dummerweise dachte ich, da Freitag war, würde er mich zu einer vernünftigen Zeit gehen lassen. Stattdessen saß ich hier mit dem größten Schwanz der Welt fest, während alle anderen am Wochenende nach Hause fuhren. Wie ich ihn kannte, konnte ich froh sein, wenn ich vor Mitternacht hier rauskomme.

„Mr. Maxwell, haben Sie gehört, was ich gesagt habe?"

Er blinzelte schnell. „Nein."

Was war los mit ihm? Er war der aufmerksamste Mann, den ich kannte. Normalerweise war er allen anderen in jeder Situation zehn Schritte voraus.

Heute Abend war er ungewöhnlich still und starrte oft ins Leere. Das machte mir Angst.

„Ich sagte, dass wir unseren Gästen das Luau nicht in Rechnung stellen sollten. Sie zahlen mindestens fünfhundert Dollar pro Nacht, was die Kosten locker deckt. Es sollte ein Zusatz sein, wie ein kostenloses kontinentales Frühstück.“

„Miss Montgomery, korrigieren Sie mich, wenn ich falsch liege, aber Sie sind ein wahres Zahlengenie, richtig?“ sagte Mr. Maxwell, als ob er mich für liebenswert naiv hielt. „Und eine Stanford-Absolventin?“

Ich biss die Zähne zusammen. „Waren das rhetorische Fragen?“

Er hob eine absurd sexy Augenbraue. „Warum sollte ich meinen Atem mit rhetorischen Fragen verschwenden?“

„Weil wir beide wissen, dass Sie die Antworten auf diese beiden Fragen bereits kennen.“ Ich kniff die Augen zusammen, um es zu betonen.

Der Bastard grinste, als er aufstand und um seinen Schreibtisch herumging. „Seien Sie so gut.“

Ich seufzte. „Ja, ich kenne mich ziemlich gut mit Finanzanalysen aus und habe sowohl meinen Bachelor *als auch* meinen MBA in Stanford gemacht.“

Er lehnte sich an die Kante des Mahagonitisches

und verschränkte die Arme vor der Brust. „Als Absolventin einer Ivy League Universität könnte man also annehmen, dass Sie mit dem Konzept vertraut sind, dass höhere Gewinne für jedes Unternehmen eine gute Sache sind, richtig?“

Mir gingen glühende Visionen durch den Kopf, wie ich ihm meinen spitzen Schuh ins Schienbein rammen würde.

„Ja. Was wollen Sie damit sagen?“

„Ich *will damit sagen,* dass sich unsere Zielgruppe den Eintritt für ein Luau leicht leisten kann. Warum sollten wir unsere Gewinne nicht steigern, indem wir dafür Geld verlangen? Vor allem bei einer Veranstaltung dieses Kalibers? Außerdem, wann haben wir *jemals* eine kostenlose Mahlzeit angeboten?“

Ich presste meinen Kiefer so fest zusammen, dass ich schwor, ich würde einen bleibenden Schaden anrichten. Es gefiel mir nicht, dass er mich so bedrohlich ansah, also erhob ich mich von meinem Stuhl und ahmte seine Haltung nach. „Niemals.“

„Ganz genau. Sagen Sie mir, Miss Montgomery, welche Hotelkette bietet ein kostenloses kontinentales Frühstück an?“

Mein Körper versteifte sich, als mir klar wurde, dass ich bei dieser Debatte auf der Verliererseite stand. „Budget-Hotelketten.“

Er setzte ein selbstgerechtes Grinsen auf. „Wieder richtig. Und was für eine Hotelkette sind wir?"

Ich musste bewusst den Wunsch bekämpfen, meine Fäuste zu ballen. „Wir sind eine Luxushotelkette, Sir. Wie Sie bereits wissen."

„Natürlich, *ich* weiß das." Er öffnete seine Manschettenknöpfe und krempelte die Ärmel hoch. „Aber es scheint, dass *Sie* in letzter Zeit ständig daran erinnert werden müssen."

„Ich kann Ihnen versichern, dass ich das *nicht* brauche."

Ich spürte, wie mein Gesicht vor Wut errötete, und es gab nichts, was ich dagegen hätte tun können. Wenn ich einmal so wütend war, war es fast unmöglich, meine Gefühle zu verbergen. Normalerweise war ich eine Expertin darin, einen kühlen Kopf zu bewahren, wenn Mr. Maxwell mich auf die Palme brachte, aber meine Intelligenz zu beleidigen, war anscheinend die Ausnahme. Es war eine Grenze, die er noch nie zuvor überschritten hatte, also war ich ein wenig aus dem Konzept gebracht.

Er lachte spöttisch. „Was Sie nicht sagen."

Okay, das war der letzte Strohhalm. Ich hatte offiziell meine Grenze erreicht. „Sie sind ein Arschloch."

Ach du Scheiße! Ich konnte nicht glauben, dass ich das gerade laut gesagt hatte.

Mr. Maxwells Ohren röteten sich, als er ein paar Schritte auf mich zuging. „*Was* haben Sie gesagt, Miss Montgomery?"

Ich stützte eine Hand auf meine Hüfte. „Sie haben mich gehört."

Er ging noch einen Schritt weiter und hielt sich an der Schreibtischkante auf beiden Seiten fest, so dass ich quasi eingesperrt war. „Sagen wir, ich habe es nicht getan. Nur zu, wiederholen Sie, was Sie gesagt haben. *Ich fordere Sie verdammt noch mal heraus.*"

Nun, Mist, es hatte keinen Sinn, jetzt einen Rückzieher zu machen. Mein Stolz würde es nicht zulassen. Ich hob mein Kinn an und sah ihm direkt in die Augen. „Ich sagte, *Sie sind ein Arschloch*. Das ist doch sicher nicht das erste Mal, dass Sie jemand so nennt."

Der Blick, den er mir zuwarf, als er meine Worte in seinem Kopf herumwirbelte, war sündhaft. Raubtierhaft, sogar. Ich konnte die Flut der Erregung in meinem Höschen spüren, aber ich blieb äußerlich unbeteiligt. Es waren wahrscheinlich nur eine Handvoll Sekunden, aber es fühlte sich wie eine Ewigkeit an, als wir uns in einem stillen Showdown befanden. Ich wusste nicht, wer von uns beiden sich zuerst bewegte, aber bevor ich mich versah, waren unsere Lippen aufeinandergepresst.

Ich keuchte auf, als ich seine Hand auf meiner Hüfte spürte, was er als offene Einladung verstand, mit seiner Zunge in meinen Mund einzudringen. Danach gab es keine Hoffnung mehr, so zu tun, als ob das nicht passiert wäre. Verdammt, Ronan Maxwell wusste, wie man den Mund einer Frau in Besitz nimmt. Ich hatte mir vorgestellt, ihn Hunderte von Malen zu küssen - vielleicht sogar Tausende -, aber nichts hätte mich auf die Realität vorbereiten können. Er reizte mich mit seiner Zunge, knabberte an meinen Lippen, beherrschte jede Bewegung. Er küsste, wie er alles machte - mit purer Alpha-Männchen-Dominanz. Ich war noch nie so bereit gewesen, mich dem Willen eines Mannes zu unterwerfen wie jetzt. Während sich unsere Münder aneinander bewegten, kam sein Daumen meinem Hintern gefährlich nahe. Seine Finger krallten sich in den dehnbaren Stoff meines Rocks, als ob er dem Drang widerstehen würde, ihn mir vom Leib zu reißen.

Gott, ich wollte, dass er ihn mir vom Leib reißt.

Ich glaube nicht, dass ich jemals so sehr den Wunsch hatte, jemanden zu besteigen und mit ihm in den Sonnenuntergang zu reiten, wie jetzt. Eine

Million Gedanken schossen mir auf einmal durch den Kopf. Was dachte er? Spürte er denselben Stromstoß, der durch seine Adern floss? Warum hat er sich nach zwei Jahren entschlossen, mich zu berühren? Von dem Moment an, als wir uns kennen lernten, hatte dieser Mann jeden Körperkontakt vermieden. Dies - was auch immer es war - war zweifellos beabsichtigt. Und so ungern ich es auch zugeben wollte, es war unglaublich erregend.

Mr. Maxwells Hand wanderte seitlich an meinem Oberschenkel hinunter zum Saum meines Rocks. Als sein Daumen von einer Seite zur anderen über die Rückseite meines Beins glitt, liefen mir Schauer über den Rücken.

„Was geht in Ihrem Kopf vor?", grollte seine tiefe Stimme.

„So viele Dinge", flüsterte ich.

Seine Hand kletterte höher, gefährlich nahe daran, zu entdecken, wie nass mein Slip war. „Möchten Sie, dass ich aufhöre?"

Mein Gehirn schrie: *Ja! Lauf aus dem Zimmer, Dummkopf!*, während ich meinen Kopf heftig schüttelte.

„Ich brauche die Worte, Miss Montgomery."

Mein Herz klopfte in meiner Brust. Ich wusste, dass das verrückt war. Ich wusste, es war dumm. Aber ich konnte ihm nicht sagen, er solle aufhören, selbst wenn mein Leben davon abhängen würde. „Nicht aufhören."

Mr. Maxwell stieß ein scharfes Ausatmen aus. „Danke, verdammt."

Als ich seinem Blick begegnete, waren seine blauen Augen voller Fragen, voller unbändigem *Verlangen*. Ich konnte mich nicht entscheiden, was ich davon halten sollte. Ich hatte die letzten zwei Jahre damit verbracht, über diesen Mann zu fantasieren. Sicher, in einigen dieser Fantasien warf ich ihm meine Jimmy Choos an die Stirn, aber meistens waren sie sexueller Natur. *Von zutiefst* sexueller Natur. Ehrlich gesagt war ich mir nicht ganz sicher, ob dies nicht ein Traum war.

Aber dann erinnerte ich mich daran, dass sich meine Träume nie so real angefühlt hatten. Ich hatte nie die Wärme seiner Berührung gespürt. Nie den würzigen Duft seines Parfums gerochen. Niemals meinen Puls in meinen Ohren pochen gehört. Nein, dies hier geschah wirklich, und ich war ein allzu williger Teilnehmer. Gott steh mir bei, aber ich war *so was von* an Bord mit diesem Plan, egal wie beschissen er war.

Mr. Maxwell lehnte sich an meinen Körper, so dass ich mich leicht nach hinten beugen musste, um den Blickkontakt zu halten. Selbst mit meinen fünf Zentimeter Absätzen überragte mich der Mann noch immer. Verdammt, er war wirklich ein Riese. Das wurde noch deutlicher, wenn man so nah bei ihm stand.

Ich stützte mich mit den Händen auf der Schreibtischkante ab, als er mit zwei Fingern die Länge meines Kiefers nachzeichnete. Er fuhr weiter den Verlauf meines Halses hinunter und über die Seite meines Schlüsselbeins. Als er die Seite meiner Brust streichelte, stöhnte ich auf, was dazu führte, dass sich seine sexy Lippen in den Ecken kräuselten. Mit beiden Händen, die nun auf meiner Taille ruhten, hob mich Mr. Maxwell auf die hölzerne Unterlage, so dass mein Rock über meine Oberschenkel rutschte.

Wir sahen beide zu, wie er den Stoff in seinen Händen bündelte und ihn langsam in Richtung meiner Taille schob, bis mein blauer Satinschlüpfer zum Vorschein kam. Mein Körper war auf Autopilot, ich spreizte meine Beine, ohne zu fragen, und erlaubte ihm, sich satt zu sehen. Sein Atem beschleunigte sich und seine Augen funkelten, als er den offensichtlichen feuchten Fleck bemerkte.

Ich biss mir auf die Lippe, als er mit der Daumenkuppe über die Feuchtigkeit strich. „Ist das für mich, Miss Montgomery? Schmerzt Ihre Muschi, bettelt sie nach meinem Mund? Meinem Schwanz?"

„Das würde Ihnen gefallen, nicht wahr?" Ich wimmerte, als er unter den Stoff glitt und mit dem Finger über meinen Schlitz fuhr.

Er schenkte mir ein wölfisches Grinsen. „Oh, das würde mir *sehr* gefallen und ich vermute, Ihnen auch. "

„Gott", keuchte ich, als er einen langen Finger in mich schob. Ich stöhnte schamlos auf, als er einen weiteren hinzufügte.

Er schloss die Augen, während er rein- und rauspumpte, aber ich konnte meinen Blick nicht abwenden. Von der schieren Ekstase in seinem Gesicht. Von den Fingern, die in meinen Körper hinein- und herausgleiten. Von den Muskeln, die sich unter seinem Hemd bündelten. Ich prägte mir jedes winzige Detail in diesem Moment ein, schwelgte in dem unglaublichen Gefühl.

Ich muss den Verstand verloren haben hatte ich beschlossen. Es gab keine andere Erklärung dafür, warum ich so erregt war wie nie zuvor in meinem Leben. Wie sind wir überhaupt an diesen Punkt gekommen, fragte ich mich? Vor zwei Minuten haben wir noch über Luaus gesprochen, und jetzt fickte mich mein Chef mit dem Finger auf seinem Schreibtisch.

Mr. Maxwells Augen rissen auf. „Scheiße. Sie sind so eng. So gottverdammt feucht. Wenn ich gewusst hätte, dass Sie so empfänglich sind, hätte ich das schon viel früher gemacht."

„Hören Sie auf zu reden", jammerte ich.

Er stieß ein kehliges Glucksen aus. „Zwingen Sie mich."

Ich verengte meine Augen auf ihn. „Bastard."

Er blinzelte. „Ich habe nie behauptet, dass ich es nicht bin."

Ich knurrte frustriert. Gut, wenn er nicht die Klappe halten wollte, würde ich *ihn dazu bringen*. Ich packte seine silberne Krawatte und zog sie zu meinem Mund hinunter. Als er nicht kooperieren wollte, saugte ich an seiner weichen Unterlippe.

„Küssen Sie mich, verdammt noch mal."

Er lächelte gegen meine Lippen. „So herrisch."

Diesmal biss ich ihn, und er gab schließlich nach. Unsere Küsse waren nicht sanft. Sie waren ein erotisches Duell aus Saugen, Lecken und Beißen. Mr. Maxwell fickte mich weiter mit seinen Fingern, während er mit der Daumenkuppe über meine Klitoris fuhr. Er bearbeitete mich so gut, dass mein Körper keine andere Wahl hatte, als immer höher zu klettern, bis ich im freien Fall in einen Abgrund stürzte.

Als meine inneren Muskeln aufhörten, sich zu verkrampfen, zog er seine Finger zurück und drückte sie gegen meine Lippen, was mich dazu brachte, sie zu öffnen. Ich saugte sie bis zum Knöchel in meinen Mund und sah ihm die ganze Zeit in die Augen. Gott, das war so unanständig, aber auch so erotisch, dass ich nicht den Willen aufbringen konnte, mich darum zu kümmern. Und so wie Mr. Maxwell mich ansah, würde ich sagen, dass er davon genauso erregt war wie ich.

Als er seine Finger zurückzog, griff ich schnell nach seiner Gürtelschnalle und öffnete den Reißverschluss seiner Hose. Meine Hand tauchte in seine Boxershorts und griff nach seinem Schwanz. Mein Gott, war der groß! Sylvie hatte recht, der Mann war wirklich heiß.

Mr. Maxwell stöhnte, als ich seine Länge streichelte.

„Wissen Sie überhaupt, wie man das Ding benutzt?"

Er schenkte mir ein böses Grinsen. „Das werden Sie noch bereuen, Sie kleiner Klugscheißer.

"

Ich hob herausfordernd eine Augenbraue. „Nur

zu. Lassen Sie Ihren Worten Taten folgen. Oder in diesem Fall, Ihren Schwanz.“

Er holte ein Kondom aus seiner Brieftasche und schob meine Hand weg, um es über seinen Schaft zu ziehen. Als er vollständig eingepackt war, schob er mein Höschen beiseite und drückte die ausladende Spitze gegen meinen Eingang. „Letzte Chance, einen Rückzieher zu machen, Miss Montgomery.“

Ich spottete. „Kommt nicht in Frage. Zeigen Sie mir, was Sie draufhaben.“

Er gab ein leises, knurrendes Geräusch von sich, als er meine Bluse aufknöpfte und sie mir über den Kopf riss. Seine Hände glitten meinen Brustkorb hinauf, zu meinen Brüsten, bis er mit den Daumen, durch meinen BH, über meine harten Brustwarzen fuhr. Die Kombination aus seiner rauen Berührung und dem spitzen Stoff war fast zu viel. Ich war im Stimulationsrausch und konnte trotzdem nicht genug bekommen. Ich drückte mich in seine Handflächen und verlangte nach mehr.

Ich verlor die Geduld, stützte mich auf meine Ellbogen, stieß meine Fersen in seinen Hintern und zog ihn nach vorne. Mr. Maxwell begriff den Wink und stieß mit einer sanften Bewegung tief in mich hinein. Mein Stöhnen hallte durch den Raum, was mich eigentlich hätte erschrecken müssen, aber das tat es nicht, denn er fühlte sich zu gut an. Besser als jeder Mann, mit dem ich je zusammen gewesen war. Er machte mich augenblicklich wild vor Lust. Ich schrie, ich fluchte, ich bettelte schamlos um mehr.

Er beugte sich vor, räumt den Schreibtisch leer und gab einen harten Rhythmus vor. Ich nahm vage wahr, wie verschiedene Schreibtischgegenstände auf dem Boden aufschlugen, aber das wurde vom Geräusch unserer aneinanderschlagenden Haut übertönt.

„Wie ist das, Miss Montgomery? Wollen Sie mehr?" Sein Kiefer krampfte sich zusammen, als er tiefer und härter eindrang. „Es scheint so, als wüsste ich, wie man dieses Ding benutzt, nicht wahr? Sie hatten noch nie einen besseren Schwanz."

Oh mein Gott, warum fand ich seine Angeberei plötzlich unerträglich heiß? Er lachte spöttisch, als meine Augen zurückrollten, als er meine Klitoris betastete.

„Bestenfalls mittelmäßig", log ich.

Mr. Maxwell packte meinen Knöchel und legte meinen Stiletto über seine Schulter. Verdammt, er war so tief, dass ich wusste, dass ich später wund sein würde. Zu meinem absoluten Entsetzen stellte ich fest, dass ich mich über diese Tatsache freute.

„So eine verdammte Lügnerin", zischte er. „Ihre

Muschi tropft mir über den ganzen Schwanz. So gründlich wurden Sie noch *nie* gefickt."

Auf keinen Fall wollte ich ihm sagen, dass er Recht hatte. „Klappe."

„Oder was?", spottete er, während er meine BH-Schale herunterzog und mir in die Brustwarze kniff.

„Ahhh... Gott... hören Sie einfach auf zu reden und lassen Sie mich kommen!"

Er schenkte mir ein verruchtes Lächeln. „Sagen Sie bitte, Miss Montgomery."

Meine Augen flogen zu seinen und verengten sich. „Ficken. Sie. Sich."

Er stieß noch fester hinein. „Das tue ich doch schon, Schätzchen." Er umkreiste meinen Nippel, bis ich kurz vor der Erlösung stand. Kurz bevor ich kam, zog er seinen Daumen weg.

„Scheiße!" Ich ballte die Fäuste und schrie vor Frust. „Müssen Sie immer so ein Mistkerl sein? Denken Sie doch zur Abwechslung mal an jemand anderen als nur an sich selbst!"

„Sagen." Stoß. „Sie." Stoß. „Bitte." Stoß.

Ich versuchte, die Sache selbst in die Hand zu nehmen, aber er zog mir die Hände über den Kopf, bevor ich das tun konnte. „Verdammt..."

Er erstarrte in mir und biss mir so fest auf die Lippe, dass ich sicher war, er hätte Blut geleckt.

„Netter Versuch. Warum sind Sie nicht ein gutes Mädchen und bitten freundlich?" Als ich mich weigerte zu sprechen, begann er wieder mit meinem glitschigen Fleisch zu spielen, bis ich ein sich windendes, wimmerndes Chaos war. „Sagen Sie bitte und Sie kommen so heftig, dass Sie vergessen, warum Sie sauer auf mich waren."

Ich versuchte zu widerstehen. Das tat ich wirklich. Aber als er wieder anfing, sich zu bewegen und mit jedem Stoß tiefer und härter in mich eindrang, während er mit seinem Daumen den perfekten Druck auf meine Klitoris ausübte, konnte ich es nicht mehr aushalten.

Ich stöhnte. „Bitte!"

Er drehte seinen Kopf und biss in die Haut direkt über meinem Knöchel. „Bitte, *was*?"

Ich funkelte ihn an. „Bitte lassen Sie mich kommen, Sie verdammter Mistkerl!"

Mr. Maxwell lächelte auf mich herab. „Es wird mir ein Vergnügen sein, Miss Montgomery."

Innerhalb von Sekunden schoss ein Blitz über meine Wirbelsäule und ich schrie. Zitterte. Schnappte nach Luft. Als mein Orgasmus endlich abebbte, beugte er sich vor und begann sich mit neuer Entschlossenheit zu bewegen. Ich wusste, dass seine beißenden Küsse an meinem Hals Spuren hinterlassen würden, aber in diesem Moment war mir das egal. Ich wollte alles, was er mir geben würde. Ich wollte jeden Teil von ihm.

Er war nicht das Arschloch, das mich in den letzten zwei Jahren gequält hatte. Er war nicht einmal mein Chef. Er war einfach ein wunderschöner Mann, der für die beste sexuelle Erfahrung meines Lebens verantwortlich war. Meine Fantasien, so zahlreich sie auch waren, hatten ihm nicht gerecht werden können. Wenn Sex eine olympische Sportart wäre, würde Ronan Maxwell jedes verdammte Mal Gold holen und einen Haufen zitternder Frauen in seinem Kielwasser hinterlassen.

Mit einem letzten Stoß vergrub er sein Gesicht in meinem Hals und fand seine eigene Erlösung. Nach ein paar Augenblicken gab er mir einen überraschend sanften Kuss auf den Hals, zog sich aus mir heraus und trat einen Schritt zurück.

Plötzlich fühlte ich mich unbehaglich und sprang vom Schreibtisch auf, wobei ich meinen Rock über meine Oberschenkel zog. Ich konnte mich nicht überwinden, ihn anzusehen, jetzt, wo ich nicht mehr von der Lust geblendet war. Bedauern und Scham hingen schwer in der Luft. Ich entdeckte meine Bluse auf dem Boden, hob sie auf und zog sie mir schnell über den Kopf. Die Sekunden verstrichen schweigend, die einzigen Geräusche im Raum waren das Ziehen eines Reißverschlusses, das Klirren einer Gürtelschnalle und das Rascheln von Stoffen, als wir uns anzogen.

Als ich mich endlich zurechtgemacht hatte, eilte ich aus seinem Büro und betete, dass meine wackeligen Beine mich nicht verraten würden. Ich holte meine Handtasche aus dem Schreibtisch, ohne mich zu vergewissern, ob ich meinen Computer heruntergefahren hatte, und eilte zu den Aufzügen.

„Komm schon, komm schon", flüsterte ich, während ich hektisch auf den Aufzug wartete.

Als es so weit war, rannte ich hinein und drückte den Knopf für die Tiefgarage. Als sich die Türen schlossen, machte ich den Fehler, aufzublicken. Mr. Maxwell stand keine drei Meter von mir entfernt und starrte mich mit purem Hass in seinem Blick an. Er machte keine Anstalten, mich aufzuhalten, er stand einfach nur da und sah mir direkt in die Augen, so dass ich die ganze Wucht seiner Wut spüren konnte.

Vor fünf Minuten hatte dieser Mann dafür gesorgt, dass ich mich besser fühlte, als ich es je für möglich gehalten hätte. Jetzt konnte ich mir nicht vorstellen, dass ich mich je schlechter fühlen könnte.

Was hatte ich getan?

RONAN

Ich war so am Arsch.

Während ich Miss Montgomery bei ihrer Flucht zusah, konnte ich nur daran denken, wie unglaublich sich ihre Muschi anfühlte. Wie perfekt wir zusammenpassten. In den letzten zwei Jahren hatte ich es mir unzählige Male vorgestellt, aber meine Fantasien konnten nie die schiere Ekstase einfangen, in dieser Frau zu sein. Zu sehen, wie sie sich unter mir krümmte und mich um mehr anflehte.

Ich blühte auf, wenn ich die Kontrolle hatte. Die Tatsache, dass sie mich dazu gebracht hatte, sie zu verlieren, machte mich wütend. Ich konnte nicht aufhören, über das Gespräch nachzudenken, das ich am Montag mitgehört hatte. Es wurde zu einer Ablenkung - praktisch zu einer Besessenheit. Tatsächlich hatte ich Miss Montgomery die ganze Woche übermäßig viel Arbeit aufgebürdet, nur damit ich mehr Zeit mit ihr verbringen konnte.

Außerdem konnte ich, wenn ich ganz ehrlich zu mir selbst war, den Gedanken nicht ertragen, dass sie jemanden online kennenlernte. Noch schlimmer, sie zu ficken, während sie wahrscheinlich an mich dachte. Ich schämte mich, das zuzugeben, aber ich hatte diese Dating-App auf mein Handy geladen und ein Auge auf ihr Profil geworfen. Sie hatte es noch nicht freigeschaltet, aber das hieß nicht, dass sie es nicht irgendwann tun würde.

Als Miss Montgomery mich ein Arschloch genannt hat, bin ich ausgerastet. Das ist die einzige Erklärung für das, was passiert ist. Die verlockenden Kurven ihrer Brüste waren so nah und lockten mich. Meine Finger hatten gezuckt, wollten ihre dichten Haarwellen um meine Faust wickeln. Ihr Vanilleduft war so einladend, dass ich wissen musste, ob sie so süß schmeckte, wie sie roch. Mehr als alles andere hatte ich spüren wollen, wie sie unter mir zitterte.

Als sich meine Hand um ihre Hüfte legte, erwartete ich, ehrlich gesagt, einen festen Tritt in die

Eier. Aber als sie scharf einatmete und sich in meine Berührung lehnte, war ich erledigt. Und als ich schließlich in ihren warmen, festen Körper eintauchte, war ich so selig, dass sie absolute Macht über mich hatte. In diesem Moment hätte ich alles für sie gegeben. Alles getan. Diese Frau *besaß* mich verdammt noch mal.

Und ich habe sie dafür verdammt gehasst.

Ich wischte mir mit der Hand über das Gesicht und ging zurück in mein Büro. In dem Moment, in dem ich es betrat, wusste ich, was für ein Fehler das gewesen war. Der Raum stank nach Sex. Papiere und Kartons mit chinesischem Essen lagen auf dem Boden. Die Beweise für unseren Ausrutscher starrten mir ins Gesicht und verhöhnten mich. Aber so wütend ich auch war, mein Schwanz hasste die Erinnerung daran leider nicht. Er zuckte bei diesem Anblick.

Verdammter Verräter.

Als ich das Chaos aufräumte, fiel mir etwas Glänzendes ins Auge. Bei näherer Betrachtung sah ich, dass es ein Diamantohrring war. Miss Montgomerys Diamantohrring, um genau zu sein. Es war ein einfacher Ohrstecker, der nicht sehr groß war, wenn man ihr Gehalt bedachte, aber sie trug diese Dinger jeden Tag. Ich hatte mich oft gefragt, ob sie eine Art sentimentalen Wert hatten. Dann erinnerte ich mich daran, dass es mir scheißegal war, welche Accessoires sie trug, solange sie nur professionell aussah.

Wenn ich mir das immer wieder sagen würde, würde ich es vielleicht glauben.

Ich wusste nicht, was mich am folgenden Montag erwarten würde. Jede Person in meiner Position hätte wahrscheinlich darauf gewartet, dass die Anklage wegen sexueller Belästigung erhoben würde. Mit der ganzen #MeToo-Bewegung war das sicherlich eine Möglichkeit. Die Welt scherte sich endlich um die Behandlung von Frauen am Arbeitsplatz, und manchmal wurde das auf die Spitze getrieben.

Nicht dass man mich falsch versteht, ich habe die Sache voll unterstützt. Ich habe sogar eine beträchtliche Menge Geld gespendet. Es gab viele Männer, die keinen Wink verstanden, und *keine* Frau sollte sich so etwas gefallen lassen müssen. Allerdings gab es auch viele Frauen auf der Welt, die gerne ein Drama heraufbeschworen, wo keines war, und dies war die perfekte Gelegenheit für sie. Wenn man das nicht glauben will, war man ein Idiot.

Aber aus irgendeinem Grund dachte ich nicht, dass Miss Montgomery zu diesen Frauen gehörte. Sie war jung - fast zehn Jahre jünger als ich -, aber sie war ein absoluter Profi. Loyal. Aufrichtig engagiert in ihrer Position. Seit ihrem ersten Arbeitstag ergriff sie die Initiative, um zu lernen, was nötig war, um eine erfolgreiche Hotelkette zu leiten, selbst in Bereichen, die nicht zu ihrer Aufgabenbeschreibung gehörten. Sie hatte jede einzelne Aufgabe, ohne zu zögern oder sich zu beschweren, erledigt, und Gott weiß, ich hatte ihr mehr als nur ein paar Gründe gegeben, sich zu beschweren.

Miss Montgomery war eine der seltenen Millennials, die kein fehlgeleitetes Anspruchsdenken besaßen. Die meisten dachten, sie hätten die Welt verdient, nur weil sie an diesem Morgen aufgewacht waren, aber nicht sie. Sie verstand wirklich, dass man hart arbeiten muss, um Erfolg zu haben. Man musste sich selbst beweisen und sie wusste, dass es Zeit braucht, um sich eine Beförderung zu verdienen. Sie wusste, dass man sich um die Position bemühen musste, die man *wollte*, und nicht um die Position, die man hatte. Die meisten Dummköpfe, die wir frisch von der Uni einstellten, hielten es nicht länger als ein paar Monate aus, weil sie ihre Einstellung nicht teilten. Das war einer der vielen Charakterzüge, die sie außergewöhnlich machten.

Zu schade, dass sie auch ein kleines Miststück war.

Ich schwöre, diese Frau verstand es wie keine andere, mich zu ärgern. Sie war immer achtsam, überschritt nie die Grenze zur Aufmüpfigkeit - jedenfalls bis letzten Freitag - aber sie hatte Feuer. Sie war die einzige Person in diesem Gebäude, die sich nicht von mir anpöbeln ließ, wenn ich ein richtiger Mistkerl war - und das war, seien wir ehrlich, öfter der Fall als nicht. Ich respektierte sie verdammt noch mal dafür, aber es nervte mich auch tierisch. Vor allem, weil es meinen Schwanz hart werden ließ.

Apropos... Miss Montgomery war gerade angekommen. So früh am Tag war das ständige Brummen in einem Büro dieser Größe fast nicht vorhanden, und so konnte ich das leise Knarren hören, als sie die Tür zu ihrem Büro öffnete, das sich vor meinem Büro befand. Das Klirren der Schlüssel, die auf die Oberfläche ihres Schreibtisches schlagen. Ich stellte mir vor, wie sie ihren Mantel an die Garderobe hängte, wie ich es in der Vergangenheit schon Hunderte von Malen gesehen hatte, bevor sie sich hinsetzte und ihren Computer hochfuhr.

Ich fragte mich, was sie heute wohl tragen würde.

Würde sie mich mit einem dieser engen Röcke und himmelhohen Schuhe quälen, die sie so gerne trug? Ihre Kleidung war nie aufreizend, aber die Art, wie sich der Stoff an ihre Kurven schmiegte, versetzte mich in einen ständigen Zustand der Erregung. Sie schien auch einen endlosen Vorrat an Rot zu haben, was zufällig meine Lieblingsfarbe war.

Mein Gott, was war nur los mit mir? Ich konnte die Frau nicht ausstehen, aber mein Schwanz weigerte sich, darauf zu hören. Hier war ich und träumte über Frauenmode, verdammt noch mal. Ich hatte ein Imperium zu leiten - das Letzte, was ich tun sollte, war, an jemanden zu denken, der mich verrückt machte.

Ich rief meinen Kalender auf, um meinen Terminplan für den Tag zu überprüfen, und fluchte, als ich den ersten Termin auf meiner Agenda sah. Miss Montgomery und ich sollten uns mit meinem Finanzteam treffen, um die Budgetprojektionen für das dritte Quartal zu besprechen. Es war nichts, bei dem sie dabei sein *musste*, aber sobald ich gemerkt hatte, wie brillant sie mit Zahlen umgehen konnte, konnte der Unternehmer in mir nicht widerstehen.

Sie war so versessen darauf, jeden einzelnen Posten zu analysieren und wirksame Möglichkeiten zur Kostensenkung vorzuschlagen, die selbst meinem

Finanzchef entgangen waren, dass ich mich auf ihren Beitrag verließ. Es war eine Win-Win-Situation: Ich konnte meine Gewinnspanne erhöhen, und sie sammelte praktische Erfahrungen, die sie ihrem Lebenslauf hinzufügen konnte.

Ich war kein Idiot; ich wusste, dass sie nicht für immer meine Assistentin sein würde. Sie ist viel zu intelligent und engagiert. Aber wenn es nach mir ginge, würde sie in meiner Firma bleiben. Ich war der festen Überzeugung, dass man Talente von innen heraus entwickeln sollte, und Miss Montgomery hatte Talent in Hülle und Fülle.

In mehr als einer Hinsicht, wie ich kürzlich erfahren hatte.

Ich hoffte nur, dass das, was am Freitagabend zwischen uns passiert war, nicht alles kaputt machen würde. Warum hatte der Sex so verdammt phänomenal sein müssen? Ich dachte immer, dass, wenn eines Tages meine Fantasien in Erfüllung gehen würden, die Realität niemals daran herankommen würde und ich weiterziehen könnte.

Jetzt wusste ich aus erster Hand, wie sie fast nackt aussah. Kannte das Geräusch, das sie machte, wenn sie kam. Scheiße, ich bedauerte sogar, dass ich nicht die Gelegenheit gehabt hatte, ihre Muschi zu kosten.

Ich habe mir am Wochenende unzählige Male einen runtergeholt und mir vorgestellt, wie es sein würde.

Nicht nur, dass ich immer noch auf jede erdenkliche sexuelle Weise an sie dachte, es wurde jetzt noch verstärkt, weil ich wusste, wie großartig es sein konnte. So viel dazu, meine Anziehung zu ihr zu überwinden.

Scheiße.

Ich fuhr mir mit der Hand über den Mund und bereitete mich im Geiste auf das vor, was gleich geschehen würde. Die einzige Möglichkeit, herauszufinden, mit welcher Art von Nachwirkungen ich es zu tun hatte, war, sich dem Problem direkt zu stellen.

<h1 style="text-align:center">KAPITEL FÜNF</h1>

QUINN

Was für ein beschissener Morgen.

Ich war erst seit fünf Minuten im Büro, aber ich war mental schon bereit, Feierabend zu machen. Abgesehen davon, dass ich vielleicht zwei Stunden geschlafen hatte, war der Verkehr auf dem Weg noch schrecklicher gewesen als sonst. Als ich dann endlich von der 10 abfuhr, schnitt mir ein Idiot den Weg ab und streifte dabei die Front meines nagelneuen Audis. Nachdem ich mit ihm die Versicherungsdaten ausgetauscht hatte, brach der Absatz meiner Lieblings-Pumps von Valentino ab, als ich zu meinem Auto zurückging. Zum Glück hatte ich immer ein Paar

Ersatzschuhe in meinem Kofferraum, aber natürlich waren das meine unbeliebtesten.

Das Tüpfelchen auf dem „i" war, dass einer der Diamantohrringe meiner Großmutter verschwunden war. Sie waren ein Familienerbstück und einer meiner wertvollsten Besitztümer. Ich hatte sie in den letzten fünf Jahren jeden Tag getragen, doch irgendwann am Freitag fiel einer heraus, und ich hatte ihn immer noch nicht gefunden. Ich hatte diese verdammten Ohrringe noch nie so sehr gebraucht wie in diesem Moment.

Ich wollte heute mein Bestes geben. Ich brauchte das zusätzliche Selbstvertrauen, um das durchzuziehen, aber das Schicksal schien sich gegen mich zu verschwören. Nachdem ich das ganze Wochenende darüber nachgedacht hatte, beschloss ich gestern Abend, den ganzen *Vorfall* mit Mr. Maxwell zu vergessen. Ich wollte auf keinen Fall zulassen, dass ein schwacher Moment von mir meine Karriere ruiniert. Und ich wollte diesem Bastard auch nicht die Genugtuung geben, zu wissen, dass ich mehr wollte.

Gott, ich wollte mehr.

Aber das würde nie passieren, erinnerte ich mich. Es war ein einmaliges Ereignis. Ein kolossaler Fehler. Einen, den ich unter *keinen* Umständen wiederholen werde. Wenn Mr. Maxwell mich darauf ansprechen würde, würde ich einfach leugnen, leugnen, leugnen. Er war ein kluger Mann, er würde es schnell kapieren. Und was wäre, wenn ich nicht aufhören könnte, daran zu denken, wie toll er sich anfühlte? Wie lang und dick sein Schwanz war. Dass ich noch nie einen so starken Orgasmus gehabt hatte wie die beiden, die er mir beschert hatte.

Nö.

Ich wollte die ganze Sache aus meinem Gedächtnis streichen und weitermachen. Ich war so entschlossen, genau das zu tun, dass ich meine Privatsphäre-Einstellungen änderte und mich in die Online-Dating-Welt stürzte. Ich *würde* mich nicht mit irgendjemandem zufriedengeben, sondern in das Meer der alleinstehenden Los Angelenos eintauchen.

Es gab viele Männer da draußen, die genauso gut aussahen wie Mr. Maxwell. Außerdem waren sie nicht mein Chef, also wäre wirklich *jeder* andere die bessere Wahl. Nicht, dass ich jemals in Betracht ziehen würde, mit Mr. Maxwell auszugehen, wohlgemerkt. Allein der Gedanke daran war lächerlich. Ich wusste, dass er kein Problem damit hatte, eine Frau anzuziehen. Ich konnte mir nur nicht vorstellen, dass er lange genug nett zu jemandem sein würde, um sie zum Bleiben zu bewegen.

Ich atmete tief durch und richtete meine Wirbelsäule auf, als er die Tür zu seinem Büro öffnete. Ich wusste nicht, wie er vorgehen würde, aber wie auch immer er sich entscheiden würde, ich würde auf jeden Fall die Kontrolle über die Situation übernehmen.

„Miss Montgomery", sagte er zur Begrüßung.

Seine Augen weiteten sich und verengten sich dann zu Schlitzen, als er sah, was ich anhatte. Ich lächelte in mich hinein, als ich seine Reaktion sah. Ich wusste, dass er dieses Kleid an mir liebte. Ich erwischte ihn immer dabei, wie er auf meinen Hintern starrte, wenn ich es trug. Ich trug es aber nicht für ihn, sondern weil es das einzige Kleidungsstück in meinem Schrank war, welches zur Arbeit passte und das ich mit meinem Lieblingsschal kombinieren konnte. Ein Schal, der dank ihm absolut notwendig war. Meine Haare konnten nur bedingt die verblassenden blauen Flecken verbergen, die sein Mund hinterlassen hatte. Für wen hielt sich dieser Mistkerl eigentlich, der überall auf mir Knutschflecken hinterlassen hatte wie ein geiler Teenager?

Ich erwiderte seinen Blick. „Guten Morgen, Mr. Maxwell."

Er hob eine Augenbraue. „Ist es das? Ein guter Morgen?"

Leugnen. Leugnen. Leugnen.

„Ja, natürlich. Warum sollte es nicht so sein?"

Mr. Maxwell kratzte sich die hellen Bartstoppeln am Kinn, ohne ein Wort zu sagen. Er starrte mich so aufmerksam an, als würde er jedes meiner Merkmale sorgfältig katalogisieren. Ich wusste, was er vorhatte; er versuchte, meinen nächsten Schritt vorherzusagen, um mich zu besiegen. Pech für ihn, dass ich das nicht zulassen würde.

Ich wandte meinen Blick zu meinem Computerbildschirm ab. „Ihr erstes Treffen ist in fünfzehn Minuten. Danach haben Sie eine Telefonkonferenz mit dem Londoner Büro. Soll ich Ihnen vorher einen Mokka von unten holen, oder ist der Filterkaffee im Konferenzraum für Ihren feinen Gaumen geeignet?

Sein Kiefer zuckte. „Feinen Gaumen?"

Ich stand auf und verschränkte die Arme vor der Brust. „Ja, Sie wissen schon. Ein Mann, der ziemlich... *wählerisch* ist, was die Dinge angeht. Das ist wirklich nichts, wofür man sich schämen müsste. Sie wissen, was Sie wollen, und Sie verlangen, es zu bekommen. Ich bin sicher, dass es einem mächtigen Mann wie Ihnen nichts ausmacht, ein solches Etikett zu tragen."

Er rollte seine Kusslippen. „*Welches* Etikett?“

Ich zuckte mit den Schultern. „Sie wissen schon... hochnäsig. Aufgeblasen. Überheblich. *Diese* Art von Etiketten.“

Seine Augen funkelten, und seine Lippen zogen sich in den Ecken zusammen. „Ah. *Diese* Art von Etiketten. Sie haben recht, Miss Montgomery - ich *bin* ein Mann mit exquisitem Geschmack.“ Seine Augen streiften meinen Körper von Kopf bis Fuß. Ich weigerte mich zuzugeben, was dieser Blick mit meinem Höschen anstellte. „Obwohl ich dafür bekannt bin, dass ich mich gelegentlich gehen lasse, also denke ich, dass der Filterkaffee heute genau richtig sein wird.“

Ich spürte, wie mein Gesicht vor Wut errötete. Was für ein egoistischer Arsch! Er unterstellte mir eindeutig, dass er sich mit mir hatte gehen lassen. Ich würde ihm aber keine Beweise dafür liefern, dass mich das traf.

„Nun gut. Ich nehme an, wir treffen uns dort, wenn ich den Rest der Materialien zusammen habe.“

Er nickte. „Wir sehen uns dann dort.“ Bevor er ging, kramte er in seiner Tasche und legte etwas auf die Ecke meines Schreibtischs. „Übrigens... Das habe ich neulich Abend in meinem Büro auf dem Boden gefunden. Sie sollten sich vielleicht umhören und nachfragen, wem er gehört. Leider kann ich Ihnen nicht wirklich sagen, wo Sie anfangen sollen. Es gibt *so* viele Möglichkeiten, aber keine davon ist so einprägsam, dass man es mit Sicherheit sagen könnte. "

Als ich den Ohrring - meinen fehlenden Ohrring - aufhob, begegnete ich seinem Blick. Mit zusammengebissenen Zähnen sagte ich: „Das werde ich auf jeden Fall tun, Sir."

Das selbstsichere Lächeln in seinem Gesicht sagte alles.

Schachmatt.

Ich wusste, dass ich gesagt hatte, ich würde die Leugnungsmethode anwenden, aber nach der Nummer, die Mr. Maxwell abgezogen hatte, konnte ich es nicht lassen, ihn zu verarschen. Während des gesamten Meetings konnte er seine Augen nicht von mir lassen. Er war dabei sehr subtil, aber da wir direkt nebeneinandersaßen, entging mir nichts.

Jedes Mal, wenn ich mit dem Finger auf meine Unterlippe tippte, räusperte er sich. Wenn ich mich in meinem Sitz bewegte, so dass mein Kleid hochrutschte und meine Spitzenstrümpfe zum

Vorschein kamen, rieb er sich im Nacken. Wenn ich mir über die Lippen leckte, schaute er mich böse an. Das Beste von allem war, als ich *aus Versehen* meinen Stift unter den Konferenztisch fallen ließ und seinen Oberschenkel zum Abstützen benutzte, als ich ihn aufhob. Ich spürte, wie sich sein Oberschenkelmuskel zusammenzog, als meine Finger der wachsenden Beule in seiner Hose gefährlich nahekamen.

Nachdem Mr. Landers, unser CFO, seine Folien beendet hatte, entließ Mr. Maxwell jeden Mitarbeiter zurück zu seiner Arbeit in seiner typischen taktlosen Art.

Gerade als ich mich von meinem Stuhl erhob, sagte er: „Ich muss mit Ihnen sprechen, Miss Montgomery".

Ich unterdrückte ein Lächeln, als ich mich umdrehte und mit den Wimpern klimperte. „Natürlich, Mr. Maxwell. Was kann ich für Sie tun?"

Er wartete, bis die letzte Person den Raum verlassen hatte, bevor er die Tür schloss. „Sie können aufhören, verdammt."

Ich blinzelte unschuldig. „Was meinem Sie? Was habe ich denn getan, dass Sie sich so aufregen könnten?"

Sein Kiefer krampfte sich zusammen. „Lassen Sie die Pollyanna-Nummer; wir wissen beide, was Sie tun. Das ist nicht nur völlig unprofessionell, sondern auch kindisch. Sie sind besser als das, Miss Montgomery."

Ich funkelte ihn an. „*Unprofessionell?* Oh, Sie meinen, wie Ihre Angestellte auf Ihrem Schreibtisch zu ficken? *Diese* Art von Unprofessionalität?"

„Passen Sie auf", knurrte er.

„Oder was?" forderte ich. „Werden Sie mich auf diesen Tisch legen und mir eine Lektion erteilen?"

Er warf einen kurzen Blick hinter mich, als würde er es sich überlegen. „Die Genugtuung würde ich Ihnen nicht geben."

Ich verengte meine Augen. „Sie haben recht, das werden Sie nicht. Denn diesen Fehler werde ich *nie* wieder machen. Außerdem haben Sie bereits bewiesen, dass Sie mich *nicht befriedigen* können. Wenn ich vorher gewusst hätte, dass Sie so eine miese Nummer sind, wäre es nie so weit gekommen."

Mr. Maxwell machte einen bedrohlichen Schritt nach vorne. „Miese Nummer, von wegen. Das sah aber nicht so aus, als Sie um mehr gebettelt haben. *Oder* als Sie um meinen Schwanz gekommen sind."

Ich ignorierte die aktuelle Flut unterhalb meiner Taille und warf ihm einen desinteressierten Blick zu. „Genau. Mehr, wie in *besser*. Ich hatte gehofft, Sie würden sich mehr anstrengen. Da Sie offensichtlich nicht liefern konnten, habe ich es vorgetäuscht, damit es schneller vorbei ist."

Er machte einen weiteren Schritt auf mich zu, bis mein Hintern gegen die Tischkante stieß. „Sie sind eine verdammte Lügnerin."

Ich klopfte ihm herablassend auf die Wange. „Es ist wirklich traurig, dass jemand, der so hübsch ist, im Bett nicht mithalten kann. Wenigstens weiß ich jetzt, warum Sie noch keine Freundin hatten, seit ich Sie kenne. Einmal ist *mehr als genug* für jede Frau."

Mit diesen Worten verließ ich den Raum, wobei ich meine Hüften ein wenig mehr schwang. Als ich ihn hinter mir knurren hörte, murmelte ich leise: „Du hast vergessen, dass die Königin die stärkste Figur auf dem Brett ist, Arschloch."

KAPITEL SECHS

RONAN

Ich schwöre bei Gott, dass sie das mit Absicht getan hat. Die ganze Woche über war Miss Montgomery besonders kalt zu mir, aber übermäßig freundlich zu allen anderen. Und mit freundlich meinte ich, dass sie schamlos mit jedem Mann in der Umgebung flirtete. Selbst jetzt konnte ich hören, wie sie sich mit meinem Bruder Liam unterhielt und dabei verdammt nochmal *kicherte*. Miss Montgomery war *keine* Frau, die kicherte.

Sie wusste, dass Liam glücklich verheiratet war, also musste ich glauben, dass sie das aus keinem anderen Grund tat, als um mir unter die Haut zu gehen. Was noch schlimmer war, ist, dass es funktionierte. Nun, scheiß auf sie und ihre Manipulationstaktiken. Ich wollte dieser Scheiß-Show ein Ende setzen.

Ich öffnete die Tür zu meinem Büro und bellte: „Miss Montgomery, unterhalten Sie sich auf eigene Kosten. Der *andere* Mr. Maxwell und ich haben eine geschäftliche Besprechung, die schon vor fünf Minuten hätte beginnen sollen."

Liams Lippen zuckten, als er seinen Kopf in meine Richtung drehte. „Nun, dir auch ein Hallo, kleiner Bruder. Quinn und ich haben uns nur kurz unterhalten."

Ich warf ihm einen bösen Blick zu. „Ich werde dir nicht sagen, wie du dein Geschäft führen sollst, *großer Bruder*, aber ich habe kein Interesse daran, meine Zeit damit zu verschwenden, euch beiden beim Tratschen zuzuhören." Ich öffnete meine Tür weiter und gab ihm ein Zeichen, hereinzukommen.

Miss Montgomery rollte mit den Augen. „Es war schön, dich zu sehen, Liam. Sag Avery, dass ich *gerne* zum Abendessen komme."

Jetzt richtete ich meinen Blick auf sie. „Warum sollten sie *Sie* zum Essen einladen?"

Sie spiegelte meinen Gesichtsausdruck wider. „Weil Ihre Schwägerin jemanden hat, den sie mir gerne vorstellen würde. *Für eine Verabredung.*"

„Sie muss diesen Menschen nicht besonders mögen, wenn sie ihn mit jemandem verkuppelt, der so frigide ist."

Mir entging nicht, wie die Augen meines Bruders hin- und herflogen, eindeutig amüsiert.

Miss Montgomery spottete. „Ich versichere Ihnen, dass ich *sehr warm* sein kann, wenn ich es will. "

Verdammt, jetzt wurde mein Schwanz hart, als ich daran dachte, wie heiß und eng ihre Muschi war. „Das bezweifle ich."

Ihr Gesicht rötete sich. „Sie unglaubliches Ego..."

„Du hast Recht, Ro. Zeit ist Geld", unterbrach mich mein Bruder. „Quinn, wir rufen dich an und teilen dir die Einzelheiten mit." Er schob mich vorwärts. „Lass uns zu unserem Treffen gehen, ja?"

Mein Kiefer krampfte sich zusammen, als ich mein Büro betrat. Ich setzte mich hinter meinen Schreibtisch und bereitete mich auf die Inquisition vor.

Er schloss die Tür. „Was zum Teufel sollte das denn?"

„Was sollte *was*?"

Liam gestikulierte in Richtung Tür. „Das verbale Vorspiel mit deiner Assistentin."

Ich spottete und verschränkte die Hände hinter

dem Kopf. „Bitte. Deine Fantasie ist ein wenig überreizt, findest du nicht?"

Mein Bruder grinste. „Hast du vergessen, mit wem du sprichst? Ich kenne dich besser als jeder andere, Ronan. Und ich bin mir *sicher*, dass du ablenken willst. Meine Frage ist, was versuchst du zu verbergen?"

„Ich habe keine Ahnung, wovon du redest. Ich tauche meinen Schwanz nicht in Firmentinte."

Er lachte laut auf. „Berühmte letzte Worte, Kumpel. Das habe ich auch nie getan, bevor ich Avery getroffen habe."

Ich rollte mit den Augen. „Ja, nun, ich bin nicht du. Ich würde mich nie in eine meiner Angestellten verlieben. Nur weil es bei dir geklappt hat, heißt das nicht, dass es eine gute Idee war."

Liam nahm schließlich auf dem Stuhl vor mir Platz. „Ich habe nie etwas von Verliebtheit gesagt. Aber du fickst sie doch, oder?"

Ich hob eine Augenbraue. „Wen?"

Jetzt rollte mein Bruder mit den Augen. „Quinn."

Ich verdrängte die Bilder von ihrer hübschen rosa Muschi. „Nein, ich ficke Miss Montgomery *nicht*. Und ich werde es auch nie tun."

Er stützte seine Füße auf die Oberfläche meines zwanzigtausend Dollar teuren Schreibtischs. „Du hättest also kein Problem damit, wenn Avery sie mit einem ihrer Kunden verkuppeln würde?"

Ich schob seine Füße weg und sah ihm direkt in die Augen. „Ganz und gar nicht."

„Mit einem Hollywoodschauspieler?" forderte Liam heraus. „Einer, der von People zum Sexiest Man Alive gewählt wurde? Willst du mir sagen, dass es dir *nichts* ausmachen würde, wenn sie ein Date hätten?"

Was soll der Scheiß? Meinem Bruder und seiner Frau gehörte eine PR-Firma, die einen Großteil der Hollywood-Elite vertrat. Es war nicht ungewöhnlich, dass sie Verabredungen arrangierten, um Werbung zu machen, aber ich konnte mir keinen Grund vorstellen, warum meine Schwägerin Miss Montgomery dafür brauchen sollte.

Ich schüttelte den Kopf. „Ich habe keine Ahnung, warum Avery den armen Mann quälen will, aber das Liebesleben von Miss Montgomery ist mir völlig egal. "

Liam saß einen Moment lang da und verdaute meine Worte. „Interessant."

Da er offensichtlich nicht vorhatte, das Thema zu wechseln, musste ich es für ihn tun. „Können wir mit dem Quatsch aufhören und zum Geschäftlichen übergehen? Hast du meine Presseerklärung?"

Liams New Yorker Firma verwaltete normalerweise keine Firmenkunden, aber da wir eine Familie waren und er ein bedeutender Anteilseigner war, war mein Unternehmen die Ausnahme.

Er kramte in seiner Aktentasche und legte mir eine Akte vor die Nase. „Sie wird morgen verschickt."

Ich sah mir die Mitteilung über den Erwerb von zwei hawaiianischen Immobilien an - eine auf Oahu und eine weitere auf Maui. Einer unserer Konkurrenten kämpfte gerade mit einem Skandal, der von der üblen Angewohnheit seines ehemaligen Geschäftsführers herrührte, für Sex zu bezahlen. Sie können ihren Arsch darauf verwetten, dass ich ihr Unglück ausnutzen werde, vor allem an einem Ort, an dem der Tourismus groß ist und freie Gewerbeflächen rar sind. „Du hättest mir das auch einfach mailen können."

„Ich weiß", sagte Liam achselzuckend. „Aber dann hätte ich deine hässliche Visage nicht sehen können. Außerdem hätte ich die aggressive Zurschaustellung der sexuellen Spannung zwischen dir und Quinn verpasst. Avery wird es lieben, davon zu hören."

Ich klappte den Kiefer zusammen. „Ist es nicht deine Aufgabe, falsche Gerüchte zu entschärfen? Zwischen mir und Quinn läuft *nichts*." Ich runzelte die Stirn, als ich meinen Fehler bemerkte. Ich bestand auf Förmlichkeiten, wenn ich Leute hier ansprach, und mein Bruder wusste das. „Miss Montgomery. Es läuft nichts zwischen *Miss Montgomery* und mir."

Mein Arschloch-Bruder schüttelte ungläubig den Kopf. „Was immer du sagst, Ro. Was auch immer du sagst."

Später an diesem Tag betrat Miss Montgomery unaufgefordert mein Büro und legte einen dicken Ordner auf meinen Schreibtisch.

„Ein Klopfen wäre schön gewesen."

Sie stemmte eine Hand in die Hüfte. „Wenn Sie Privatsphäre wollten, hätten Sie die Tür abschließen sollen."

Ich fingerte an der Ecke des Ordners und wollte, dass sich mein Schwanz beruhigte. „Was ist das?"

„Die neuen Werbematerialien, um die Sie gebeten haben. Ein Dankeschön wäre nett."

Ich öffnete die Mappe und warf einen kurzen Blick auf die Broschüren. „Halten Sie nicht den Atem an. Ich werde Ihnen nicht dafür danken, dass Sie Ihre Arbeit machen. Ich denke, das tun Ihre Gehaltsschecks für mich."

Miss Montgomery schnaubte, verschränkte die Arme und drückte ihre üppigen Titten nach oben. „Warum müssen Sie immer so ein Arsch sein? Haben Sie schon mal den Spruch gehört, dass man mehr Fliegen mit Honig fängt? Ich weiß, dass nett sein für Sie ein Fremdwort ist, aber Sie sollten es mal versuchen. Es würde die Arbeit hier sicher viel erträglicher machen.“

„Wenn Sie sich auf meinen Schreibtisch legen und die Beine spreizen, zeige ich Ihnen, wie *nett* ich sein kann.“ Ich schaute sie gemächlich von Kopf bis Fuß an, wobei mir nicht entging, wie sich ihre Brustwarzen bei dieser Aufmerksamkeit aufrichteten. „Mit meinem Mund an Ihrer Muschi.“

Sie spottete. „In Ihren Träumen.“

Ich schenkte ihr ein wölfisches Grinsen, als ich mich von meinem Stuhl erhob und um meinen Schreibtisch herumging. Sie drehte sich mit mir um, als ich mich ihr näherte, und ihr Atem stockte, als ich eine Hand auf beiden Seiten von ihr abstützte.

„Was machen Sie da?“, flüsterte sie.

Ich strich mit meinen Fingerknöcheln leicht über ihre prallen Brustwarzen. „Ihrem Körper scheint diese Idee sehr zu gefallen.“ Ich biss in den fleischigen Teil ihres Ohrläppchens, bevor ich flüsterte: „Ich glaube, Sie würden *es lieben*, wenn ich Ihre hübsche kleine Fotze lecken würde, bis Ihre Säfte über mein ganzes Gesicht tropfen würden."

Sie zitterte. „Sie sind ein Schwein."

Ich legte meine Hand um ihre schlanke Taille und zog sie an mich, damit sie spüren konnte, wie hart ich war. „Das mag sein, aber Sie wollen mich trotzdem. Ihre Muschi tropft bei der Aussicht, dass ich sie mit meiner Zunge verschlingen werde. Geben Sie es zu, Miss Montgomery, und ich werde den Schmerz zwischen Ihren Schenkeln lindern."

„Klappe." Miss Montgomery packte meine Krawatte und versuchte, mich in einen Kuss zu verwickeln.

Stattdessen ließ ich mich auf den Boden sinken, so dass ich mich auf Augenhöhe mit meinem Ziel befand. Ich schob ihren Rock hoch, vergrub meine Nase in ihrem Schlitz und atmete sie mit einem Atemzug ein. Verdammt, ich liebte es, wie sie roch. „Das sind die Lippen, die ich im Moment lieber küssen möchte."

Sie stöhnte auf, als ich ihren dünnen Slip beiseiteschob und ihre Klitoris mit meiner Zungenspitze neckte. „Ah... Gott!"

Ich wirbelte meine Zunge um ihr Loch. „Mr. Maxwell reicht."

Ihre Schenkel verkrampften sich, als ich sie über

meine Schultern schwang. „Haben Sie sich gerade wirklich mit Gott verglichen?"

Ich leckte sie einmal lang von unten nach oben. „Nein, Schätzchen. *Sie* haben es getan."

„Unglaublich", murmelte sie.

Gott, sie war warm und feucht und schmeckte süßer, als ich es mir je hätte vorstellen können. Ich könnte den ganzen gottverdammten Tag ihre Muschi lecken. Ich strich mit meinem Daumen über ihr glitschiges Loch, bevor ich ihn tiefer bewegte. Ich reizte ihren Arsch, während ich an ihrer Klitoris saugte, und sie liebte jede Sekunde davon. Die einzigen Worte, die ihren Mund verließen, waren Flüche oder Bitten um mehr. Gerade als sie sich dem Gipfel nähern wollte, klopfte es an der Tür.

„Gehen Sie weg", rief ich.

„Äh...", sagte die schüchterne Stimme durch die Tür. „Mr. Maxwell, ich habe Ihre Essensbestellung. Normalerweise würde ich sie Miss Montgomery geben, aber ich kann sie nicht finden."

Sie stützte sich auf die Ellbogen und flüsterte: „Scheiße".

Ich lächelte, als ich an ihrem Innenschenkel knabberte. „Was sagen Sie, Miss Montgomery? Sollen wir ihn hereinbitten? Die Tür ist nicht verschlossen. Er könnte jeden Moment die Klinke umlegen und einen

Blick auf Ihre durchnässte Muschi werfen, die ganz geschwollen und gierig nach mir ist."

Sie wimmerte, als ich mich wieder an ihrer Klitoris zu schaffen machte. „Fuck, fuck, fuck."

„Sie schmutziges Mädchen", spottete ich. „Sie mögen den Gedanken, erwischt zu werden, nicht wahr? Es macht Sie heiß, wenn Sie daran denken, dass der neue Praktikant reinkommt und mir dabei zusieht, wie ich Ihre hübsche Fotze lecke."

„Halten Sie die Klappe!", flüsterte sie. „Er wird Sie hören!"

Der hartnäckige Wichser klopfte erneut. „Äh, Mr. Maxwell? Was soll ich tun?"

Ich schob zwei Finger in sie hinein und krümmte sie, um ihren G-Punkt zu treffen. „Es ist Ihre Entscheidung, Süße."

„Machen Sie, dass er weggeht, Sie Trottel!"

Ich saugte an ihrem heißen Fleisch und genoss es, wie sie sich dabei windete. „Sind Sie sicher?"

„Ja, ich bin mir sicher, Sie Idiot! Werden Sie ihn los und dann lassen Sie mich kommen, verdammt noch mal!"

Ich kicherte, bevor ich so laut sprach, dass er mich durch die Tür hören konnte. „Geben Sie es jemand anderem. Ich bin schon dabei, mein Mittagessen zu essen, und es ist *ziemlich* lecker."

„Ähm ... okay, wie Sie meinen, Sir. Genießen Sie Ihr Mittagessen."

Ich blinzelte, als Miss Montgomery meinen Blick erwiderte. „Oh, das werde ich."

Ihr Kopf fiel mit einem Stöhnen zurück. „Arschloch."

„Also, wo waren wir, bevor wir so unsanft unterbrochen wurden?" Ich teilte ihre geschwollenen Lippen mit meinem Zeigefinger. „Ach ja, richtig. Ich wollte Sie gerade meinen Namen schreien lassen."

Sie strampelte herum und presste ihre Muschi gegen meinen Mund, während ich vom Lecken zum Saugen zum Zungenfick überging. Mein Schwanz schmerzte, das Bedürfnis zu ficken war stark, aber die Muschi dieser Teufelin zu verehren, hatte Vorrang vor allem anderen. Wenn dies meine einzige Gelegenheit war, dies zu tun, war ich mir verdammt sicher, dass ich das Beste daraus machen würde.

Miss Montgomerys Hände waren tief in mein Haar vergraben, als sie kam, sich um meine Finger krallte, zitterte und wimmerte und mich anflehte, nicht aufzuhören. Ihre großen braunen Augen waren die ganze Zeit auf mich gerichtet, und in diesem kurzen Moment verblasste alles andere. Es war entwaffnend - dieser Einfluss, den sie auf mich zu haben schien. Aber in diesem Moment war es mir egal. Sie war verdammt großartig, wenn sie kam, und ich war bereit, alles zu tun, um sie wieder so zu sehen.

Ich lernte schnell, dass ich unersättlich war, wenn es um diese Frau ging. Ich konnte nicht länger als ein paar Sekunden in ihrer Nähe sein, ohne sie roh und rücksichtslos ficken zu wollen, und das war genau das, was ich vorhatte. Als ich aufstand, packte ich sie grob an den Hüften und drehte sie auf den Bauch. Nachdem ich mich aus der Enge meiner Hose befreit hatte, rollte ich ihren Tanga bis zu den Knien herunter und rammte meine Erektion an ihren Arsch.

Ich beugte mich vor und biss ihr in die Ohrmuschel. „Halten Sie sich an der Kante des Tisches fest. Es wird eine heftige Fahrt werden."

Ich lächelte, als ihr Körper in Schauer ausbrach, als sie meinen Befehl befolgte. Ich zog mir so schnell wie möglich ein Gummi über und verschwendete keine Zeit, meinen Schwanz in ihre triefende Muschi zu führen.

„Scheiße", keuchte sie.

Ihre Säfte tropften an ihren Schenkeln herunter, während ich wie ein Verrückter in sie stieß. Ich tauchte meine Hand zwischen ihre Beine und rieb ihren Schlitz, während ich bissige Küsse auf die zierliche Seite ihres Halses verteilte.

Ich spreizte ihre Arschbacken. „Eines Tages werde ich mir Ihren schönen Arsch vornehmen."

Sie stöhnte. „Das ist furchtbar anmaßend von Ihnen."

„Ach, wirklich jetzt? Und warum das?"

„Weil das nie wieder passiert, wenn ich diesen Raum verlasse." Sie schrie auf, als ich ihr auf den Hintern haute.

„Das sagen Sie jetzt..." Ich beugte meine Knie, um den Winkel ein wenig zu verändern. „Aber wir wissen beide, dass es nur eine Frage der Zeit ist, bis Sie um meinen Schwanz betteln."

„Gott, Ihr Ego kennt keine Grenzen."

Ich griff um sie herum und kniff in ihre Klitoris. „Das ist keine Arroganz, das ist Selbstvertrauen. Das ist ein großer Unterschied, Schätzchen."

Sie wölbte ihren Rücken, als ich ihre geschwollene Knospe zwischen meinen Fingern rollte. „Halten Sie einfach die Klappe und ficken Sie mich, Sie mieser Bastard."

Ich grinste. „Oh, Baby, ich liebe es, wenn Sie schmutzig mit mir reden."

Miss Montgomery knurrte. „Ich schwöre bei Gott, wenn Sie nicht..." Sie keuchte, als ich mit mehr Kraft in sie stieß.

Ich schlang meine Faust um ihre langen Locken und zog daran. „Wenn ich *was* nicht tue?"

„Oh, Scheiße! Machen Sie weiter so!" Ich wurde schneller und zerrte fester an ihren Haaren. „Fuck, fuck, fuck!"

Das Ziehen an den Haaren gefiel ihr offensichtlich, denn sie fing sofort an, sich um meinen Schwanz zu krallen. Sobald sie aufhörte, sich zu verkrampfen, stieß ich noch ein paar Mal in sie hinein, bevor sich meine Eier zu verkrampfen begannen. Ich zog mich aus ihr heraus und riss schnell das Kondom ab, bevor ich meine Ladung auf ihren kurvigen Hintern spritzte. Ich fuhr mit meinem Zeigefinger durch das Sperma, das ihre Haut schmückte, ihre Arschritze hinunterlief, bevor ich ihr einen letzten Schlag auf die rechte Wange verpasste. Verdammt, ich liebte den Anblick ihrer geröteten Haut.

Auf dem Weg zu meinem Bad sagte ich: „Danke für das Mittagessen, Miss Montgomery. Sie können sich selbst hinausbegleiten."

Ich lächelte, als ich eine Reihe von Flüchen hörte, als ich die Tür schloss.

QUINN

Ich hasste ihn. Ich hasste Ronan Maxwell wirklich und wahrhaftig. Wenn ich gedacht hatte, er wäre ein miserabler Bastard gewesen, bevor wir Sex gehabt hatten, hatte ich mich gewaltig geirrt. In den letzten zwei Wochen war er schlimmer als je zuvor. Es half auch nicht, dass ich in letzter Zeit besonders griffig war - aus Gründen, die ich mir nicht eingestehen wollte -, was bedeutete, dass meine Toleranz gleich null war.

Der Mann war aufbrausend. Niemand konnte hier etwas richtig machen. Er fand für *alles* einen Grund, pingelig zu sein. Ich war mir ziemlich sicher, dass jeder im Gebäude alles tat, um ihm aus dem Weg zu gehen, was nur bedeutete, dass ich ein noch größeres Ziel war, weil ich mir diesen Luxus nicht leisten konnte.

„Miss Montgomery", bellte Mr. Stock-im-Arsch, „wenn Sie mit Ihren Tagträumen fertig sind, brauche ich Sie *jetzt* in meinem Büro."

Ich biss die Zähne zusammen und zählte in meinem Kopf bis zehn, bevor ich mein iPad nahm und durch seine Bürotür trat.

Mr. Maxwell nickte mit dem Kopf in Richtung der Tür. „Schließen Sie sie."

Ich schaute hinter mich, bevor ich mich wieder zu ihm umdrehte. „Warum?"

Er verengte seine Augen. „Komisch, als ich das letzte Mal nachgesehen habe, war es nicht Ihre Aufgabe, mich zu befragen."

Ich blickte zurück. „Nun, Sir, wenn man bedenkt, dass die Tür zum Vorraum geschlossen ist *und* wir die einzigen Leute sind, die noch hier sind, sehe ich nicht wirklich einen Sinn darin. Ganz zu schweigen von der Tatsache, dass es scheint, als würden in diesem Raum schlechte Entscheidungen getroffen werden, wenn die Tür geschlossen ist."

Er erhob sich abrupt von seinem Stuhl und stapfte an mir vorbei, um die Tür selbst zu schließen.

Wie auch immer. Er konnte ein Arsch sein, so viel er wollte. Wenigstens hatte ich die Genugtuung zu wissen, dass ich mich seinem kleinen Machtspiel nicht gebeugt hatte.

Ich nahm lässig Platz und öffnete die App für Notizen auf meinem iPad. Maxwell Hotels konzentrierte sich auf Nachhaltigkeit und darauf, so umweltfreundlich wie möglich zu sein. Das war eines der Dinge, mit denen wir uns von den anderen Luxusketten unterschieden. In diesem Büro bedeutete das, dass wir, wann immer es möglich war, auf Ausdrucke verzichteten und für Geschäftsreisen nur mit kommerziellen Flugzeugen flogen.

„Was haben Sie auf dem Herzen?" fragte ich.

Er ließ sich auf den Stuhl hinter seinem lächerlich protzigen Schreibtisch sinken. „Ich brauche Sie morgen bei der Arbeit."

Ich blinzelte schnell und war mir nicht sicher, ob ich ihn richtig verstanden hatte. Mr. Maxwell arbeitete jede Woche mindestens siebzig Stunden, und da ich seine Assistentin war, tat ich dasselbe, aber er hatte mich nie gebeten, am Wochenende zu kommen. Nicht ein einziges Mal in den letzten zwei Jahren, es sei denn, wir waren auf einer Geschäftsreise. Die Wochenenden waren bei uns heilig. Die Arbeit in der Zentrale war anstrengend, und im

Interesse der Mitarbeiterzufriedenheit hatte Mr. Maxwell immer dafür gesorgt, dass unsere gesamte Belegschaft an diesen beiden Tagen frei hatte, damit sie am Montagmorgen ausgeruht war. Das war eines der ersten Dinge, die er eingeführt hatte, als er die Kontrolle über das Unternehmen übernahm.

Von der Persönlichkeit her war er ein totales Arschloch, aber Ronan Maxwell kümmerte sich um seine Mitarbeiter. Egal, wie sehr man den Mann hasste, das konnte man nicht leugnen. Unsere Gehälter waren mehr als konkurrenzfähig, mit Vergünstigungen und Leistungen, die in der Branche ihresgleichen suchten. Ich bin sicher, dass es hilfreich war, dass nur etwa ein Dutzend Leute regelmäßig mit ihm zu tun hatten, aber trotzdem war unsere Mitarbeiterbindung eine der höchsten in allen Fortune 500-Unternehmen.

Mr. Maxwell trommelte mit den Fingern auf seinem Schreibtisch. „Haben Sie vor, noch in diesem Jahrhundert zu antworten, Miss Montgomery?"

„Ja, ich wollte gerade antworten. Ich versuche nur herauszufinden, welchen Grund Sie haben könnten, mich an einem Samstag zu brauchen. Ich hatte Pläne."

„Dann sagen Sie sie eben ab." Sein abweisender Ton machte mich wirklich wütend.

Ich warf ihm einen strengen Blick zu. „So einfach ist das nicht.“

Er hob herausfordernd eine Augenbraue. „Warum nicht?“

Ich hatte morgen Nachmittag ein Date. Mein erstes seit über einem Jahr. Ich hatte mich mit einem Mann unterhalten, den ich auf L.A. Singles kennen gelernt hatte, und fühlte mich endlich wohl genug, um mich persönlich zu treffen. Wir wollten uns nur auf einen Kaffee treffen, aber ich hatte die Hoffnung, dass sich daraus eine weitere Verabredung zum Abendessen ergeben könnte. Die Aufregung, die man normalerweise bei einer ersten Verabredung empfindet, war nicht da, aber ich schob es auf die lange Woche. Dieser Typ, Micah, war auf jeden Fall attraktiv und schien nett genug zu sein, also wäre ich ein Narr, wenn ich es nicht wenigstens versuchen würde. Das redete ich mir jedenfalls immer wieder ein.

Ich räusperte mich. „Wenn Sie es unbedingt wissen müssen, ich habe ein Date.“

„Ist das so?“

Ich richtete mich in meinem Stuhl auf, denn sein Ton gefiel mir überhaupt nicht. „Ja, das ist so. Haben Sie ein Problem damit?“

Wie beschissen war es, dass ich *wollte*, dass er ein

Problem damit hat? Gott, ich brauchte Hilfe. Oder eine Lobotomie.

Mr. Maxwell starrte mich eine ganze Minute lang an und presste den Kiefer zusammen. „Gut. Sie können das Wochenende frei haben. Und jetzt verschwinden Sie verdammt noch mal aus meinem Büro."

Ich blinzelte ein paar Mal und war schockiert, dass er so leicht aufgab. Ich hatte mich so sehr an das Hin und Her zwischen uns gewöhnt, dass ich mich schon auf einen Kampf eingestellt hatte. Jetzt wusste ich nicht so recht, was ich mit mir anfangen sollte.

„Habe ich gestottert?" Seine Nasenlöcher blähten sich auf. „Verlassen. Sie. Zur. Hölle. Mein. Büro."

Nun, dieses Verhalten ist völlig unnötig, du Arschloch. Aber verdammt, warum war ich plötzlich so erregt, dass ich in Versuchung war, meinen Rock hochzuziehen und ihn zu reiten? Seit wir Sex gehabt hatten, war das Streiten mit diesem Mann eine verdrehte Form des Vorspiels geworden.

Ich stand abrupt auf und klemmte mir mein iPad vor die Brust, um meine verräterischen Brustwarzen zu verdecken. „Sind wir dann fertig für heute? Es ist schon nach neun und-"

„*Gehen Sie nach Hause*, Miss Montgomery. Wir sehen uns am Montag."

Das brauchte er mir nicht zweimal zu sagen. Ich eilte so schnell wie möglich aus seinem Büro und hinunter zum Parkhaus. Wenn ich noch länger dortgeblieben wäre, hätte ich wohl etwas sehr, *sehr* Dummes getan.

„Quinn?"

Ich sah auf und entdeckte meine Verabredung, Micah, der neben dem Tisch stand, den ich besetzt hatte. Den Kaffee hatte er schon in der Hand, aber ich war wohl etwas abwesend gewesen und hatte seine Ankunft verpasst.

„Hallo, freut mich, dich kennenzulernen." Ich stand auf und drückte ihm zur Begrüßung einen züchtigen Kuss auf die Wange.

Micha wartete, bis ich mich wieder hingesetzt hatte, und bewies damit, dass die Ritterlichkeit doch noch nicht tot war. „Wie ich sehe, hast du bereits ein Getränk. Darf ich dir noch etwas holen? Oder ein Gebäck vielleicht?"

Ich lächelte. „Für den Moment reicht es mir, danke."

Verdammt, er war wirklich ein Gentleman, nicht wahr? Und in natura sah er sogar noch besser aus. So ungefähr 1,80 m groß, gebräunte Haut, funkelnde grüne Augen und struppiges blondes Haar mit natürlichen Strähnchen. Er trug ein T-Shirt, das über seine breite Brust reichte, dazu Boardshorts und Flipflops. Dieser Typ war zu hundert Prozent in Südkalifornien geboren und aufgewachsen. Er könnte leicht das Aushängeschild für JS-Surfbretter sein.

Da ich selbst aus Südkalifornien stammte, war *dies* der Typ Mann, zu dem ich mich normalerweise hingezogen fühlte. Verdammt, jetzt wo ich darüber nachdenke, hatte jeder Mann, mit dem ich je ausgegangen war, ähnliche Merkmale. Körperlich gesehen, passten Micah und ich zusammen. Ich war das typische Mädchen von nebenan, und er war ein typischer amerikanischer Junge. Wir würden *gut* zusammenpassen. Warum also fragte ich mich, wie dieser Typ in einem Designeranzug aussehen würde? Mit dunklerem Haar und volleren Lippen? Verdammt, ich hatte offensichtlich Probleme, deshalb.

Fest entschlossen, nicht an meinen Chef zu denken, nahm ich einen Schluck von meinem eisgekühlten Chai und wandte mich meinem Date zu. „Hattest du Probleme, diesen Ort zu finden?"

„Nein", sagte er. „Meine Wohnung ist etwa eine Meile entfernt. Ich liebe es hier. Das beste kalte Gebräu der Stadt."

„Dann bin ich ja froh, dass dein Weg nicht allzu weit war."

Micah blinzelte. „Für dich würde ich den ganzen Weg gehen." Sein Tonfall verriet, dass er nicht die tatsächliche Strecke meinte.

Ich gluckste. „Das weiß ich zu schätzen."

Er nahm einen Schluck von seinem Getränk. „Also, Quinn, was machst du noch mal beruflich?"

„Ich bin Assistentin der Geschäftsführung in der Hotelbranche. Du hast erwähnt, dass du Investmentbanker bist, richtig?"

„Das bin ich." Er nickte und deutete auf seine Kleidung. „Obwohl ich im Moment eher als Strandliebhaber gelte. Ich hoffe, es macht dir nichts aus. Ich kann es nicht ertragen, Affenanzüge auch nur eine Minute länger zu tragen als nötig."

„Das Gefühl kenne ich." Ich lachte und deutete auf meine eigene Kleidung. „Wenn ich nicht arbeite, sind ein Tank-Top und Cut-Offs für mich so etwas wie ein Grundnahrungsmittel."

Micahs Blick fiel auf meine Beine. „Wenn du mich fragst, finde ich dieses Outfit definitiv gut."

Eine Bewegung aus dem Augenwinkel erregte meine Aufmerksamkeit und lenkte mich von dem ab, was Micah sagte. „Oh, du willst mich wohl verarschen."

Mein Date zog verwirrt die Augenbrauen zusammen. „Stimmt etwas nicht?" Micah folgte meinem Blick zu den beiden Männern, die den Coffeeshop betraten. „Kennst du sie?"

„Leider." Ich rieb mir die Schläfen, um die drohenden Kopfschmerzen zu vertreiben. Natürlich musste er einen Weg finden, mir das zu verderben. Mich verrückt zu machen, war seine Superkraft.

Bevor ich noch etwas sagen konnte, bemerkte mich der Mann auf der linken Seite und lächelte. Er stupste den Mann neben sich an, der seinerseits die Stirn runzelte. Ja, das kann ich nur zurückgeben, Kumpel.

„Quinn!" Liam Maxwell näherte sich unserem Tisch mit einem breiten Grinsen im Gesicht. „Was für eine nette Überraschung. Was führt dich nach Malibu?"

Ich schenkte ihm ein festes Lächeln. „Ich habe ein Date." Ich dachte mir, dass ich das genauso gut aus dem Weg räumen könnte, drehte mich zu Micah um und deutete auf die beiden Männer vor uns. „Micah Watkins, das ist Liam Maxwell, und sein Bruder Ronan."

Micah bemerkte die Spannung nicht, die von meinem Chef ausging, als er aufstand, um ihm die Hand zu schütteln. Ich war mir aber ziemlich sicher, dass er merkte, dass etwas nicht stimmte, als Mr. Maxwell seine Hand so fest drückte, dass er zusammenzuckte.

„Wow, das ist ein ganz schöner Griff", scherzte Micah. „Woher kennt Sie Quinn?"

„*Miss Montgomery* arbeitet für mich", sagte Mr. Arschgesicht.

In Micahs Augen dämmerte Verständnis auf. Ich hatte ihm mehr als einmal beim Online-Chat erzählt, wie anspruchsvoll mein Chef war. „Ah. Nun, es ist schön, Sie beide kennenzulernen."

Liam sah aus, als würde er sich sehr bemühen, nicht zu lachen. „Gleichfalls. Wir wollten uns gerade einen Kaffee zum Mitnehmen holen." Er gab seinem Bruder einen kleinen Schubs in Richtung der Barista-Theke. „Warum bestellst du nicht schon mal unsere Getränke, Ro?"

Mr. Maxwell starrte Liam an. „Solange ich dadurch schneller hier rauskomme."

„Wohnst du hier in der Nähe?" fragte ich Liam und versuchte, den mörderischen Blick zu ignorieren, den sein Bruder mir vom anderen Ende des Ladens zuwarf.

Liam nickte. „Ja das tue ich. Unser Haus liegt direkt am Pacific Coast Highway, etwa zwei Meilen weiter."

„Schön. Also ... was habt ihr Jungs heute vor?"

Seine Lippen zuckten. „Wir haben gerade im Café nebenan zu Mittag gegessen, und jetzt sind wir auf dem Weg zum Ballspielen. Wir halten nur kurz an, um uns einen Energieschub zu holen."

Ich hob meine Augenbrauen. „Was für ein Ballspiel ist das, das man in Anzügen spielt?" Beide Männer trugen eine Hose und ein Hemd mit Kragen - zweifellos ein Designerhemd -, bei dem der oberste Knopf offen war. Sie sahen tadellos aus, wie immer, aber etwas lässiger. Obwohl lässig vielleicht nicht das richtige Wort war. Ich glaubte nicht, dass diese Männer überhaupt wussten, was das bedeutete. Ich hatte mich immer gefragt, ob sie normale Kleidung wie T-Shirts oder Jeans besaßen.

Er lachte. „Basketball. Ich habe einen halben Platz bei mir zu Hause. Dort können wir uns auch umziehen."

„Ah." Ich konnte mir nicht vorstellen, dass mein Chef Sportkleidung trug, geschweige denn, dass er tatsächlich ein Basketballspiel spielte. Obwohl, jetzt, wo ich darüber nachdachte, war das *alles*, woran ich denken konnte - beide Männer, die ein Spiel gegeneinander spielten, ohne Hemd und verschwitzt, die Basketball-Shorts tief auf den Hüften hängend.

Verdammt, das würde später noch nützlich sein.

Micah räusperte sich. Oh Scheiße, ich hatte fast vergessen, dass er hier ist. „Das ist cool, Mann. Ich wünsche Ihnen beiden ein gutes Spiel."

Liam lächelte über Micahs nicht ganz so subtile Abfuhr. „Genau. Wir sehen uns später, Quinn. Avery sollte dich nächste Woche wegen der Details für das Abendessen anrufen."

Ich nickte. „Ich freue mich darauf, von ihr zu hören. Mach's gut, Liam."

Nachdem die Maxwell-Brüder das Gebäude verlassen hatten, fragte Micah: „Avery?"

„Seine Frau. Sie hat mich zu sich nach Hause zum Essen eingeladen. Mein Chef ist ein Arschloch, aber sein Bruder und seine Schwägerin sind ziemlich toll."

„Ja, dein Chef schien wirklich... wütend zu sein. Ist er immer so?"

Ich zuckte mit den Schultern. „So ziemlich."

Es sei denn, er vögelte mich auf seinem Schreibtisch. Dann konnte er verdammt *freundlich* sein. Verdammt, darüber sollte ich nicht nachdenken.

„Also ... willst du die Kaffee mitnehmen?" fragte Micah. „Wollen wir vielleicht am Strand abhängen?"

Ich sah ihn an, während ich über seine Frage nachdachte. So sehr ich die Ablenkung auch gewollt - nein, gebraucht - hatte, es war nicht fair, ihn zu verführen. Ich hatte schon in der ersten Minute, als ich Micah traf, gewusst, dass es kein zweites Date geben würde. Er war ein absolut netter Kerl, aber es hat einfach nicht gefunkt.

Ich seufzte. „Micah, macht es dir etwas aus, wenn wir das hier abkürzen?"

Seine Enttäuschung war spürbar. „Nein, natürlich nicht. Vielleicht ein anderes Mal?"

Ach, ich hasste diesen Teil. „Ähm... ich glaube wirklich nicht, dass das eine gute Idee ist. Es tut mir leid, aber ich fühle einfach keine Verbindung."

Micha runzelte die Stirn. „Weil du mit deinem Chef vögelst?"

Ich schüttelte den Kopf. „Wie bitte, *was*?" Hatte er mich das gerade wirklich gefragt? „Wie kommst du dazu, so etwas zu sagen?"

Er lachte spöttisch. „Oh, ich weiß nicht ... vielleicht aufgrund der Tatsache, dass du ihn die ganze Zeit im Auge hattest, seit er hier hereinkam. Und seine waren auf dich gerichtet."

„Das waren sie nicht."

Verdammt, waren sie das?

„Außerdem bin ich mir ziemlich sicher, dass der Kerl versucht hat, mir die Hand zu brechen, als er sie schüttelte. Hör zu, Quinn, es geht mich wirklich nichts an, aber offensichtlich ist da etwas im Gange, und egal wie heiß du bist, brauche ich dieses Drama nicht."

Ich griff nach meiner Handtasche und stand auf, weil ich das nicht länger hinnehmen wollte. „Du hast recht, Micah. Es geht dich wirklich nichts an. Es war nett, dich kennenzulernen."

So viel zum Thema Ritterlichkeit.

KAPITEL ACHT

RONAN

„Willst du mir jetzt wieder erzählen, dass zwischen dir und Quinn nichts läuft?"

Ich dribbelte den Basketball, bevor ich meinen Wurf machte. „Gib's auf, Liam. Es gibt nichts zu besprechen."

Mein Bruder stellte sich für seinen eigenen Drei-Punkte-Wurf auf. „Schwachsinn. Warum bist du dann so sauer, dass sie ein Date hat?"

Ich gab ihm einen Schultercheck, als ich mich auf den Weg zum Korb machte. „Bin ich nicht. Sie kann ausgehen, mit wem sie will."

Liam schnappte sich den Abpraller und hielt den

Ball an seine Seite. „Nochmal, ich nenne das Schwachsinn. Du sahst aus, als wolltest du den Kerl umbringen. Einen Moment lang hatte ich Angst, dass ich dich auf Kaution aus dem Knast holen muss."

Ich verdrehte die Augen über seine Theatralik und deutete ihm an, mir den Ball zuzuspielen. „Du kannst es dir leisten."

Die PR-Firma meines Bruders hatte von Anfang an ein exponentielles Wachstum. Selbst ohne seine Anteile am Unternehmen unserer Familie war er immer noch zehnstellig wert.

„Das heißt aber nicht, dass ich das will", lachte er.

Ich warf ihm einen scharfen Blick zu und warf den Basketball mit etwas mehr Kraft als nötig. „Lass es einfach fallen, in Ordnung? Ich habe keine Lust mehr, das zu diskutieren."

Er grinste. „Was immer du sagst, Mann."

Liam und ich spielten eine gute Stunde lang Ball, bevor ich bereit war, aufzuhören. Normalerweise machte körperliche Anstrengung meinen Kopf frei, aber aus irgendeinem Grund, egal wie sehr ich mich auf dem Platz anstrengte, konnte ich Miss Montgomery nicht aus meinem Kopf bekommen. Ich stellte mir immer wieder ihre langen Beine in diesen obszön kurzen Shorts vor. Ihre frechen Titten unter dem engen Top, das sie anhatte. Ich konnte nicht aufhören, mich zu fragen, ob sie immer noch ihre Verabredung hatte - ob sie und dieser Trottel den Coffeeshop verlassen hatten. Ob sie ihn in diesem Moment fickte, während sie sich wünschte, ich wäre es.

Ich wusste genau, dass dieser Arsch versuchen würde, sie ins Bett zu kriegen. Welcher Heteromann würde das nicht tun? Ich schwöre, alles an ihr verkörperte Sex, mit diesem verführerischen Schwung ihrer Hüften, wenn sie durch den Raum ging. Der zuckersüße Geruch ihrer Haut, der mir das Wasser im Mund zusammenlaufen ließ. Der Amorbogen ihrer Lippen, den sie häufig rot anmalte, sicher nur, um mich zu quälen. Sie musste doch wissen, welche Wirkung sie auf mich hatte. So sehr ich auch versuchte, die Wahrheit zu verbergen, ich war kein guter Schauspieler.

Ich würde es meinem Bruder gegenüber nie zugeben, aber ich *war* sauer, dass sie ein Date hatte. Als sie mir gestern Abend davon erzählt hatte, wäre ich fast ausgerastet. Ich musste sie aus meinem Büro werfen, bevor ich anfangen konnte, mich wie ein eifersüchtiger Freund aufzuführen. Das Perverse war, dass Miss Montgomery jedes Recht auf ein Date hatte. Logischerweise wusste ich das, aber das hielt mich nicht davon ab, besitzergreifend zu sein. Wenn ich gedacht hätte, ich käme damit durch, hätte ich sie an mein Bett gefesselt, damit er denkt, sie hätte ihn versetzt.

Dieser Gedanke war an sich schon lächerlich. Miss Montgomery hatte mir nicht zu verstehen gegeben, dass sie zu einer weiteren Runde bereit war. Sie tat sogar so, als wäre es nie passiert, wofür ich ihr wahrscheinlich dankbar sein sollte. Warum war ich also im Büro und blätterte an einem Samstagnachmittag in den Personalakten, um ihre Adresse herauszufinden?

Die Frau hat mich in den Wahnsinn getrieben. Das war die einzige plausible Erklärung.

Ich saß schon seit über dreißig Minuten in meinem Auto auf der Straße vor Miss Montgomerys Haus. Ich war dankbar für die Voraussicht, in Liams Gästezimmer geduscht zu haben, bevor ich mich auf den Weg gemacht hatte, aber innerlich war ich ein Wrack. Verdammt, ich hatte keine Ahnung, ob sie überhaupt zu Hause war, und noch wichtiger, ob sie *allein* war, aber ich saß trotzdem hier.

Ich war auf einer Mission, alles zu tun, was nötig war, um diese Frau aus meinem Kopf zu bekommen.

Ich dachte immer wieder, dass die ganze phänomenale Sexgeschichte vielleicht nur ein Zufall war. Vielleicht wäre es nicht annähernd so gut, wie ich es in Erinnerung hatte, wenn wir noch einmal fickten, und ich würde sie endlich aus meinem System bekommen. Ich musste etwas versuchen. Ich konnte so nicht weitermachen - ich hasste sie und wollte sie doch so sehr. Das machte mich wahnsinnig.

Ich marschierte den Gehweg zu ihrem kleinen Bungalow hinauf und klopfte an die Haustür. Ich spannte mich an, als ich drinnen ein Schlurfen hörte, kurz bevor das Schloss entriegelt wurde.

Miss Montgomery öffnete die Tür einen Spalt. „Was machen Sie denn hier?"

„Sind Sie allein?"

Sie runzelte ihre perfekt geformten Brauen. „Warum ist das wichtig?"

Ich musste mich anstrengen, um meinen Kiefer wieder zu entspannen. „*Sind Sie allein?*"

Sie seufzte. „Ja, ich bin allein. Würden Sie mir jetzt bitte sagen, warum Sie auf meiner Veranda stehen?"

Ich hatte nicht vor, dieses Gespräch vor ihren Nachbarn zu führen, also stieß ich die Tür auf und drängte mich hinein.

„Was zum Teufel?" rief Miss Montgomery.

Oh Scheiße, natürlich hatte sie nur ein Badetuch um. Wollte mich das Universum verarschen? Ein Mann kann nur so viel aushalten. „Ich kann das nicht mehr tun."

Sie umklammerte das Handtuch, als hinge ihr Leben davon ab. Zu meinem Unglück lenkte das meine Aufmerksamkeit nur noch mehr auf die Wölbung ihrer Brüste, die sich unter der Baumwolle hob und senkte. „*Was* können Sie nicht mehr tun?"

Ich gestikulierte zwischen uns. „Das. Sie und ich. Die ständigen Streitereien. Die Spannungen. Alles, verdammt noch mal, alles. Ich halte das nicht mehr aus."

Die großen braunen Augen von Miss Montgomery verengten sich zu Schlitzen. „Ich habe das schon einmal gesagt, aber versuchen Sie, nicht immer so ein Idiot zu sein. Sie würden sich wundern, wie nett die Leute im Gegenzug zu Ihnen sein werden."

Ich rollte mit den Augen. „Andere Leute sind mir im Moment *scheißegal*."

Sie erwiderte mein Augenrollen. „Was *kümmert* Sie dann?"

„*Das*."

Bevor sie ein weiteres Wort sagen konnte, stürzte ich mich auf sie und presste meinen Mund auf ihren. Sie öffnete sich mir, ohne zu zögern. Ihre Arme umschlangen meinen Nacken, während unsere Zungen sinnlich miteinander spielten. Ich wollte mehr von ihr spüren, also drückte ich sie gegen die nächste Wand und riss das Handtuch weg.

„Oh, Gott", keuchte sie, als meine Finger ihren Kitzler trafen. Scheiße, ihre Muschi war schon ganz nass, und ich hatte sie kaum berührt.

Ich biss ihr auf die Unterlippe. „Gefällt Ihnen das?"

Sie stöhnte. „So sehr."

Ich umfasste ihre Brust mit der anderen Hand und rieb die steife Spitze ihrer Brustwarze zwischen Daumen und Zeigefinger. „Und das?"

„Aaah... ja." Sie keuchte, als ich mit zwei Fingern in sie eindrang und heftig über ihre Klitoris rieb. „Ich brauche... ugh... Gott, ich brauche *mehr*."

Ich nahm meine Finger weg und lächelte gegen ihre Lippen, als sie protestierend wimmerte. „Wenn ich bereit bin. Ich habe hier das Sagen, Schätzchen." Bevor Miss Montgomery mich zur Rede stellen konnte - oder mir in die Eier treten konnte - fiel ich auf die Knie und hängte ihr rechtes Bein über meine Schulter.

Ihre Muskeln spannten sich an, als ich mit meinem Finger ihren Innenschenkel hinauffuhr. Gänsehaut breitete sich auf ihrem Fleisch aus, als ich mit meinen Fingern das andere Bein hinunterfuhr, aber nie ganz dorthin, wo sie es wollte. „Bitte…"

Ich kraulte ihren Schenkel und atmete ihren Moschusduft ein. „Bitte, *was*, Miss Montgomery?"

Sie stöhnte. „Bitte berühren Sie mich. Lecken Sie mich. Lutschen Sie mich. Gott, *irgendwas*!"

Ich sah ihr in die Augen und zwinkerte ihr zu. „Ich tue das nur, weil ich es liebe, Ihre Muschi zu lecken. Nicht weil Sie darum gebeten haben."

„Es ist mir egal, warum. Machen Sie es einfach!" Ihre Hände umklammerten mein Haar, während ich mit meiner Zunge über ihre Klitoris fuhr. „Oh, genau da! Nicht aufhören!"

„So anspruchsvoll", murmelte ich.

Ich leckte und knabberte und saugte, bis sie so sehr zappelte, dass ich ihr anderes Bein über meine Schulter legen musste, um sie ruhig zu halten. Ich wollte mir jedes Flehen, jedes Schimpfwort, das ihr über die Lippen kam, einprägen. Ich wollte jeden Teil von ihr verschlingen. Sie für jeden anderen Mann ruinieren. Ich wollte, dass sie auf diesen Moment zurückblickte und wusste, dass sie sich mit niemandem sonst jemals so gut fühlen konnte.

„So verdammt nah", flüsterte sie.

Ich konnte ihre bevorstehende Erlösung spüren, wie sich ihre Muskeln anspannten, wie fest sie mein

Haar umklammerte. Wie aggressiv sie ihre Hüften rollte und ihre süße Möse in meinen Mund drückte. Ich schob wieder zwei Finger in sie hinein und fickte sie hart, während meine Zunge ihren Nippel bearbeitete. Ihre Atemzüge wurden hektischer, ihr Stöhnen lauter. Als ich mein Handgelenk genau richtig drehte, während ich meine Lippen auf ihre Klitoris presste, schrie Miss Montgomery auf, als ihr Orgasmus einsetzte. Ihre Beine schüttelten sich um meinen Kopf, während sie den Höhepunkt auskostete und vor Ekstase schrie.

Als sie ruhiger wurde, setzte ich ihre Beine vorsichtig wieder auf den Boden, bereit, sie aufzufangen, falls sie nachgeben sollten.

Sie stöhnte. „Darin sind Sie so verdammt gut."

Ich lachte und wischte mir mit dem Unterarm über den Mund. „Ich fange gerade erst an, Schätzchen."

Meine Lippen krochen ihren Körper hinauf und hinterließen Küsse auf ihrer seidigen Haut. Als ich ihre perfekten, handlichen Titten erreichte, schloss ich meinen Mund über ihren dunkelrosa Brustwarzen, leckte und saugte an jeder einzelnen, bis sie wieder nach meinem Schwanz bettelte.

„Sie tragen zu viele Klamotten", beschwerte sie sich.

Ich zog eine Augenbraue hoch. „Dann tun Sie etwas dagegen."

Miss Montgomery fing an, an meiner Gürtelschnalle herumzufummeln und öffnete hastig meine Hose, während ich jeden Knopf meines Hemdes öffnete. Ich griff hinter mich, holte aus meinem Portemonnaie ein Kondom heraus, und reichte es ihr. „Ziehen Sie es über."

Sie starrte mich an. „Ziehen *Sie* es über."

Himmel, ich liebte ihre Frechheit, aber sie machte sich etwas vor, wenn sie glaubte, dieses Spiel gewinnen zu können. Ich beugte mich vor und biss in die Spitze ihres Ohrläppchens. „Wenn Sie meinen Schwanz wollen, Miss Montgomery, werden Sie es überziehen." Der Schauer, den meine Worte auslösten, war mir nicht entgangen.

Ich schob meine Hose gerade so weit herunter, dass mein Schwanz frei lag. Ihre schokoladenfarbenen Augen wurden glasig, als sie mir dabei zusah, wie ich mich streichelte. „Sie sind ein Arschloch."

„Das haben Sie schon ein paar Mal erwähnt." Ich begann mich schneller zu bewegen, um ihr zu zeigen, dass ich nicht nachgeben würde. „Ich habe kein Problem damit, auf Ihre Titten zu kommen, Miss Montgomery. Das Endergebnis ist so oder so dasselbe. Wenn Sie meinen Schwanz wollen - und jetzt mal halblang, denn wir wissen beide, dass Sie ihn wollen - dann werden Sie das Kondom aufreißen und es über meinen Schaft schieben." Ich warf einen langsamen Blick auf ihren herrlich nackten Körper und mein Schwanz zuckte daraufhin. „Sie sollten sich aber schnell entscheiden. Bei Ihrem nackten Körper und Ihrem Verhalten werde ich es nicht mehr lange aushalten."

Sie riss das Folienpaket auf. „Sie sind so ein Mistkerl. Ich weiß nicht, warum ich das überhaupt mache. "

Ich ließ ihre Hand los, als sie das Kondom über mich stülpte. „Doch, wissen Sie. Sie mögen mich vielleicht nicht, aber Sie *wollen* mich verdammt noch mal. Mehr als jeden andere Mann, den Sie bisher getroffen haben, würde ich wetten."

Sie warf mir einen eisigen Blick zu. „Halten Sie einfach die Klappe und stecken Sie Ihren Schwanz in mich rein."

Miss Montgomery quiekte, als ich sie hochhob und ihre Beine um meine Taille schlang. „Ich mag es wirklich nicht, herumkommandiert zu werden. Sie haben Glück, dass ich großzügig bin."

„Ha!", spottete sie. „Wissen Sie überhaupt, was dieses Wort bedeutet?"

Sie keuchte, als ich mit einem langen Stoß in sie

eindrang. „Sie haben sich nicht beschwert, als ich mich an Ihrer hübschen kleinen Muschi gütlich getan habe, nicht wahr?"

Ihr Kopf fiel zurück, als ich meine Knie beugte und mich ernsthaft zu bewegen begann. „Halten ... Sie ... einfach ... die Klappe ... und ... ficken ... Sie ... mich."

„Komisch, ich dachte, das mache ich." Ich stieß mit ein wenig mehr Kraft in sie hinein. „Soll ich Sie noch härter ficken, damit es keine Frage mehr ist?"

Sie gab ein liebenswertes kleines Knurren von sich. „Ich schwöre, Sie reden nur, um mich zu ärgern."

„Rache ist ein Miststück, nicht wahr?" Ich lächelte und biss ihr auf die Lippe. „Das habt ihr beide gemeinsam."

Miss Montgomery schlug ihre Hand auf meinen Mund und funkelte mich an. Ihre Verärgerung machte meinen Schwanz nur noch härter, wenn das überhaupt möglich war.

Ich knabberte an ihrer Handfläche, bis sie sie zurückzog. „Halten Sie sich fest."

Das war die einzige Warnung, die sie bekam, bevor ich mit tiefen, gnadenlosen Stößen in sie eindrang. Es war ein bisschen grausam, sehr hart und mit Abstand die erotischste Erfahrung meines Lebens.

Miss Montgomery nahm alles, was ich zu geben hatte, mit Inbrunst, schrie vor Lust und krallte sich in meinen Rücken. Ich wusste, dass die Haut direkt unter meinem Hals aufgerissen war, aber das war mir egal. Ich wollte, dass sie mich markierte. Ich wollte den Beweis, dass das hier echt war.

Ich war kurz davor, also griff ich nach unten und spielte mit ihrer Klitoris, bis sie ein glitschiges, wimmerndes Chaos war. Ich stieß ein gedämpftes Stöhnen aus, als sie sich um mich schloss und meinen Schwanz würgte, bis ich mich nicht mehr zurückhalten konnte. Ich zog Miss Montgomerys Beine höher auf meine Hüften und stieß mit so viel Kraft in sie, wie ich im Stehen bewältigen konnte. Innerhalb von Sekunden fiel ich mit ihr in diese lustvolle Leere, in der nichts anderes mehr zählte. Nichts außer diesem Gefühl oder dieser Frau, die mich umarmte. Unsere Situation war so beschissen, wie sie nur sein konnte, aber in diesem Moment war es mir egal.

Ich glitt aus ihr heraus, wobei ich das Kondom vorsichtig an der Wurzel festhielt, damit es nicht abrutschte. Nachdem ich es zugebunden und meine Hose hochgezogen hatte, ging ich weg, um es in den Müll zu werfen. Als ich zurückkam, schirmte sich Miss Montgomery bereits mit dem Handtuch ab, die

Unentschlossenheit stand ihr schwer ins Gesicht geschrieben.

Ich räusperte mich, als mir die Realität unserer Situation bewusst wurde. „Ich denke, wir sind uns beide einig, dass sich so etwas, ungeachtet unserer gegenseitigen Anziehung, nicht wiederholen darf."

Es war das Letzte, was ich sagen wollte, aber es musste so sein. Sie war wie eine Droge, und ein kalter Entzug war der einzige Weg, damit aufzuhören. Was auch immer es war, es war für keinen von uns beiden gesund.

Ein Anflug von Verletzlichkeit blitzte über ihr Gesicht, bevor sich ihre Augen mit Feuer füllten. „Natürlich nicht. Es war ein dummer Fehler. Einer, der *nie* wieder passieren wird. Und jetzt verschwinden Sie bitte aus meinem Haus."

Ich nickte, als ich mich zur Tür begab. „Ich bin froh, dass wir auf derselben Seite stehen. Ich sehe Sie am Montag, Miss Montgomery."

KAPITEL NEUN

QUINN

Ich brauchte Hilfe.

Nicht nur, dass ich wieder einmal den dümmsten Fehler meines Lebens gemacht hatte, ich wollte ihn auch noch einmal machen. Und wieder. Und zwar so oft wie möglich, bevor mein Körper nicht mehr konnte. Ich hatte die letzte Nacht damit verbracht, mich hin und her zu wälzen und meine jüngste Begegnung mit Mr. Maxwell wieder und wieder durchzuspielen.

Als ich endlich eingeschlafen war, kam es noch schlimmer. Ich wachte mit einem Schreck auf, zitternd, schmerzend, am Rande eines Orgasmus. Der Traum von meinem Chef war so lebendig gewesen, dass ich praktisch spüren konnte, wie er mich immer noch berührte. Mein Kitzler pochte so stark, dass ich meinen Puls zwischen meinen Beinen spüren konnte. Es genügten ein paar schnelle Berührungen mit meinem Finger, und ich war kurz davor, seinen Namen zu schreien.

Als ich mein Telefon vom Nachttisch nahm, in der festen Absicht, Mr. Maxwell zu einer Runde im Heu einzuladen, wusste ich, dass ich ein Problem hatte. Das Timing seiner Ansage hätte nicht schlechter sein können, aber er hatte Recht, als er sagte, wir könnten das nicht mehr tun. Mein Körper war eindeutig nicht mit an Bord, also beschloss ich, dass eine Intervention angebracht war. Die Leute konnten doch ihre eigenen Interventionen inszenieren, oder nicht? Ich konnte das nicht länger für mich behalten, also musste ich etwas unternehmen.

Fast jeden Sonntag traf ich mich mit meinen beiden engsten Freunden in diesem kleinen Café in Manhattan Beach zum Champagner-Brunch. Als ich ankam, saßen Sylvie und Antonio bereits auf der übergroßen Terrasse und warteten mit einem frischen Mimosa auf mich. Nachdem ich sie begrüßt hatte, setzte ich mich hin und trank die Hälfte des Getränks, denn ich brauchte etwas flüssigen Mut für das, was ich gleich gestehen würde.

„Langsam, Lindsay Lohan", sagte Antonio. „Niemand will sehen, wie sich das weiße Mädchen vor dem Mittag besäuft."

Ich rollte mit den Augen. „Sehr witzig."

Sylvie runzelte die Stirn. „Warum siehst du so scheiße aus?"

Ich rieb mir die Schläfen. „Mein Gott, ihr zwei. Ist heute ,hacke auf Quinn rum' Tag? Kann ich wenigstens eine Minute haben, bevor ihr angreift?"

Sylvie griff über den Tisch und ergriff meine Hand. „Schatz, was ist los? Du hast offensichtlich etwas auf dem Herzen."

Ich war für einen Moment gerettet, als die Kellnerin kam, um unsere Bestellungen aufzunehmen. Da wir so oft hierherkamen, brauchte ich keine Zeit, um in die Speisekarte zu schauen.

„Ich muss euch etwas sagen, aber ihr müsst mir *versprechen*, kein Wort zu sagen."

„Ich verspreche es", sagten sie beide unisono.

Ich nahm noch einen stärkenden Schluck. „Ich meine es ernst. Schwört auf jedes Gucci-Accessoire, das ihr besitzt."

Antonio legte eine offene Handfläche auf seine Brust. „Oh, das muss ernst sein.“

Ich nickte. „Todernst. Ich habe etwas wirklich … Dummes getan, und ich brauche euren Rat. Aber wenn das herauskommt, könnte das sehr, *sehr* schlimm sein, also brauche ich euer Wort, dass es diesen Tisch nicht verlässt.“

„Wir schwören es, Quinn“, versprach Sylvie. „Also, was ist hier los?“

Ich seufzte. „Ich hatte Sex mit Mr. Maxwell. Dreimal.“

Sylvie schnappte nach Luft. „Was sagst du da?“

Zur gleichen Zeit verschluckte sich Antonio an seinem Getränk und murmelte: „Heilige Scheiße.“

Ich stöhnte und stützte meinen Kopf in die Hände. „Ich weiß.“

„Wie zum Teufel ist das passiert?“ rief Antonio. „Fang ganz von vorne an. Und ich will *jedes einzelne Detail*, einschließlich der Maße.“

Ich konnte nicht anders als lachen. Antonio war in Mr. Maxwell verknallt, seit er vor fünf Jahren in der Firma angefangen hatte. Natürlich wusste er, dass es zwecklos war, da Ronan Maxwell nicht in diese Richtung schwang, aber ich konnte ihm seine Besessenheit nicht wirklich verübeln.

Ich holte tief Luft und erzählte ihnen alles von der ersten Begegnung in Mr. Maxwells Büro. Nun, alles ohne die intimen Details, sehr zu Antonios Bestürzung. Als ich fertig war, waren meine beiden besten Freunde ungewohnt still. Ich zappelte auf meinem Stuhl, weil mir ihre stille Beobachtung unangenehm war. Die beiden waren *nie* sprachlos.

Ich warf die Hände hoch. „Hat keiner von euch *etwas* zu sagen?"

Antonio hob den Zeigefinger. „Ich brauche ein paar Augenblicke, um das zu verarbeiten."

Ich sah zu Sylvie. „Was ist mit dir?"

Sie räusperte sich. „Also, damit ich das richtig verstehe. Du vögelst Ronan Maxwell."

„Habe gevögelt", korrigierte ich. „Vögeln würde bedeuten, dass ich vorhabe, dieses... was auch immer es ist, fortzusetzen."

„O-kay... also hast du Ronan Maxwell *gefickt*. Drei Mal. Und nicht in der gleichen Nacht, wo du es als einmalig abhaken könntest. Drei *verschiedene* sexuelle Begegnungen. Und obwohl du den Mann hasst, war es der beste Sex, den du je hattest?"

Ich rieb mir mit den Händen über das Gesicht. „Ja, Sylvie, danke für die Erinnerung. Ich muss die Details meines epischen Versagens nicht wieder aufwärmen. Was ich wissen muss, ist, wie zum Teufel ich das hinter mir lassen soll? Wie schaffe ich es, dass ich vergesse, dass das je passiert ist?"

Antonio fächelte sich dramatisch Luft zu. „Schatz, wenn ich Ronan Maxwell ins Bett bekäme, wäre das Letzte, was ich wollte, zu vergessen, dass es je passiert ist." Er seufzte wehmütig. „Er ist der einzige Mann, für den ich jemals unten liegen würde."

„Ach, du verstehst das nicht!" Ich warf ihm einen fragenden Blick zu, als mich sein letzter Satz traf. „Warte... du bist normalerweise oben? *Echt jetzt?*"

Er und Sylvie lachten beide. „Warum ist das so schwer zu glauben? Versteh mich nicht falsch, ich liebe es, mit dem Arsch zu spielen, und ich liebe es, Schwänze zu lutschen, aber ich bin auf keinen Fall unterwürfig im Bett."

Ich dachte einen Moment lang darüber nach. „Hm. Das hätte ich nie gedacht."

Sylvie winkte abweisend mit einer Hand. „Genug über Antonios Sexleben. Ich habe eine wirklich wichtige Frage."

„Welche ist das?"

Ihre haselnussbraunen Augen funkelten vor Vergnügen. „Hatte ich recht? Er ist gut bestückt wie ein Pferd, nicht wahr? Das musst du mir wenigstens lassen, Quinn."

Ich konnte mir das Grinsen nicht verkneifen, das sich über mein Gesicht zog. „Das ist er wirklich.“

Sie warf ihre Hände in einer Touchdown-Pose in die Höhe. „Ich wusste es!“

„Aber das tut nichts zur Sache“, sagte ich. „Großer Schwanz oder nicht, ich kann das nie wieder machen.“

„Hab ihr das nicht schon beschlossen?“ fragte Antonio. „Ich verstehe das Problem nicht. Er hat gesagt, dass es nie wieder vorkommen darf, du hast zugestimmt, und damit ist die Sache erledigt.“

Ich zuckte mit den Schultern. „So einfach ist das nicht.“

„Warum nicht?“, fragte er.

„Weil... Ich habe mir das schon einmal gesagt, und sieh, was passiert ist. Wie Sylvie sagte, einmal könnte ich es vielleicht abstreifen, aber wieder mit ihm zu schlafen, und dann noch einmal, hat diese verfahrene Situation so viel schlimmer gemacht. Ich fühle mich zu ihm hingezogen, wie ich es noch nie zuvor gespürt habe, Tone. Da ist dieses ständige Kribbeln unter meiner Haut, wenn er in der Nähe ist. Das war schon immer so, aber jetzt, wo ich weiß, wie atemberaubend Sex mit ihm sein kann, kann ich es nicht mehr ignorieren. Es ist, als ob jeder Teil meines Körpers auf den seinen abgestimmt ist. Ich kann spüren, wenn er in der Nähe ist, verdammt noch mal. Und ich *weiß*, dass ich auf ihn die gleiche Wirkung habe. Ich glaube nicht, dass ich morgen zur Arbeit gehen und so tun kann, als gäbe es dieses *Bewusstsein* nicht mehr."

Sylvie warf mir einen mitfühlenden Blick zu. „Schatz, ich glaube nicht, dass du wirklich eine Wahl hast. Es sei denn, du hältst kündigen für eine Option."

Ich schüttelte nachdrücklich den Kopf. „Nein, das kommt definitiv nicht in Frage."

Sie setzte sich aufrechter hin. „Nun, dann musst du morgen einfach mit erhobenem Kopf da rein marschieren und die knallharte Schlampe sein, von der wir alle wissen, dass du es sein kannst. Sag dir einfach immer wieder, dass du nicht zulassen wirst, dass Ronan Maxwell dir den Kopf verdreht."

„Bei dir klingt das so einfach."

Sie nimmt einen Schluck von ihrem Getränk. „Das ist es nicht. Aber wenn du dir wirklich etwas vornimmst, hast du noch nie versagt. Wenn es jemand schaffen kann, dann du. Du musst nur so tun, als ob, bis du es schaffst."

Warum hatte ich das Gefühl, dass das viel leichter gesagt als getan war?

Der Montagmorgen hatte sich bisher als völliges Chaos erwiesen. Ich kam etwas früher herein, um mich zu sammeln, bevor Mr. Maxwell kam. Als er durch meine Tür kam, schaute er mich nicht einmal an, als wäre es unter seiner Würde, meine Existenz anzuerkennen. Er ging einfach in sein Büro und knallte die Tür hinter sich zu.

Zwei Minuten später schickte er mir eine E-Mail, in der er mir mitteilte, ich solle alle seine morgendlichen Treffen absagen. Als ich eine Folgefrage stellte, blieb meine E-Mail unbeantwortet. Als ich ihn über die Sprechanlage anrief, antwortete er nur mit einem knappen: „Sie sind ein kluges Mädchen, Miss Montgomery. Klären Sie das."

Ich verbrachte die nächsten anderthalb Stunden damit, alles auf einen späteren Zeitpunkt in der Woche zu verschieben, was keine leichte Aufgabe war, wenn man bedenkt, dass ich den Terminkalendern anderer Leute Rechnung tragen musste. Als

Herr Maxwell gegen Mittag endlich aus seinem Büro kam, versuchte ich, ihn auf mich aufmerksam zu machen, weil er einige Berichte unterschreiben musste, aber er ging wieder an mir vorbei und sagte, er sei auf dem Weg zum Mittagessen.

Oh, verdammt, nein.

Ich schnappte mir meine Handtasche und rannte praktisch den Flur hinunter, um mit ihm Schritt zu halten, und lächelte siegessicher, als ich in den Aufzug glitt, kurz bevor sich die Türen schlossen.

Als wir allein waren, ging ich sofort auf ihn los. „Was ist Ihr Problem?"

Mr. Maxwells eckiger Kiefer zuckte. „Ich habe keine Ahnung, wovon Sie reden."

„Wirklich?" forderte ich. „Sie sind mir also nicht den ganzen Morgen aus dem Weg gegangen?"

Er spottete. „Nicht alles dreht sich um Sie, Miss Montgomery. Ich hatte viel zu tun."

Ich widerstand dem Drang, ihm an die Gurgel zu gehen. „Oh, kommen Sie schon, denken Sie, ich bin dum-"

Der Aufzug blieb ein Stockwerk tiefer stehen und unterbrach unser Gespräch. Da die Mittagspause gerade begonnen hatte, waren wir natürlich schon auf halbem Weg nach unten wie die Sardinen eingepfercht. Man sollte meinen, dass die beiden Leute, die den Aufzug gerufen hatten, auf die nächste Kabine warten würden, aber stattdessen beschlossen sie, sich mit Gewalt hineinzudrängen. Als sich die Körper bewegten, um Platz zu schaffen, wurde ich zurückgedrängt, bis mein Rücken gegen Mr. Maxwells Vorderseite gedrückt wurde.

Ich musste mir ein Stöhnen verkneifen, als ich spürte, wie sich seine wachsende Erektion an meinen Hintern schmiegte.

„Hey Quinn, wie ist es dir ergangen?"

Ich schaute in die Richtung, aus der die Stimme kam, und fand Aaron aus der Buchhaltung. Himmel, könnte diese Situation noch peinlicher sein? Aaron war der letzte Mann, mit dem ich vor Mr. Maxwell geschlafen habe, also steckte ich buchstäblich in einer Stahlkiste mit zwei Liebhabern. Das hier war der Grund, warum man nie mit jemandem von der Arbeit schlafen sollte.

Ich lächelte. „Mir geht es gut, Aaron. Wie geht es dir?"

Er musterte mich kurz. „Mir geht's gut. Du siehst unglaublich aus. Es ist schon eine Weile her, dass ich dich gesehen habe, aber du warst schon immer wunderschön."

Mr. Maxwell versteifte sich hinter mir und legte besitzergreifend eine Hand um meine linke Hüfte. Wir waren in der hintersten Ecke eingekeilt, so dass Aaron es unmöglich sehen konnte, aber ich wusste, was er tat - er markierte sein vermeintliches Revier. Nun, ich würde es ihm zeigen. Ich grub den Absatz meines Stilettos in seinen teuren Slipper und lächelte in mich hinein, als ich hinter mir ein dumpfes Grunzen hörte.

„Ja, ich komme in letzter Zeit nicht so oft aus der Chefetage heraus. Aber es war schön, dich zu sehen. Ich wünsche dir ein gutes Mittagessen."

Aarons Lächeln erlahmte. „Ja, ich dir auch."

Aaron hatte offensichtlich den Wink verstanden und drehte sich wieder um. Er war ein netter Kerl, aber ich war definitiv nicht an ihm interessiert, und ich hatte nicht vor, ihn zu benutzen, um mich an meinem Chef zu rächen.

Die Hand des besagten Chefs kroch nun langsam den Saum meines Kleides hinauf. Ich grub meine Ferse noch mehr in seinen Schuh, verlor aber den Halt, als er sich seinen Weg unter mein Spitzenhöschen bahnte.

Ich griff nach der Wand, als er ohne zu zögern seinen Mittelfinger in mich hineinschob. Ich hätte sauer sein sollen, dass er mich berührte, als ob er jedes Recht dazu hätte, aber ich konnte es nicht, weil es sich so gut anfühlte. Ich konnte mir sein freches Grinsen vorstellen, als er entdeckte, wie beschämend feucht ich war, weil er wusste, dass es für ihn war.

Der Aufzug war zwar voll ausgelastet, blieb aber trotzdem in fast jedem Stockwerk auf dem Weg nach unten zur Lobby stehen. Jedes Mal mussten wir warten, bis sich die Türen öffneten und wieder schlossen, bevor wir unsere Fahrt fortsetzen konnten. Mr. Maxwell pumpte die ganze Zeit seinen Finger in mich hinein und wieder heraus, wobei er das Tempo so langsam hielt, dass er keine Geräusche verursachte. Ich keuchte auf, als sein Zeigefinger begann, meine Klitoris zu umkreisen, was die Dame vor mir veranlasste, kurz zurück-zuschauen. Ich spürte, wie mein Gesicht errötete. Ich konnte nicht glauben, dass das gerade jetzt passierte; ich war zu gleichen Teilen beschämt und erregt.

Als der Aufzug endlich - *endlich* - in der Lobby ankam, konnte ich nicht schnell genug aussteigen. Mr. Maxwell war mir dieses Mal dicht auf den Fersen und versuchte, meine Aufmerksamkeit zu erregen, ohne eine Szene zu machen. Kurz bevor ich den Ausgang erreichte, kam eine Frau, die mir bekannt vorkam, durch die Tür und schenkte mir ein strahlendes Lächeln. Zumindest dachte ich, es sei an mich gerichtet, bis sie sprach.

„Ronan! Heute muss mein Glückstag sein. Jetzt muss ich nicht mehr nach oben gehen, um dich zu finden."

„Cressida", begrüßte Mr. Maxwell die vollbusige Brünette. „Das ist aber eine Überraschung. Was machst du denn in L.A.?"

Ich erstarrte.

Sie drückte ihre riesigen Brüste in seinen Bizeps. „Ich habe heute Nachmittag ein Dessous-Shooting. Ich dachte, ich schaue mal vorbei und frage, ob du Lust hast, dabei zuzusehen. Und ob du nachher Zeit hast."

Deshalb kam sie mir auch so bekannt vor! Natürlich, sie war ein verdammtes Model.

Cressida lehnte sich noch weiter an ihn und flüsterte ihm etwas ins Ohr. Ich konnte nicht hören, was sie sagte, aber Mr. Maxwell grinste, so dass ich annahm, dass es etwas Schmutziges war. Er schaute kurz in meine Richtung, bevor er sich in ihr Ohr lehnte, um zu antworten. Was für ein Arschloch! Dieser Mann hatte vor zwei Minuten buchstäblich seinen Finger in mir, und jetzt machte er es sich mit einer anderen Frau gemütlich.

Ich hatte keine Lust, noch länger hier zu bleiben

und mich zu quälen. Mit einem letzten Blick drehte ich mich um und verließ das Gebäude. Wenn ich einen Anreiz brauchte, um diesen Mann zu verlassen, dann war es dieser. Er kann mich mal. Er konnte so viele Models haben, wie er wollte. Alles, was mich interessierte, war, dass er *mich* nie wieder haben würde.

KAPITEL ZEHN

RONAN

Ich erinnere mich noch, als das Leben so einfach schien. Ich wachte auf, ging ins Fitnessstudio, arbeitete gut zwölf bis vierzehn Stunden im Büro und ging dann ins Bett. Gelegentlich lernte ich jemanden wie Cressida Cole kennen und hatte heißen, unverbindlichen Sex, wann immer sich die Gelegenheit ergab. Ich brauchte mich um nichts anderes zu kümmern als um meine Firma, meine Familie und mich selbst. Das Leben war schön.

Vorhersehbar, aber gut.

Seitdem Quinn Montgomery in mein Leben getreten war, waren meine Tage alles *andere als* einfach. Sie hat mich immer auf Trab gehalten. Ich wusste nie, was sie sagen oder tun würde, das mich sowohl anmachen als auch wütend machen würde. Diese Frau hatte einen Körper, der für die Sünde gemacht war, und einen Mund, der zum Zukleben gemacht war. Jeder Tag mit ihr war eine Übung in Geduld und Selbstbeherrschung.

Offensichtlich hatte ich in beiden Bereichen Defizite.

Es war erst eine Stunde her, dass ich sie berührt hatte, aber es fühlte sich an wie ein verdammter Monat. Ich benahm mich wie ein verdammter Junkie, der sich nach seinem nächsten Schuss sehnt. Ich war bereit, alles zu tun, um ihn zu bekommen. Herrgott, ich habe sie in einem überfüllten Fahrstuhl mit dem Finger gefickt, in meinem Geschäftsgebäude, nur weil ich *nicht* aufhören konnte, sie zu berühren. Man sollte meinen, ich hätte mich beherrschen können, nachdem ich mir den ganzen Morgen in meinem Büro einen runtergeholt hatte, aber wenn überhaupt, dann hatte das mein Verlangen nur noch stärker gemacht.

Ein einziger Hauch des Vanilledufts, der von ihrer Haut ausging, genügte, und ich war halb steif. Ich konnte nicht aufhören, die Bilder in meinem Kopf abzuspielen, wie ich in ihrem engen kleinen Körper versank. Aber es blieb nicht bei den Erinnerungen. Meine Fantasien waren schlimmer als je zuvor. Jetzt, da ich wusste, wie es sich anfühlte, sie zu ficken, ging meine Fantasie in die Vollen.

Wann immer sie sprach, egal wie banal das Thema war, stellte ich mir vor, wie sie unter mir stöhnte. Wenn sie auf dem Stuhl vor meinem Schreibtisch saß, um Notizen zu machen, stellte ich mir vor, wie sie ihren Rock hochzog und sich vor mir vergnügte. Verdammt, am schlimmsten war es, wenn sie mich anstarrte, was jetzt öfter der Fall war als je zuvor. Wenn ich das Feuer in ihren Augen sah, dachte ich daran, all diese aufgestaute Aggression mit unseren Körpern abzureagieren. Ich hatte in meinen fünfunddreißig Jahren viele Frauen gefickt – in meinen Zwanzigern mehr, als ich zugeben möchte -, aber keine, und ich meine wirklich *keine*, war mit Quinn Montgomery zu vergleichen.

Das nervte mich verdammt doll.

Ich wischte mir mit der Hand über das Gesicht und seufzte. Ich wusste nicht, wie es jetzt weitergehen sollte. Das Einzige, was ich mit Sicherheit wusste, war, dass die Anziehung zu meiner Assistentin nicht von alleine verschwinden würde. Ich hätte das Angebot von Cressida annehmen sollen. Sie war eine wunderschöne Frau und eine fantastische Liebhaberin.

Leider war mein Schwanz nicht im Geringsten daran interessiert. Als Cressida mir ihren schmutzigen Vorschlag ins Ohr flüsterte, konnte ich nur daran denken, das zu beenden, was Miss Montgomery und ich in diesem Aufzug begonnen hatten.

Als ihre mokkafarbenen Augen vor Eifersucht blitzten, während ich mit einer anderen Frau sprach, blähte sich mein innerer Höhlenmensch auf. Ich wollte sie in eine dunkle Ecke zerren und den Neid aus ihr herausficken. Ihr zeigen, dass ich keine andere wollte, dass sie mich haben konnte, wann immer sie wollte. Es kostete mich große Anstrengung, ihr nicht hinterherzulaufen, als sie das Gebäude verlassen hatte.

Ich hätte es nicht für möglich gehalten, aber jede neue Begegnung mit Miss Montgomery war noch heißer als die vorherige. Ich verstand nicht, wie zwei Menschen, die sich nicht ausstehen konnten, im Bett so explosiv sein konnten. Nicht, dass wir jemals ein Bett benutzt hätten, wohlgemerkt. Verdammt, jetzt konnte ich nicht aufhören, an all die köstlichen, schmutzigen Dinge zu denken, die ich mit ihr machen würde, wenn ich sie auf einer Matratze ausbreiten könnte.

Mein Schwanz war sofort wach und bereit, loszulegen. Ich stöhnte auf, als ich mich in meiner

Hose zurechtrückte und wollte, dass das verdammte Ding nach unten ging. Miss Montgomery sollte jeden Moment vom Mittagessen zurückkommen und wenn sich meine Hose spannte, wäre das ein falsches Zeichen. Außerdem war ich fest entschlossen, weitere mittägliche Wichsvorgänge zu vermeiden. Ich war ein erwachsener Mann, verdammt noch mal. Ich musste aufhören, mich wie ein Teenager zu benehmen, der gerade das Porno-Versteck seines Vaters entdeckt hatte.

Es war lächerlich, wie oft ich dem Sex mit Miss Montgomery abgeschworen hatte, nur um beim nächsten Mal, wenn ich sie sah, alle Vorsicht in den Wind zu schlagen. Der Vorfall im Aufzug hätte Motivation genug sein müssen, um aufzuhören, wenn man bedenkt, wie riskant das für uns beide gewesen war, aber ich glaube, keiner von uns beiden wusste, wie wir unseren Durst nach dem anderen stillen konnten.

Vielleicht bestand die einzige Lösung darin, eine Art von Vereinbarung vorzuschlagen. Zu diesem Zeitpunkt dachte ich, dass der Schaden bereits angerichtet war - viel schlimmer konnte es nicht mehr werden. Was konnte schon passieren, wenn wir uns weiter gegenseitig fickten, bis einer oder beide von uns beschlossen, dass sie genug hatten? Ich nahm an, dass es nur einen Weg gab, das herauszufinden.

Miss Montgomery verhielt sich seltsam. Seit sie von der Mittagspause zurückkam, hüpfte sie in außergewöhnlich guter Laune im Büro herum. Wir hatten zwei Besprechungen hintereinander, so dass ich noch keine Gelegenheit gehabt hatte, mit ihr zu sprechen, und das machte mich unruhig. Ihr ungewöhnlich sonniges Gemüt war nicht gerade hilfreich. Es machte mich wahnsinnig, dass ich keine Ahnung hatte, was - oder wer - dafür verantwortlich war.

Als wir von unserem letzten Termin an diesem Tag zurückkehrten, beschloss ich, sie zur Rede zu stellen.

Ich lehnte mich an den Türrahmen zwischen unseren Büros. „Warum haben Sie so gute Laune?"

Sie ließ ein strahlendes Lächeln aufblitzen. „Brauche ich einen Grund?"

Ich verengte meine Augen. „Wenn man bedenkt, dass Sie normalerweise ein wildes Miststück sind, würde ich sagen, ja."

Miss Montgomery erwiderte meinen Blick. „Nun, wenn Sie es unbedingt wissen müssen, ich habe in meiner Mittagspause mit Ihrer Schwägerin gesprochen und wir haben Pläne für Ende dieser Woche gemacht."

„Was für Pläne?"

Sie begann, ihren Computer herunterzufahren. „Nicht, dass es Sie etwas angehen würde, aber wenn Sie sich erinnern, wollte Avery mich einem Freund von ihr vorstellen. Sie gibt am Freitagabend eine Dinnerparty, so konnten wir das einrichten. Was mich daran erinnert, dass ich an diesem Tag um fünf Uhr Feierabend machen muss."

„Ist das so?"

Sie schloss ihre Schreibtischschublade. „Ja, das ist richtig. Ich bitte nur selten um eine Freistellung, also ist meine Bitte nicht unangemessen, und ich bin sicher, die Personalabteilung stimmt mir zu. Keine Sorge, ich werde dafür sorgen, dass bis dahin alles erledigt ist."

Ich biss mir auf die Zunge. „Haben Sie Ihre Lektion nicht von dem kleinen Coffeeshop-Freund gelernt?"

„*Welche* Lektion?"

Ich rollte mit den Augen. „Dass es sinnlos ist, mit anderen Männern auszugehen."

Sie stützte eine Hand auf ihre kurvige Hüfte. „Und warum ist das so?"

„Weil wir beide wissen, dass derjenige, mit dem

Sie ausgehen, nie mithalten kann. Ob es Ihnen gefällt oder nicht, Sie werden sich wünschen, er wäre ich."

Miss Montgomery lachte spöttisch. „Sie trauen sich *viel* zu viel zu. Ich würde *gerne* jemanden kennenlernen, der weiß, wie man ein Gentleman ist. Jemanden, der im Bett nicht egoistisch ist."

Mein Blick wanderte an ihrem Körper entlang und wieder nach oben. Mir entging nicht, wie ihre Brustwarzen durch die Aufmerksamkeit hart wurden. „Miss Montgomery, warum belügen Sie sich selbst? Sie *wollen* keinen Gentleman. Sie wollen jemanden, der mit Ihnen auf Augenhöhe ist. Und wir beide wissen, dass Sie mir in Sachen Orgasmus weit voraus sind, also ist das *Letzte*, was ich im Bett bin, egoistisch. "

Sie spottete. „Sie haben Wahnvorstellungen, das ist es, was Sie haben."

Ich schenkte ihr ein laszives Grinsen. „Wenn Sie glauben, dass jemand anderes Ihre Muschi so beherrschen kann wie ich, dann sind *Sie* vielleicht diejenige mit den Wahnvorstellungen."

„Müssen Sie nicht gerade irgendwo sein?"

„Mein Schwanz *wäre* sicher gerne in Ihrem Mund, wenn Sie das anbieten."

„*Das* wird nie passieren. Aber jetzt, wo Sie es erwähnen, bin ich ein *großer Fan* von Blowjobs. Wenn bei dieser Dinnerparty alles gut läuft, bin ich sicher, dass meine Verabredung mehr als glücklich sein wird, mir einen zu geben."

Nur über meine verdammte Leiche.

„Das ist Ihr Pech. Obwohl, wenn ich so drüber nachdenke, ist Cressida *auch* ein großer Fan von Blowjobs. Und sie ist fan-fucking-tastisch darin. Die Frau hat keinen Würgereflex. Außerdem hat sie die süßeste Fotze, die ich je probiert habe. Wahrscheinlich lassen wir das Abendessen heute ausfallen und gehen direkt zum Nachtisch über."

Ich hatte nichts mit Cressida vor - oder mit irgendjemandem, was das betrifft -, aber ich konnte nicht widerstehen, Miss Montgomery anzugreifen. Der Gedanke, dass ein anderer Mann sich ihr mit seinem Schwanz nähern könnte, machte mich wahnsinnig.

Wenn ich mich nicht täuschte, schien sie verletzt zu sein, aber das wurde schnell durch Wut ersetzt. „Ficken. Sie. Sich."

Ich schüttelte den Kopf. „Nee, ich glaube, ich passe, jetzt wo ich ein besseres Angebot auf dem Tisch habe."

Ihr Gesicht rötete sich. „Toll. Ich wünsche Ihnen eine *fan-fucking-tastische* Zeit mit Ihrer Model-Freundin. Ich bin sogar froh darüber, denn ich nehme an, das bedeutet, dass Sie mich von nun an in Ruhe lassen werden."

Wahrscheinlich nicht, Schätzchen.

Ich nickte in Richtung der Tür, die zum Korridor führte. „Ich glaube, Sie wollten gehen, nicht wahr?"

Miss Montgomery griff nach ihrer Handtasche und warf sie sich über die Schulter. „Auf jeden Fall. Ich habe meine Quote für das Ertragen von Arschlöchern für heute erfüllt. Gute Nacht, Mr. Maxwell."

Der Blick, den sie mir zuwarf, bevor sie zur Tür hinausging, sagte, dass sie hoffte, ich würde *alles andere* als eine gute Nacht haben. Zu meinem Pech hatte ich das Gefühl, dass ihr Wunsch in Erfüllung gehen würde.

Sobald ich wusste, dass sie außer Hörweite war, ging ich in mein Büro und rief meinen Bruder an.

Er antwortete nach dem ersten Klingeln. „Ro, was gibt's?"

„Ich muss bei dieser Dinnerparty am Freitagabend dabei sein."

Ich runzelte die Stirn, als Liams schallendes Lachen durch die Leitung drang. „Das glaube ich nicht."

„Warum zum Teufel nicht?"

„Warum zum Teufel *willst* du kommen?", fragte er herausfordernd.

Ich fuhr mir mit einer Hand durchs Haar. „Brauche ich einen Grund, um Zeit mit meiner Familie zu verbringen?"

„Das tust du, weil ich vermute, dass der wahre Grund für deine Teilnahme der ist, dass eine gewisse langbeinige Blondine dort sein wird."

Ich spottete. „Das ist lächerlich. Das hat nichts mit ihr zu tun."

„Hört sich ganz danach an."

„Nun, dann musst du dein Gehör überprüfen lassen."

Liam lachte wieder. Arschloch. „Ach, kleiner Bruder, bist du eifersüchtig?"

„Nein", leugnete ich.

„Okay. Nun, wenn du dich dadurch besser fühlst, nimm es nicht persönlich. Avery hat das als Pärchensache geplant. Alle, die kommen, sind in einer Beziehung, außer Quinn und Smith."

„Wer zum Teufel ist Smith?" Ich knurrte. „Und was ist das überhaupt für ein Name?"

„Er ist ein Freund von uns - ein anderer Publizist. Avery dachte, er und Quinn würden sich gut verstehen, also beschloss sie, die Kupplerin zu spielen."

Ich runzelte die Stirn. „Was ist aus ‚People's Sexiest Man Alive‘ geworden?“

Ich konnte das herablassende Grinsen meines Bruders praktisch sehen. „Das habe ich mir nur ausgedacht, um dir unter die Haut zu gehen.“

„Was zum Teufel soll das bedeuten?“

„Habe ich gestottert?“ fragte Liam. „Ich habe dich verarscht, Ronan. Du hast dich darüber aufgeregt, dass Avery Quinn mit jemandem verkuppeln will. Ich sah eine Gelegenheit, dich zu verarschen, also habe ich sie genutzt.“

„Du bist ein Arschloch.“

„Das sagt mir meine Frau auch oft“, lachte er. „Obwohl, du solltest eigentlich nicht reden. Wir sind aus dem gleichen Holz geschnitzt, du und ich. Weißt du, für jemanden, der sich angeblich einen Dreck um Quinns Liebesleben schert, scheinst du dich sehr für diese ganze Sache zu interessieren.“

„Ihr Liebesleben *ist* mir scheißegal.“

„Äh, ja. Das sagst du dir immer wieder, Kumpel.“

Ich rieb mir den Nacken und versuchte, die plötzliche Anspannung zu lindern. „Wie auch immer. Ich habe keine Zeit für diesen Scheiß.“

„Hey Mann, du bist derjenige, der mich angerufen hat.“

„Nur Gott weiß, warum.“

„Weil du mich liebst. Und ich bin einer der wenigen Menschen in deinem Leben, die sagen, wie es ist. Ohne mich wüsstest du nicht, was du tun sollst, Kumpel."

„Ja, ja", brummte ich. „Ich muss los. Viel Spaß bei deiner *Dinnerparty*."

„Oh, den werde ich haben. Ich bin sicher, Quinn wird das auch. Bye, kleiner Bruder."

Ich warf mein Handy auf das Sofakissen neben mir, als die Leitung unterbrochen wurde. Ich dachte darüber nach, ihre Dinnerparty zu stören, aber nur für eine Sekunde. Liam war verdammt unbarmherzig, wenn er sich etwas in den Kopf setzte. Das war schon immer so gewesen. Wenn ich am Freitagabend bei ihm auftauchte, würde ich es nie loswerden. Und das Letzte, was ich tun wollte, war, ihm zu beweisen, dass ich mich tatsächlich um Miss Montgomerys Liebesleben scherte.

KAPITEL ELF

QUINN

„Quinn, willkommen." Avery trat zur Seite und gab mir ein Zeichen, ihr Haus zu betreten. „Folge mir. Wir sind alle hinten."

Wir gingen durch einen offenen Grundriss zu einer Wand mit Glastüren, die sich komplett öffnen ließen. Mir fiel die Kinnlade runter, als ich nach draußen trat und ihren Garten sah. Er hatte eine große Rasenfläche, bunte Blumen und üppige Palmen überall, die eine Art private Oase bildeten. Es gab eine mehrstöckige Terrasse, die untere mit einem rechteckigen Pool, die obere mit mehreren Sitzgelegenheiten. In der Ferne konnte ich einen Basketballplatz sehen, und ich musste die Vorstellung verdrängen, wie mein Chef auf diesem Stück Asphalt ins Schwitzen kam.

„Ihr habt ein wunderschönes Haus", sagte ich zu Avery. „Es sieht aus wie aus einem Home & Garden-Magazin."

Sie strich ihr langes, dunkles Haar zur Seite und lächelte. „Ich danke dir. Aber ich kann die Lorbeeren nicht einheimsen. Liam und ich arbeiten so verdammt viel, dass wir Designer engagiert haben."

Ich erwiderte ihr Lächeln. „Nun, die habt ihr gut angeheuert."

Avery lachte, als wir zum Essbereich im Freien gingen. Dort stand ein polierter Teakholztisch mit Miniatur-Edison-Birnen, die entlang einer Pergola aufgereiht waren. Ich war mir sicher, dass sie bei Sonnenuntergang gerade so viel Licht spenden würden, dass man etwas sehen konnte, aber immer noch dämmrig genug für eine schöne Atmosphäre waren.

Avery gestikulierte in meine Richtung. „Leute, das ist Quinn Montgomery. Quinn, das sind einige unserer anderen Freunde. Liam kennst du ja schon, und dann haben wir noch Susannah mit ihrem Mann Ted, Ceri und ihren Verlobten Ryan, Brenda mit ihrem Mann Scott, und zum Schluss haben wir noch Smith Walker."

Ich nickte allen zur Begrüßung zu, während Avery sie von links nach rechts aufzählte. Der einzige freie Platz befand sich direkt neben Smith, dem Mann, den ich hier treffen wollte. Als ich mich seinem Ende des Tisches näherte, stand er auf und zog mir den Stuhl zurück.

„Danke", sagte ich, als ich mich setzte.

Smith lächelte. „Gern geschehen. Es ist *sehr* schön, dich kennenzulernen, Quinn."

„Dich auch." Ich erwiderte sein Lächeln.

Smith war definitiv interessiert, daran hatte ich keinen Zweifel. Er war auch ein ausgezeichneter Gesprächspartner, der nachdenkliche, aber nicht zu aufdringliche Fragen stellte. Ab und zu ertappte ich ihn dabei, wie er mich mit lüsternen Augen ansah, die ich so gerne erwidern würde. Er war sicherlich ein gutaussehender Mann. Manche würden sogar sagen, hinreißend. Aber fühlte ich mich zu ihm hingezogen? Nö. Nicht einmal ein bisschen.

Das Einzige, woran ich während des Essens denken konnte, war, dass Smiths Augen nicht die richtige Farbe hatten - dieses atemberaubende Blau, das in Türkis überging, wenn man sich der karibischen Küste näherte. Er hatte nicht die immerwährenden Stoppeln an seinem Kinn, als hätte er sich an diesem Morgen nicht rasieren können. Seine Lippen waren viel zu dünn; ich verspürte keinerlei Zwang, an ihnen zu knabbern.

Gott, was war nur los mit mir?

Ich hasste Ronan Maxwell. Das konnte ich gar nicht oft genug betonen, aber wenn ich nachts die Augen schloss oder wenn meine Finger über meinen Unterleib fuhren, bereit, meinem Körper die Erleichterung zu verschaffen, die er so verzweifelt suchte, war er alles, woran ich denken konnte.

Wir hatten eine bevorstehende Geschäftsreise zur Besichtigung der neuen Immobilien. Wie zur Hölle sollte ich das überleben? Sicher, wir waren schon ein paar Mal zusammen verreist, aber das war, bevor wir Sex gehabt hatten. Obwohl ich jahrelang von ihm fantasiert hatte, wusste ich nie, was ich bisher verpasst hatte, was einen großen Unterschied machte. Wie sollte ich ihm widerstehen, wenn wir an einem so romantischen Ort waren? Ich schwöre, es lag einfach etwas in der hawaiianischen Luft, in dem Moment, in dem man aus dem Flugzeug steigt, fühlt man sich entspannter. Weniger gehemmt. Das Letzte, was ich brauchte, war, in der Nähe von Ronan Maxwell weniger vorsichtig zu sein.

So sehr ich es auch hasste, es zuzugeben, er hatte

mich verletzt. Logischerweise wusste ich, dass er mir nichts schuldete und ich unvernünftig war. Wir waren nicht in einer festen Beziehung; er konnte sich verabreden, mit wem er wollte, genau wie ich. Und ich habe ihn definitiv angestachelt - ich konnte einfach nicht aufhören. Aber es tat trotzdem weh, zu wissen, dass er mit Cressida Cole ausging.

Ich konnte nicht genau sagen, wann es passiert war, aber ich war emotional involviert, wenn es um Ronan Maxwell ging, trotz der vehementen Proteste meines Kopfes. Seit diesem Tag hatte ich einen ständigen Schmerz in meiner Brust. Ich war kein Narr, ich hatte gesehen, wie sie ihn angesehen hatte. Es war unmöglich, dass sie in dieser Nacht keinen Sex mit ihm gehabt hatte. Ich konnte nicht aufhören, mich zu fragen, was sie in diesem Moment taten. Ob er sie auf die gleiche Weise berührte, wie er mich berührt hatte. Ob sie das Gefühl hatte, dass sie nie genug bekommen konnte, so wie ich auch. An diesem Abend trank ich eine ganze Flasche Wein, nur um einschlafen zu können.

Den Rest der Arbeitswoche versuchte ich, ihm aus dem Weg zu gehen. Wenn wir doch einmal miteinander sprechen mussten, wählte ich meine Worte mit Bedacht. Ich bemühte mich, jegliche Emotionen zu unterdrücken, was viel leichter gesagt als getan war. Ach, wie sollte ich es nur schaffen, auf Hawaii so eng mit ihm zusammenzuarbeiten, ohne die Puffer, die ich normalerweise im Büro hatte?

Verdammt, ich war so am Arsch.

Den Tag, an dem ich Ronan Maxwell kennenlernte, werde ich nie vergessen. Ich hatte Bilder von ihm im Internet gesehen und wusste daher, dass er gut aussah, aber ich war nicht darauf vorbereitet gewesen, dass diese Bilder ihm nicht gerecht wurden. In natura sah er viel imposanter aus, und soweit ich das beurteilen konnte, hatte dieser Mann keinen einzigen Makel am Körper. Mich hatte noch nie ein hübsches Gesicht sprachlos gemacht – vor allem, wenn man bedenkt, dass Los Angeles voll davon war -, aber ich war absolut verblüfft, als Edna aus der Personalabteilung uns vorstellte.

„Und hier ist Ihr Schreibtisch", sagte Edna, als wir Vorzimmer des CEOs betraten.

In diesem Moment öffnete sich die Tür zum Nebenzimmer und Mr. Maxwell kam heraus.

„Oh, gut!" rief Edna aus. „Mr. Maxwell, ich möchte Ihnen Ihre neue Assistentin vorstellen. Das ist Quinn Montgomery. Sie hat gerade die Orientierungsphase hinter sich

gebracht, es ist also heute ihr erster Tag in der Chefetage. Wir haben sie bereits mit allen Erwartungen an die Stelle vertraut gemacht, so dass sie sofort einsatzbereit ist."

Ich streckte meine Hand aus. „Es freut mich, Sie kennenzulernen, Mr. Maxwell. Ich freue mich auf die Zusammenarbeit mit Ihnen."

Ohne ein Wort zu sagen, beäugte er meine ausgestreckte Hand, als ob sie das Ebola-Virus enthielte. Ich stand gut zwanzig Sekunden lang unbeholfen da, bevor ich meinen Arm zurückzog.

Edna räusperte sich, wahrscheinlich, um die Spannung in der Luft zu lösen. „Gut, dann lasse ich Sie jetzt in Ruhe. Miss Montgomery, alle Ihre Zugangscodes befinden sich in dem Ordner neben Ihrer Tastatur. Ein Verzeichnis mit meiner Durchwahl ist ebenfalls enthalten. Bitte zögern Sie nicht, mich anzurufen, wenn Sie Fragen haben."

Ich nickte. „Vielen Dank, Edna."

Mr. Maxwell hatte immer noch kein Wort gesagt, also setzte ich ein breites Lächeln auf und sagte: „Vielen Dank für diese Gelegenheit, Sir. Ich habe nur Gutes über die Arbeit bei Maxwell Hotels gehört."

„Miss Montgomery, für die Zukunft: Dies ist keine zwanglose Umgebung. Ich erwarte von allen Mitarbeitern, dass sie sich gegenseitig förmlich ansprechen." Während er dies sagte, rückte er seine Manschettenknöpfe zurecht und vermied jeglichen Blickkontakt.

Was war das Problem dieses Mannes? Mein Freund Antonio hatte mich gewarnt, dass unser CEO eine harte Nuss ist, aber ich hätte nie erwartet, dass er so respektlos sein würde. Er konnte mir nicht einmal die übliche Höflichkeit erweisen, mich anzusehen, wenn er sprach, und das Erste, was aus seinem Mund kam, war das? Ich ließ die letzten Minuten in meinem Kopf Revue passieren und versuchte herauszufinden, was ich falsch gemacht hatte.

Mr. Maxwell hob eine Augenbraue. „Sie haben Ms. Layton mit ihrem Vornamen angesprochen. Sehen Sie zu, dass Sie das in Zukunft unterlassen."

„Äh …" Ich hatte keine Ahnung, was ich sagen sollte. Ich konnte nur dastehen wie ein Trottel mit offenem Mund.

Es stellte sich heraus, dass ich mir keine Gedanken über die Formulierung einer Antwort machen musste, denn im nächsten Moment drehte er sich auf den Fersen um, marschierte zurück ins Büro und schlug die Tür hinter sich zu. In diesem Moment wusste ich, dass die Arbeit für Ronan Maxwell vielleicht doch mehr war, als ich erwartet hatte. Ich wusste, dass der Mann alle paar Monate eine neue persönliche Assistentin brauchte, aber ich hatte immer angenommen, dass *sie* das Problem waren, nicht *er*. Wenigstens machte mein Anfangsgehalt jetzt durchaus Sinn.

„Miss Montgomery, haben Sie gehört, was ich gesagt habe?"

Ich schüttelte mich aus meiner Trance und sah auf. Mr. Maxwell lehnte am Türrahmen seines Büros und hatte die Hände in den Taschen.

„Hm?"

Er neigte den Kopf zur Seite. „Wie war Ihr Wochenende? Genauer gesagt, die Dinnerparty im Haus meines Bruders?"

Er sah aus, als würde ihn seine eigene Frage körperlich schmerzen. Ich verbiss mir ein Lächeln und klimperte mit den Wimpern.

„Seit wann sind persönliche Gespräche im Büro erlaubt? Haben Sie mir nicht schon *hunderte Male* gesagt, dass ich zum Arbeiten hier bin und nicht zum Plaudern? Habe ich ein Memo verpasst oder so?"

„Ich werde Ihnen ein verdammtes Memo mit meinem Schwanz geben", murmelte er.

Ich tat so, als würde ich meine Ohrstöpsel entfernen. „Tut mir leid, das habe ich nicht verstanden. Würden Sie sich bitte wiederholen?"

„Sie haben mich gehört."

Ich richtete meinen Blick auf den Monitor und begann, durch meinen Kalender zu blättern. „Nein, danke. Ich habe kein Interesse daran, jemandes zweite Wahl zu sein."

„Eifersüchtig, Miss Montgomery?" Ich könnte schwören, dass er lächelte, aber ich weigerte mich, aufzublicken, um das zu bestätigen.

Ich spottete. „Wohl kaum. Brauchen Sie etwas Geschäftliches, Sir?"

Diesmal sah ich auf und hob herausfordernd eine Augenbraue.

Er warf mir einen eisigen Blick zu. „Machen Sie meinen Terminplan frei. Ich bin den Rest des Tages nicht da."

Bevor ich ein weiteres Wort sagen konnte, war er bereits aus dem Zimmer in den Flur gestürmt.

Arsch.

Von mir aus. Ich wollte mich nicht darüber beschweren, dass ich den ganzen Nachmittag nichts mit ihm zu tun hatte.

KAPITEL ZWÖLF

RONAN

Das musste aufhören.

Ich konnte nicht jedes Mal aus dem Büro verschwinden, wenn Miss Montgomery mich mit ihren Widerworten an den Rand des Verstandes brachte. Ich wollte sie so gerne zum Schweigen bringen, indem ich ihre enge kleine Fotze leckte, dass ich an nichts anderes denken konnte. Ich hatte keinen Zweifel daran, dass sie jeden Moment genossen hätte, wenn ich Miss Montgomery tatsächlich vor mich gestellt und mich an ihrer Muschi vergnügt hätte. Sie wäre hinterher wütend gewesen, weil sie denkt, ich hätte Cressida gefickt, und ihr war der Gedanke, dass ich mit einer anderen Frau zusammen war, offensichtlich unangenehm, aber sie hätte um mehr gebettelt, *während* ich sie berührte.

Wie sollte ich auf dieser bevorstehenden Reise schlafen, wenn ich wusste, dass sie in einem Zimmer in der Nähe war und ein Bett zur Verfügung stand? Ich fragte mich, was sie in ihrer Freizeit, die wir in der zweiten Hälfte an allen Tagen hatten, tun würde. Würde sie Stunden am Pool oder am Strand verbringen? Verdammt, ich konnte sie mir gerade in einem kleinen Bikini vorstellen, wie sie auf einem Liegestuhl lag. Ihr langes Haar war von einem Bad im Ozean zurückgekämmt, ihre Haut glänzte unter der hawaiianischen Sonne.

Das Bild in meinem Kopf ließ mich meinen Schwanz immer schneller streicheln, bis ich meine Ladung über die Wände in meiner Dusche schoss. Gott, ich war verdammt erbärmlich. Als ich das Wasser abstellte, sagte ich mir, dass ich aufhören musste, von ihr besessen zu sein. Ich würde mich einfach mehr denn je in die Arbeit vergraben müssen, damit ich keine Zeit hatte, sie zu begehren.

Sollte doch einfach sein, oder?

„Ich möchte, dass Sie zwei zusätzliche Tage auf Maui einplanen."

Miss Montgomery blinzelte ein paar Mal. „Warum?"

„Ich dachte mir, wenn wir schon mal da sind, können wir uns auch ein paar Tage frei nehmen und die Insel ein wenig erkunden."

Eine kleine Falte bildete sich zwischen ihren Brauen. „*Wir*?"

„Ich verstehe nicht, warum Sie mich dazu befragen. Es ist nicht ungewöhnlich, dass ich einen freien Tag in unseren Terminkalender einbaue, damit ich mir die Gegend ansehen kann. Ich habe nicht gemeint, dass *wir* diese Zeit zusammen verbringen, Miss Montgomery. Ich würde mein eigenes Ding machen und Sie Ihres."

Sie dachte einen Moment darüber nach. „Sie haben Recht, es ist nicht ungewöhnlich, dass Sie sich ein oder zwei Tage Zeit nehmen. Was ungewöhnlich *ist*, ist die Tatsache, dass Sie mich noch nie darum gebeten haben, eine Reiseroute zu ändern. Ich müsste unsere Flüge umbuchen und Ihre Termine neu ansetzen."

Ich stieß ein scharfes Ausatmen aus. „Ich bleibe zwei Tage länger - tun Sie, was Sie tun müssen, um das zu ermöglichen. Wenn Sie Ihren ursprünglichen Flug behalten wollen, bitte sehr. Aber ich würde Ihnen dringend empfehlen zu bleiben."

Miss Montgomery sah mich nachdenklich an. „Warum wollen Sie, dass ich bleibe?"

Das war eine gute Frage. Ich wusste nicht einmal, warum ich überhaupt vorgeschlagen hatte, unsere Reise zu verlängern. Es war ein schwacher Moment von mir gewesen - Miss Montgomery hatte erwähnt, dass sie noch nie auf Maui gewesen war. Ich konnte nicht aufhören, daran zu denken, wie gerne ich ihr einige meiner Lieblingsplätze auf der Insel zeigen würde. Verdammt, was hat diese Frau mit mir gemacht?

Ich kämmte mir mit den Fingern durch die Haare. „Ich will *nicht*, dass Sie bleiben, aber es wäre gut fürs Geschäft, wenn Sie ein paar der Spa-Dienste in Anspruch nehmen würden und Sie mir anschließend ein Feedback geben könnten."

Die Lüge schmeckte bitter auf meiner Zunge, aber ich wollte auf keinen Fall zugeben, dass ich sie tatsächlich bei mir haben wollte.

Miss Montgomery nickte. „Ich werde die Vorbereitungen treffen. Darf ich wieder zur Tagesordnung übergehen, bevor Sie uns wieder einen Strich durch die Rechnung machen?"

Oh, wie gerne hätte ich ihrem frechen Mundwerk eine Lektion erteilt. „Machen Sie nur."

„Auf Oahu landen wir also gegen zwei Uhr nachmittags in Honolulu. Ich habe den ganzen Tag für die Reise eingeplant. Am nächsten Morgen haben wir eine Tour mit dem Manager vor Ort geplant. Am Abend findet das Luau statt. Möchten Sie lieber ein Auto mieten oder einen Transportservice vom und zum Flughafen in Anspruch nehmen?"

Ich trommelte mit den Fingern auf meinem Schreibtisch. „Mieten Sie ein Auto. Einen Jeep Wrangler."

Miss Montgomery sah verwirrt aus. „Aber ... normalerweise wollen Sie doch ein Luxusfahrzeug."

„Seien Sie nicht so ein Snob, Miss Montgomery. Jeeps sind tolle Fahrzeuge, besonders auf Hawaii."

Meine Lippen zuckten, als sie mich anfunkelte. „Ich bin kein Snob. *Sie* sind derjenige, der immer ‚nur das Beste' verlangt."

Sie verspottete mich. Sie vertiefte ihre Stimme

und benutzte Anführungszeichen bei den letzten drei Worten. Warum fand ich das so verdammt sexy?

„Wie dem auch sei" - ich winkte abweisend mit der Hand - „nehmen Sie den Jeep. Ich will jemanden, der mit einer harten Fahrt umgehen kann."

Sie schüttelte den Kopf. „Meinen Sie nicht *etwas*, das eine harte Fahrt vertragen kann? Sie sagten *jemand*."

Ich verbiss mir ein Lächeln. „Holen Sie Ihre Gedanken aus der Gosse, Miss Montgomery. Ich versichere Ihnen, ich habe *etwas* gesagt."

Ihre Augen verengten sich. „Gut. Ich werde einen Jeep besorgen. Kann ich jetzt zu unserer Maui-Reiseplanung zurückkommen?"

„Auf jeden Fall. Das Wort gehört Ihnen."

Während ich ihr zuhörte, wie sie unseren Zeitplan herunterrasselte, stellte ich mir vor, sie von hinten zu nehmen, während sie auf allen Vieren war. Gott, ich begann zu denken, dass das nie aufhören wird. Es war, als hätte ihre Muschi mein Gehirn gekapert. Warum war diese Frau so verdammt besonders?

Wenn wir auf Hawaii ankamen, musste ich meinen Schwanz überreden, in unserer freien Zeit jemand anderen zu ficken, ganz einfach. Es gab immer eine willige Frau, die auf der Suche nach einer

Urlaubsbekanntschaft war. Es gab keinen logischen Grund, warum ich das nicht ausnutzen sollte. Jemand anderen zu ficken, musste die Lösung sein. Ich würde es nie wissen, wenn ich es nicht versuchen würde.

KAPITEL DREIZEHN

QUINN

„Und was ist mit dem hier?" Sylvie hielt einen dunkelviolett-goldenen BH hoch. „Der ist total sexy."

Ich nahm ihr das spitzenbesetzte Kleidungsstück ab. „Er *ist* verdammt sexy. Er ist auf jeden Fall einen Ausflug in die Umkleidekabine wert."

Sie blätterte durch die Bügel an der Stange. „Oh, und sie haben passende Höschen. Tanga oder Höschen?"

Ich prüfte meine Optionen. „Auf jeden Fall den Tanga. Meine Arbeitskleidung ist nicht sehr nachsichtig mit Höschen."

Sylvie wandte sich der nächsten Auslage zu und

griff nach einem rassigen roten Kleidungsstück. „Wie wäre es damit? Du siehst in Rot verdammt heiß aus.“

Ich versuchte, nicht daran zu denken, dass Mr. Maxwell diese Farbe liebte, aber ich scheiterte kläglich. Immer, wenn ich irgendeine Variante von Rot trug, war es, als würde ich vor einem Stier mit einer Fahne wedeln. Er konnte seine Augen kaum von mir abwenden.

Es sollte mir scheißegal sein, was er mochte, aber war es nicht. Zumindest war es befriedigend zu wissen, dass ich so etwas unter meiner Arbeitskleidung tragen würde und er nie die Gelegenheit haben würde, es zu sehen. Das war jedenfalls die Geschichte, an der ich festhielt.

„Nimm den und den rot-schwarzen daneben.“

„Warum sind wir noch mal hier? Hast du nicht erst vor ein paar Monaten einen Haufen Zeug gekauft?“

Ich zuckte mit den Schultern. „Ich hatte Lust, schöne Sachen zu kaufen.“

Sylvie schaute skeptisch. „Bist du sicher, dass das nichts mit einem gewissen umwerfenden CEO zu tun hat, den du bumst?“

„Gebumst *habe*. Ich werde es definitiv nicht mehr machen, nachdem er dieses Model gevögelt hat.“

Sie grinste. „Wenn du das sagst, Quinnie.“

Ich rollte mit den Augen. „Ich meine es ernst, Sylvie. Ich weiß, dass wir uns nie darauf geeinigt haben, exklusiv zu sein - verdammt, das einzige, worauf wir uns geeinigt haben, war, keinen Sex mehr zu haben, und sieh dir an, was daraus geworden ist - aber es stört mich trotzdem."

„Bist du sicher, dass du dich nicht hauptsächlich über dich selbst ärgerst, weil dieser Smith-Typ deine Pflaume nicht zum Jubeln gebracht hat?"

Ich riss die Augen auf. „Oh mein Gott, nicht so laut! Wer zur Hölle sagt überhaupt *Pflaume*?"

Sie warf ihr Haar über ihre Schulter. „*Ich tue das, und du liebst mich dafür.*"

„Das stimmt, das tue ich", lachte ich. „Aber im Ernst, ich weiß nicht, was mein Problem ist. Es fühlt sich an, als würde mein Kopf ständig Krieg mit meinem Körper führen. Ich weiß ehrlich gesagt nicht, wie ich damit umgehen soll. So habe ich mich noch nie zuvor gefühlt."

„Das sollte dir vielleicht etwas sagen."

„Was zum Beispiel?"

Sylvie hielt ein Satinkorsett an ihren Oberkörper, bevor sie es zurück an den Ständer hängte. „Vielleicht solltest du deinem Körper einfach geben, was er will. Du bist eine schöne, alleinstehende, sechsundzwanzigjährige Frau. Er ist ein heißer, alleinstehender Mann in den Dreißigern, der weiß, was er im Bett tut. Die Chemie zwischen euch stimmt einfach. Warum musst du es dir so schwer machen? Es ist ja nicht so, dass wir hier über einen Schwanz reden."

Ich gluckste. „Nur du kannst hier einen Schwanzwitz in das Gespräch einbinden. Außerdem reden wir eigentlich schon über einen Schwanz. Wörtlich und im übertragenen Sinne."

Sie zuckte unschuldig mit den Schultern. „Scherz beiseite, ich meine es ernst, Quinn. Warum nicht einsteigen und die Fahrt genießen, solange sie andauert?"

„Weil er mein Chef ist", sagte ich trocken.

„Na und? Ihr seid beide mündige Erwachsene. Solange ihr diskret seid, kann es nicht schaden."

„Das könnte meiner Karriere schaden, Syl. Das nehme ich nicht auf die leichte Schulter."

Sie dachte einen Moment lang darüber nach. „Schatz, ich weiß, dass du das nicht willst. Aber glaubst du wirklich, dass es das würde? Im schlimmsten Fall - sagen wir, ihr vögelt eine Weile miteinander, und es endet schlecht. Glaubst du wirklich, dass Ronan Maxwell die Art von Mann ist, der Geschäftliches mit Privatem verwechselt? Er scheint jemand zu sein, der genau weiß, wo das eine anfängt und das andere aufhört."

„Ja... vielleicht. Aber ich weiß nicht, ob *ich* beides trennen kann. Außerdem mag ich den Kerl nicht einmal."

„Dein Wurstkäfig tut es auf jeden Fall." Sylvie zwinkerte.

Ich schüttelte den Kopf und lachte. „Deine Lächerlichkeit kennt keine Grenzen."

Sie legte ihren Arm um meine Schulter. „Das ist der Grund, warum du mich um dich hast."

Ich umarmte sie seitlich. „Danke, dass du hier bist, Syl. Ich wüsste nicht, was ich ohne dich tun würde."

Sie drückte mich zurück. „Das gilt auch für dich, Baby."

„Ich bin sicher, dass wir eine *für beide Seiten vorteilhafte* Lösung finden können, Ronan." Die Frau, die am anderen Ende des Tisches saß, schnurrte förmlich.

Ich kniff die Augen zusammen, als ihr krallenartiger Nagel sich einen Weg über Mr. Maxwells Unterarm bahnte. Meine Fäuste ballten sich unter dem Tisch, als er ihr sein typisches höschenschmelzendes Grinsen zeigte.

Wir waren bei einem Mittagessen mit Dahlia

Vale, der Vizepräsidentin von Vale Linens, unserem Hauptlieferanten für Bettwäsche. Es war an der Zeit, unseren Vertrag zu erneuern, und sie wollten hart verhandeln, um fünfzehn Prozent mehr zu bekommen. Ms. Vale, die neu ernannte Vizepräsidentin, bestand auf ein persönliches Treffen, um zu verhandeln.

Ich hatte den leisen Verdacht, dass ihr einziges Ziel bei diesem Treffen darin bestand, meinen Chef anzubaggern, und er spielte ihr direkt in ihre perfekt manikürten Hände. Ich war eindeutig das dritte Rad am Tisch, und das ärgerte mich ehrlich gesagt. Normalerweise hatte ich bei solchen Treffen eine viel aktivere Rolle. Mr. Maxwell fragte mich ständig nach meinem Beitrag, und manchmal überließ er mir die Leitung des Gesprächs. Nichts von alledem geschah jetzt.

Ich redete mir ein, dass meine Verärgerung *nichts mit der Tatsache zu tun* hatte, dass Ms. Vale schön, intelligent und kultiviert war - alles Eigenschaften, auf die ein Mann wie Mr. Maxwell abfahren würde. Es lag einzig und allein daran, dass ich besser im Büro geblieben wäre, wo ich doch so viel Gutes getan hatte. Als die Mittagspause endlich vorbei war, konnte ich gar nicht schnell genug in die Limousine springen. Obwohl ich jetzt, wo ich mit Mr. Maxwell in einem engen Raum festsaß, es kaum erwarten konnte, aus diesem Auto auszusteigen. Zu meinem Pech war der Verkehr auf der 405 zum Erliegen gekommen, und wir kamen eine ganze Weile nicht weiter.

„Was zum Teufel ist ihr Problem?", bellte mein Arschloch-Chef.

Ich schoss ihm mit meinen Augen einen Dolchstoß entgegen. „*Sie*. Sie sind mein Problem."

Er hatte sogar die Frechheit, verwirrt zu schauen. „Was zum Teufel habe ich getan?"

Ich erhaschte einen Blick auf unseren Fahrer, Lawrence, der unsere Interaktion im Rückspiegel beobachtete. Mr. Maxwell musste es auch gesehen haben, denn im nächsten Moment fuhr er die Trennwand hoch. Lawrence drehte sofort die Musik lauter, weil er offensichtlich den Wink verstanden hatte.

„Machen Sie sich keine Sorgen, es ist ja nicht so, als würde es Sie wirklich interessieren."

„Ersparen Sie mir den PMS-Scheiß, Miss Montgomery. Ich hätte nicht gefragt, wenn ich es nicht wissen wollte."

Ich musste in meinem Kopf bis zehn zählen, um nicht zu schreien. „Ich frage mich nur, warum ich mir überhaupt die Mühe gemacht habe, zu diesem Treffen zu kommen. Sie und Ms. Vale haben mich die ganze Zeit ignoriert. Sie haben buchstäblich kein *einziges Wort* zu mir gesagt. Meine Anwesenheit hatte keinerlei Wert."

„Oh, wurden Ihre kostbaren Gefühle verletzt?"

Ich spottete. „Wohl kaum. Ich bin nur sauer, dass Sie meine Zeit verschwendet haben."

Mr. Maxwell presste den Kiefer zusammen. „Wir sollten nicht vergessen, wer für wen arbeitet, Miss Montgomery."

„Glauben Sie mir, das würde ich nie vergessen", murmelte ich vor mich hin. „Das würden Sie nie zulassen."

Er hob eine Augenbraue. „Was war das?"

Ich rollte mit den Augen. „Sie sind derjenige, der immer sagt, ich solle so viel wie möglich in diesem Geschäft lernen. Unabhängig von Ihren persönlichen Fehlern - und davon gibt es viele – waren Sie immer großartig darin, mir die Möglichkeit zu geben, zu wachsen. Sie haben mir das Gefühl gegeben, dass meine Meinung von Bedeutung ist. Das war heute nicht einmal annähernd der Fall, und das hat mich wütend gemacht. Sie wissen verdammt gut, dass ich mich in dieser Verhandlung hätte behaupten können, aber Sie waren zu sehr mit dem Flirten beschäftigt, um mir eine Chance zu geben."

Er schenkte mir ein herablassendes Grinsen.

„Vielleicht habe ich beschlossen, dass Assistenten dazu da sind, gesehen und nicht gehört zu werden. Dass man nur dasitzen und gut aussehen muss und den Rest den echten Profis überlässt."

„*Wie können Sie es wagen* ... Sie frauenfeindliches, egoistisches Arschloch! Ich hasse Sie!" Ich war zu blind vor Wut, um über meine nächste Handlung nachzudenken. Bevor ich merkte, was ich tat, hob ich meine Hand und schlug Mr. Maxwell ins Gesicht. Der Knall hallte im ganzen Fahrzeug wider. Ich war mir ziemlich sicher, dass die Leute zehn Autos weiter es hören konnten.

Ich glaube, wir waren beide schockiert. Ich saß sprachlos da, während Mr. Maxwell die Stelle rieb, an der ich ihn geschlagen hatte. Die Stille dehnte sich vor uns aus, während seine Lippen schmaler wurden und ein Muskel in seinem Kiefer zuckte.

„Wissen Sie...", begann er. „Sie schienen mich wirklich zu mögen, als wir gefickt haben. Als Sie über meinen Schreibtisch gebeugt waren und jede Sekunde genossen haben, die ich von hinten in Sie gestoßen habe. Oder als Sie auf meinem Gesicht ritten und Ihre Säfte über mein Kinn tropften. Oder als Sie mit Ihren Fingernägeln so hart über meinen Rücken gefahren sind, dass Sie Blut vergossen und mein dreihundert Dollar teures Hemd ruiniert haben? Da haben Sie kein *einziges Wort* des Protestes gesagt, oder? Nein, im Gegenteil, Sie konnten nicht genug bekommen. Sie konnten nicht aufhören, meinen Namen zu schreien, nach mehr zu betteln. Sie schienen mich *sehr* zu mögen. Ich würde ein Jahresgehalt darauf wetten, dass ich, wenn ich jetzt in Ihr Höschen greifen würde, feststellen würde, dass Sie eine glitschige, heiße Sauerei sind. Dass Ihre Klitoris bereits angeschwollen ist und mich anfleht, an dieser saftigen kleinen Knospe zu saugen.“

Meine Brust schwoll an. Meine Muschi schmerzte. Ich verfluchte meinen Körper dafür, dass er so auf diesen Mann reagierte. „Ficken. Sie. Sich.“

Er sah mich von oben bis unten an. „Ich stimme Ihnen zu, Miss Montgomery. Ficken klingt nach einem fantastischen Plan, um die Schlampe vorübergehend aus Ihnen zu vertreiben. Es hat mich noch nicht enttäuscht.“

„In Ihren Träumen“, schnaufte ich.

„Sie haben recht, wir ficken in meinen Träumen. Oft.“ Er ließ sich Zeit, seine Anzugsjacke auszuziehen, seine Manschettenknöpfe abzunehmen und die Ärmel hochzukrempeln, bevor er fortfuhr. „Wissen Sie, diese Spielchen und das Verleugnen unserer gegenseitigen Anziehungskraft werden sehr schnell sehr langweilig. Ich würde meine Zeit viel lieber damit verbringen, Sie *tatsächlich zu* ficken, als darüber zu fantasieren." Er deutete auf den offensichtlichen Ständer in seiner Hose. „Wenigstens habe ich den Mumm, das zuzugeben. Die Frage ist nur, ob Sie es auch haben."

Ich hasste es, wie mir das Wasser im Mund zusammenlief bei dem Gedanken, den Reißverschluss seiner Hose zu öffnen und seinen riesigen Schwanz herausspringen zu sehen. Wie sich meine Brustwarzen zu scharfen Spitzen verhärteten, die durch den dünnen Stoff meines Kleides zu sehen waren. Noch mehr hasste ich es, wie ich mich in Bewegung setzte und wie eine Besessene begann, seinen Gürtel zu öffnen.

In dem Moment, als seine Hose tief genug war, um seine Erektion freizugeben, ritt ich auf seinem Schoß. „Das heißt nicht, dass ich Sie mag."

Mr. Maxwell zog meinen Tanga beiseite und strich mit seinem Finger über meinen Schlitz. Er lächelte, als er genau das fand, was er vorhin vorausgesagt hatte. „Das reden Sie sich immer wieder ein, Schätzchen. Ihr Körper sagt etwas anderes."

Ich griff nach seinem Glied und setzte es an meinem Eingang an. „Halten Sie einfach die Klappe und ficken Sie mich."

Er stöhnte, als ich begann, mich über ihn zu beugen. „Kondom?"

Ich schüttelte den Kopf. „Wir brauchen keins. Wir sind beide clean und ich nehme die Pille."

Er sah mich neugierig an. „Woher wissen Sie, dass ich sauber bin?"

Ich stöhnte auf, als ich noch tiefer sank, und hielt auf halber Strecke inne, um mich an seine Breite anzupassen. „Als Ihr Arzt Ihnen neulich die Ergebnisse der letzten Untersuchung schickte, habe ich die E-Mail gelesen."

Seine Lippen schürzten sich zur Seite. „Sie neugieriges kleines Luder. Sie sollen alles ignorieren, was als persönliche Nachricht gekennzeichnet ist."

Mein Hintern war jetzt in seinem Schoß. „Ja... nun... wie wär's, wenn wir einfach aufhören zu reden?
"

Mr. Maxwell wuschelte mir durch die Haare in meinem Nacken. „Geben Sie mir diesen herrlichen Mund und ich werde es tun."

Das brauchte er mir nicht zweimal zu sagen. Ronan Maxwell zu küssen war offiziell zu einer meiner neuen Lieblingsbeschäftigungen geworden. Ich stöhnte auf, als er seine Zunge in meinen Mund schob und gleichzeitig grob nach meiner Brust griff. Wir fingen langsam an, aber das steigerte sich schnell, als ich mich erhob, bis ich seine Spitze erreichte, und meine Hüften rollte, bevor ich wieder nach unten glitt.

Mr. Maxwell griff hinter mich, öffnete den Reißverschluss meines Kleides und schob es von meinen Schultern, bis es sich an meiner Taille sammelte. Er zog auch meinen BH herunter, ohne sich die Mühe zu machen, ihn zu öffnen, und ließ ihn kopfüber um meinen Bauch hängen. Seine weichen Lippen schlossen sich fest um meine Brustwarze und saugten so stark, dass ein Stich zurückblieb, bevor er zu der anderen Brustwarze ging und dasselbe tat.

Während er abwechselnd meine Brüste und meinen Hals küsste und an ihnen saugte, wickelte ich seine Krawatte um mein Handgelenk, um sie als Hebel zu benutzen, während ich immer schneller wurde. In diesem Moment wurde alles andere unbedeutend. Das Einzige, was durch mein Bewusstsein drang, war die Wärme seines Körpers, der sich an meinem rieb. Die rauen Geräusche unseres Atems oder das Klatschen der Haut. Die Art, wie er meine Hüften so besitzergreifend festhielt, als würde er lieber sterben, als loszulassen.

Ich hasste es, dass er mir solche Gefühle vermitteln konnte. Dass er so viel Macht über mich haben konnte. Aber wenn ich ehrlich zu mir selbst war, gab es auch einen kleinen Teil von mir, der es liebte. Immer wenn dieser Mann in mir war, fühlte ich mich sicher, aber gleichzeitig auch rücksichtslos. Er gab mir das Gefühl, dass es in Ordnung war, die Kontrolle zu verlieren; dass er da sein würde, um mich aufzufangen, wenn ich fiel. Ich hatte mich noch nie so frei gefühlt wie in seiner Gegenwart.

Unsere Körper glitzerten vor Schweiß. Die getönten Scheiben waren beschlagen. Ich stützte meine Hände auf das Innendach, als er meine Hüften packte und die Kontrolle übernahm.

„Mein Gott, sieh nur, wie du auf meinem Schwanz reitest." Mr. Maxwell begann, mit seinem Daumen Kreise über meine Klitoris zu ziehen, während seine Augen an der Stelle klebten, wo sich unsere Körper vereinigten. „Du bist so verdammt sexy... du passt zu mir wie ein verdammter Handschuh. *Nichts* fühlt sich besser an als das hier."

„Nicht einmal Cressida Cole?" Ich bereute die Frage in dem Moment, in dem sie über meine Lippen kam, aber ich konnte sie jetzt nicht mehr zurücknehmen.

Er hielt in der Bewegung inne und legte seine Handflächen auf beide Seiten meines Gesichts. „Sieh mich an." Er wartete einen Moment, bis ich einwilligte. „Ich habe seit über einem Jahr weder Cressida Cole noch irgendeine andere Frau gefickt.“

Er hätte mich nicht mehr schockieren können, wenn er gesagt hätte, dass er Regenbögen und Einhörner scheißt. „*Was?* Aber... du hast gesagt...“

Er kniff sanft meine Lippen zusammen. „Ich weiß, was ich gesagt habe. Es war eine blöde Idee. Eine Kurzschlussreaktion darauf, dass ich an dich mit dem Typen von der Dinnerparty gedacht habe.“

„Warum hast du nicht mit jemand anderem geschlafen?“ Meine Stimme war so leise, dass ich nicht sicher war, ob er mich hören konnte.

Er schenkte mir ein sanftes Lächeln. „Weil ich niemand anderen *will*. Schon seit langem nicht mehr. Was das Mittagessen angeht, so habe ich dich ignoriert, weil es die einzige verdammte Möglichkeit war, nicht daran zu denken, wie sehr ich in dir sein wollte.“

Ich sah ihm in die Augen und versuchte zu erkennen, ob er es ernst meinte. Als ich nichts als echte Aufrichtigkeit in seinen schönen blauen Augen sah, verschlug es mir den Atem. Ronan Maxwell hatte mir gerade gesagt, dass er mich seit über einem Jahr begehrte. Dass er mit keiner anderen Frau zusammen war, weil er niemanden *außer* mir wollte.

Heilige Scheiße.

Ich drückte meine Stirn gegen seine und flüsterte: „Ronan".

Er stöhnte auf, als sein Schwanz in mir zuckte. „Oh, fuck, sag das noch mal."

Ich brauchte einen Moment, um zu begreifen, was es damit auf sich hatte. Ich lächelte, als mir klar wurde, dass ich ihn noch nie mit seinem Vornamen angesprochen hatte. Ich ließ meine Hüften kreisen und glitt ein paar Mal auf und ab, bevor ich mich wiederholte. Offensichtlich machte ihm die Vornamenbasis wirklich Spaß, denn er übernahm wieder die Kontrolle und stieß härter und schneller in mich hinein als zuvor.

Wir waren so in Ekstase, dass keiner von uns einen Rhythmus halten konnte, aber das tat der Erfahrung keinen Abbruch. Wenn überhaupt, dann *steigerte* es das Erlebnis. Wir waren so verzweifelt nacheinander; wir funktionierten mit reinem animalischem Instinkt. Es war roh und düster, aber es war auch intim. Demütigend. Wenn wir uns nicht küssten, blickten wir uns in die Augen. Als ich zum Höhepunkt kam, strich er mit seinem Daumen über meinen Kiefer und sah mich mit so viel Ehrfurcht, so viel Verwunderung an, dass ich fast von meinen Gefühlen überwältigt wurde.

Ich wusste nicht genau, *was* passiert war, aber es

war definitiv einer dieser Momente, die das Spiel verändern.

Mr. Maxwell drückte sein Gesicht in meine Halsbeuge, während er seiner Erlösung nachjagte. „Quinn... *verdammt*... Ich weiß nicht, wie ich das nicht mehr wollen kann.“

Ich schloss die Augen und genoss die Art, wie mein Name über seine Lippen kam. Ich lehnte meine Wange an seinen Kopf und gab zu: „Ich auch nicht.“

Als sein Orgasmus abebbte, hob er seinen Kopf und gab mir einen sanften Kuss auf die Lippen. „Dann lass uns nicht dagegen ankämpfen. Ich habe es satt, dagegen anzukämpfen.“

Ich war verblüfft. „*Was?* Wie meinst du das?“

Seine Lippen bahnten sich einen Weg an meinem Hals hinunter zu meiner nackten Schulter. „Lass uns mit dem Hin und Her aufhören. Lass uns hiermit weitermachen - natürlich diskret - und sehen, was passiert.“

Ich schüttelte den Kopf. „Ich will nicht...“

Bevor ich meinen Satz beenden konnte, ertönte die Gegensprechanlage.

Mr. Maxwell seufzte und drückte den Knopf. „Ja? “

Lawrence räusperte sich. „Wir haben unser Ziel erreicht, Sir.“

Ich blinzelte schnell und fragte mich, wie das möglich war. Ich konnte mich nicht einmal daran erinnern, dass das Fahrzeug durch den Verkehr gefahren war.

Mr. Maxwell beobachtete mich die ganze Zeit. „Danke, Mr. Slater. Geben Sie uns ein paar Augenblicke. Sie brauchen nicht auszusteigen; ich werde die Tür selbst öffnen."

„Ja, Sir."

Schnell kletterte ich von seinem Schoß und begann, meine Kleidung wieder in Ordnung zu bringen. Ich erschauderte, als ich spürte, wie die Spuren unserer Begegnung in mein Höschen tropften. Ich konnte nicht glauben, dass wir Sex ohne Kondom gehabt haben. Das hatte ich noch *nie* getan. Und Gott, wir haben es auf dem Rücksitz des Firmenwagens gemacht! Es war unmöglich, dass unser Fahrer nicht wusste, was gerade passiert war. Keiner von uns beiden hatte versucht, leise zu sein. Außerdem lag der unverwechselbare Geruch von Sex in der Luft. Wie sollte ich ihm jemals wieder gegenübertreten? Was, wenn er es jemandem erzählt?

Mr. Maxwell muss meine Gedanken gelesen haben. Als er sich wieder in seine Hose steckte, sagte er: „Ich bezahle Mr. Slater sehr gut für seine Diskretion. Du hast nichts zu befürchten."

Ich beugte mich vor, um meine Handtasche zu holen. „Das hätte nicht passieren dürfen. Ich kann mir nicht vorstellen, was er jetzt über mich denken muss."

„Wen kümmert es schon, was er über dich denkt?"

Ich tippte mit dem Zeigefinger auf meine Brust. „*Mich*. Ich habe zu hart gearbeitet, um als sich hochschlafende Hure abgestempelt zu werden."

Er runzelte die Stirn. „Meinst du nicht, dass du ein wenig dramatisch bist?"

Natürlich würde er das nicht verstehen. Er war der große Boss. Niemand würde es wagen, sein Handeln in Frage zu stellen. Ich jedoch hatte nicht so viel Glück.

„Ich kann das nicht tun." Ich griff nach dem Türgriff und öffnete die Tür. „Ich fühle mich auf einmal nicht gut. Ich muss früher gehen."

Seine blauen Augen weiteten sich panisch, als ich begann, aus dem Fahrzeug zu steigen. „Quinn, tu das nicht."

Tränen stachen mir in die Augen. „Es tut mir leid, *Mr. Maxwell*."

Er stieg aus dem Auto und hielt mich am Ellbogen fest. „Warte mal eine Sekunde. Lass uns irgendwo hingehen und darüber reden." Ich wurde vor einer Antwort bewahrt, als sein Telefon klingelte. Er fluchte, als er die Anrufer-ID überprüfte. „Da muss ich muss rangehen.“

Ich wies auf das Telefon. „Ja, natürlich. Das Geschäftliche geht vor.“

Er sah zögernd aus, nahm den Anruf aber trotzdem entgegen. Ich nahm das als meine Chance zu entkommen. Zum Glück war unser Fahrer in die Tiefgarage gefahren, und mein Auto stand nur drei Plätze weiter. Ich drehte den Zündschlüssel und wischte mir eine verirrte Träne weg. Als ich von dem Firmengebäude wegfuhr, sagte ich mir, dass ich mich dieses Mal an die Regeln halten musste. Es war es nicht wert, meine Karriere für Sex zu riskieren, egal wie heiß er war. Jetzt musste ich nur noch mein Herz überzeugen.

RONAN

Meine verdammte Assistentin hatte sich in den letzten drei Tagen krankgemeldet. Sie hatte sich noch *nie* krankgemeldet - ich hätte schwören, dass diese Frau vom Sterbebett aus Tabellenkalkulationen erstellen würde, wenn sie könnte. Quinn Montgomery war ein ebensolcher Workaholic wie ich. Es war kein Zufall, dass ihre plötzliche *Krankheit* unmittelbar nach meinem Vorschlag auftrat, unser... Arrangement fortzusetzen.

War die Vorstellung wirklich so abstoßend?

Das war nicht möglich. So eine Chemie hatte ich

noch nie mit einer anderen Frau gehabt. Sie genoss jede Sekunde, in der sie mich fickte, genauso sehr wie ich. Ich war schon fast versucht, vor ihrer Haustür aufzutauchen und sie auf ihren Schwachsinn anzusprechen. Der einzige Grund, warum ich es noch nicht getan hatte, war eine nervige Stimme in meinem Hinterkopf, die mir immer wieder sagte, dass ich ihr Zeit geben sollte. Dass sie eine Frau war, die, wenn man sie drängte, aus reiner Boshaftigkeit genau das Gegenteil von dem tun würde, was ich wollte. Wo würde ich dann stehen?

Wir sollten morgen nach Hawaii abreisen. Ich konnte nicht umhin, mich zu fragen, ob sie versuchen würde, sich irgendwie davor zu drücken. Wenn das passierte, wäre ich wirklich am Arsch, und zwar nicht im angenehmen Sinne. Sie war, mit Abstand, die beste Assistentin, die ich je hatte. Ich war darauf angewiesen, dass sie mir bestimmte Dinge abnahm, damit ich mich auf die Aufgaben konzentrieren konnte, die nur ich erledigen konnte. Ihre Abwesenheit in den letzten Tagen war sicherlich nicht unbemerkt geblieben, aber die Dinge hier liefen alles in allem ziemlich reibungslos. Quinn war bis zu einem fast zwanghaften Grad organisiert - sie hatte Backup-Pläne für ihre Backup-Pläne, so dass wir weiterhin wie eine gut geölte Maschine arbeiten konnten, mit oder ohne sie. Zumindest vorübergehend.

Das bedeutete nicht, dass ich damit einverstanden war, dass sie weg war. Ich war nicht im Geringsten *damit* einverstanden.

„Mr. Maxwell?"

„Was?", bellte ich.

„Entschuldigen Sie, Sir, aber Sie haben nicht auf meine vorherigen Versuche reagiert, Ihre Aufmerksamkeit zu erlangen."

Ich drehte meinen Kopf in Richtung der Männerstimme und sah unseren leitenden Empfangschef in meiner Tür stehen.

„Was brauchen Sie, Mr. Vasquez?"

„Ich habe Miss Montgomery für Sie auf Leitung 3."

„Warum sagt mir meine Aushilfe das nicht?"

Er räusperte sich nervös. „Äh ..., weil sie vor etwa einer Stunde gekündigt hat."

„*Was?*", brüllte ich. „Warum zum Teufel sollte sie das tun?"

Ich könnte schwören, dass er ein Grinsen unterdrückte. „Ich glaube, ihre genauen Worte waren: ‚Ich weigere mich, noch eine Sekunde für diesen aufgeblasenen Arsch zu arbeiten. Sagen Sie ihm, ich kündige.'" Als ich ihn anfunkelte, fügte er hinzu: „*Ihre* Worte, Sir. Nicht meine."

Ich wischte mir mit der Hand über das Gesicht. Warum war es heutzutage so schwer, gute Hilfe zu finden?

Ich nahm den Hörer ab, drückte aber nicht auf den Knopf, da mein Empfangschef noch zögerte. „Gibt es sonst noch etwas, Mr. Vasquez?"

Er schluckte. „Nein, Sir."

Ich nahm den Anruf aus der Warteschleife und sagte: „Gut, dann verschwinden Sie hier. Gehen Sie auf dem Rückweg zu Ihrem Schreibtisch bei der Personalabteilung vorbei und sagen Sie ihnen, dass ich innerhalb einer Stunde eine andere Aushilfskraft hier haben möchte."

Mr. Vasquez nickte. „Ja, Sir."

Ich wartete, bis er die Tür geschlossen hatte, bevor ich sprach. „Ich hoffe, du hast einen verdammt guten Grund, warum du jetzt nicht hier bist."

Ihr kehliges Glucksen ließ meinen Schwanz anschwellen. „Immer noch so sympathisch wie eh und je, wie ich höre. Wie wäre es, wenn Sie es das nächste Mal versuchen mit: ‚Hallo, Miss Montgomery. Wir haben Sie hier im Büro vermisst. Wie geht's Ihnen?'"

Ich rollte mit den Augen. „Nun, *Quinn*, wenn man

bedenkt, dass ich genau weiß, dass es dir gut geht, wäre das doch sinnlos, oder? Du hast Glück, dass du so gut in deinem Job bist, sonst hätte ich dich für diese Nummer gefeuert. Obwohl ich zugeben muss, dass mein Schwanz dich furchtbar vermisst."

Sie brauchte einen Moment, bevor sie antwortete. „Warum sollte ich mich krankmelden, wenn es mir gut geht, *Mr. Maxwell?*"

Ich stieß scharf den Atem aus. Mein Gott, diese Frau machte mich wütend. „Können wir bitte mit dem Quatsch aufhören? Diejenigen von uns, die heute tatsächlich zur Arbeit erschienen sind, haben noch etwas zu erledigen. Falls du es vergessen hast, wir werden morgen früh abreisen, also habe ich vorher noch einiges zu erledigen."

„Natürlich habe ich das nicht vergessen", schnauzte sie. „Deshalb habe ich ja auch angerufen. Ich wollte Sie wissen lassen, dass ich Sie am Flughafen treffe, anstatt wie geplant den Firmenwagen zu nehmen."

„Warum solltest du das tun? Hast du Angst, dass du dich allein im Auto mit mir nicht beherrschen kannst? Dir ist doch klar, dass wir auf dieser Reise *viel* Zeit alleine verbringen werden, oder?"

Sie spottete. „Kommen Sie mal runter. Das hat nichts *damit* zu tun."

„Ach wirklich?" forderte ich. „Dann nenn mir einen guten Grund, warum du den Dienst, den du bereits geplant hast, nicht in Anspruch nehmen kannst?"

„Weil ich keine Lust dazu habe. Ich werde von einem Freund mitgenommen."

„*Welchem* Freund?" Ich knurrte.

„Das geht Sie wirklich nichts an, Mr. Maxwell."

Ich rieb mir die Spannung im Nacken. „Würdest du mit dem Mr. Maxwell-Schwachsinn aufhören? Ich dachte, wir hätten das hinter uns gelassen."

„Das haben wir ganz sicher *nicht*."

„Wirklich? Nun, du hattest neulich *ganz sicher* keine Probleme damit, meinen Vornamen zu benutzen. ,*Oh, Ronan*, ja bitte. *Gott, Ronan*, du fühlst dich so gut an. *Fuck, Ronan*, ich komme gleich.'" Ich lächelte, auch wenn die freche Frau mich nicht sehen konnte. „Sagt dir *das* irgendetwas?"

Quinn gab ein entzückendes kleines Knurren von sich. „Sind Sie fertig? Können wir jetzt wieder zur Sache kommen?"

Ich nahm einen Stift in die Hand und drehte ihn zwischen meinen Fingern. „Gut."

„Wie ich vorhin schon sagte, *werde* ich Sie am Flughafen treffen. Der Fahrer wird Sie um viertel vor neun an Ihrer Wohnung abholen. Ich werde uns online einchecken, sobald ich diesen Anruf beendet habe, aber ich muss erst wissen, wie viele Koffer Sie einchecken wollen."

„Einen. Ist das alles?"

„Ja, das ist alles. Ich sollte kurz vor Ihrer Ankunft dort sein, also treffe ich Sie bei der Gepäckabfertigung. Wir sehen uns dann."

Ich presste den Kiefer zusammen. „Bevor du auflegst, möchte ich noch etwas sagen."

Sie seufzte. „Was ist denn?"

„Glaube nicht eine Sekunde, dass du aus dem Schneider bist, *Quinn*. Ich werde dich gerne daran erinnern, wie sehr du es liebst, meinen Namen zu schreien, wenn ich dich morgen sehe."

Ich gab ihr keine Gelegenheit zu einer Antwort, bevor ich das Gespräch beendete. Wenn sie dachte, wir würden zu den Formalitäten zurückkehren, hatte sie sich geschnitten. Ich wollte dieses Katz- und Mausspiel *nicht* länger dulden.

Verdammt noch mal, das würde ein langer Flug werden. Als ich am LAX ankam, ging ich direkt zur Gepäckabfertigung und entdeckte Quinn. Ich hatte selten die Gelegenheit, sie so leger gekleidet zu sehen, aber jedes Mal musste ich die ganze Zeit mit einer Erektion kämpfen. Heute trug sie wieder diese obszön kurzen Jeansshorts und ein ärmelloses Top, das ihre Titten perfekt umspielte. Ich hätte nicht überrascht sein sollen - sie trug fast immer Shorts und ein enges Shirt, wenn wir zu wärmeren Zielen flogen.

Ich hatte jedes Mal fast einen Herzinfarkt bekommen.

Ich hatte sie mehrfach gebeten - na ja, eher aufgefordert -, an unseren Reisetagen eine legerere Geschäftskleidung zu tragen. Bis jetzt hatte sie sich noch nicht darangehalten. Ich war nicht stolz darauf, das zuzugeben, aber ich hatte mich nie dagegen gewehrt, einfach weil sie so verdammt heiß aussah. Ich hatte diese Frau schon in taillierten Gucci-Kleidern, verdammt sexy Prada-Hosenanzügen und in letzter Zeit sogar völlig nackt gesehen, aber die Art und Weise, wie sich diese Baumwolle an ihre Kurven schmiegte, brachte mich wirklich in Fahrt.

Wie ich bereits sagte, würde dies ein *verdammt langer* Flug werden.

Ich steckte meine Hände in die Taschen, um meine Hose zu richten, als ich mich ihr näherte. „Quinn."

„Mr. Maxwell." Sie reckte ihr Kinn in die Höhe und reichte mir einen Gepäckaufgabeschein. „Ich habe meinen Koffer bereits abgegeben, wenn Sie den also dranmachen und Ihren abgeben, können wir loslegen."

Ich befestigte den Anhänger am Griff meines Koffers und gab ihr ein Zeichen, mit mir zum Abgabeschalter zu gehen. Ich stellte meinen Koffer auf die Waage und wartete, während die Flugbegleiterin meine Dokumente überprüfte.

Die Frau gab mir meinen Führerschein zurück. „Ich wünsche Ihnen einen guten Flug, Mr. Maxwell. "

Ich nickte. „Danke."

Quinn versteifte sich und ging ein paar Schritte zur Seite, als ich meine Hand auf ihren unteren Rücken legte, um sie zu führen.

„Ich kann ganz gut alleine gehen, vielen Dank."

Ich lehnte mich an ihr Ohr und ließ mir den daraus resultierenden Schauer nicht entgehen. „Aber dann könnte ich dich nicht berühren und das macht nicht annähernd so viel Spaß."

Quinn packte mich am Arm und zog mich zur Seite, damit wir den Fußgängerverkehr nicht behinderten. „Würden Sie aufhören?"

„Womit aufhören, *Quinn*?"

„Damit!", schimpfte sie. „Die Berührungen. Die Vornamen. Hören Sie auf damit. Dies ist eine

Geschäftsreise, und ich möchte, dass sie *rein geschäftlich* bleibt. *Capiche, Mr. Maxwell?*"

Ich warf ihr einen eisigen Blick zu. „Ich habe dir bereits gesagt, dass ich diese Spielchen mit dir nicht mehr spielen will. Welchen Teil davon hast du nicht verstanden?"

Sie rollte mit den Augen. „Das ist kein Spiel. Es ist mein Job! *Und Ihrer.* Alles, worum ich Sie bitte, ist, dass Sie sich auch so verhalten. Behandeln Sie es wie jede andere Geschäftsreise, die wir bisher unternommen haben,... bevor wir..."

Ich lehnte mich näher und senkte meine Stimme. „Bevor du enthusiastisch auf meinem Schwanz herumgesprungen bist? Du weißt schon, derselbe, von dem du kürzlich zugegeben hast, dass du nicht genug bekommen kannst?"

Quinn biss die Zähne zusammen. „Fügen Sie schmutziges Gerede zu der Liste der Dinge hinzu, die Sie auf dieser Reise *nicht* tun sollten."

„Aber du *magst* mein schmutziges Gerede." Ich blinzelte. „Denk nicht einmal daran, das zu leugnen."

Sie errötete und bestätigte damit meine Aussage. „Das spielt keine Rolle. Das liegt in der Vergangenheit und ich möchte es dabei belassen."

Ich reckte meinen Hals von einer Seite zur anderen. „Du bist eine verdammte Lügnerin."

„Und Sie sind ein Arschloch!"

Ich schmunzelte. „Nun, Miss Montgomery, das war nicht sehr professionell, was Sie zu Ihrem Chef gesagt haben."

Quinn rieb sich die Schläfen. „Verdammt noch mal, Sie machen mich wahnsinnig."

Ich ergriff ihren Ellbogen und ging los. „Willkommen im Club, Schätzchen. Hör mal, warum einigen wir uns nicht darauf, dass wir vorerst anderer Meinung sind? Ich möchte wirklich nicht die nächsten fünf Stunden mit dir im Flugzeug verbringen, während du so sauer bist. Du kannst es mit mir ausdiskutieren, wenn wir im Hotel sind."

Wenn man bedenkt, dass Kämpfe immer dazu führten, uns zu vernaschen - zumindest in letzter Zeit - freute ich mich darauf.

Sie schüttelte meinen Griff ab, als wir in die Sicherheitsschlange traten. „Gut."

Da wir in der ersten Klasse flogen, war es ein Kinderspiel, durch die Sicherheitskontrolle zu kommen. Da wir noch fast neunzig Minuten Zeit hatten, schlug ich vor, in der Lounge zu frühstücken, und überraschenderweise war Quinn einverstanden. Als wir dort ankamen, bestellte sie als Erstes eine Flasche Champagner mit einer Karaffe O-Saft.

„Wir trinken Mimosas nehme ich an?"

Quinn stach sich mit ihrem Zeigefinger in die Brust. „*Ich* trinke Mimosas. Wenn Sie welche wollen, holen Sie sich selbst welche."

Ich lachte. „Ich glaube, ich bleibe bei Kaffee."

Sie zuckte die Achseln. „Wie Sie wollen."

Nach einem Rührei für jeden von uns und fast drei Mimosas für Quinn erwärmte sich ihre frostige Miene ein wenig.

„Weißt du, es würde Sie nicht umbringen, lockerer zu werden."

„Wie das?"

„Müssen Sie wirklich einen Anzug tragen, wenn wir heute nur in ein Flugzeug steigen und im Hotel einchecken wollen? *Haben* Sie überhaupt T-Shirts oder Jeans? Oder, Gott bewahre" - sie presste ihre offene Handfläche gegen ihre Brust und keuchte - „Shorts?"

Ich versteckte ein Lächeln hinter meinem Kaffeebecher. Sie war liebenswert, wenn sie eine Klugscheißerin war.

„Ich besitze von jedem ein paar." Ich weitete meine Augen für einen dramatischen Effekt. „Ich habe sogar ein paar Shorts in meinen Koffer gepackt! "

Ihre Augen verengten sich. „Lügner. Wir waren

jetzt schon an mehreren tropischen Reisezielen und Sie haben immer eine Hose getragen."

„Ich schätze, du wirst einfach abwarten müssen." Ich schaute auf meine Uhr. „Wir sollten uns auf den Weg machen. Es sollte Boarding sein, wenn wir zum Gate kommen."

Quinn hob ihr Sektglas und trank den Rest der Mimosa. Ich musste gegen den Drang ankämpfen, das winzige Tröpfchen zu lecken, das aus ihrem Mundwinkel entwich. Sie tupfte sich den Mund mit einer Serviette ab und errötete, als sich unsere Blicke trafen. Wahrscheinlich lag es am Alkoholkonsum, aber um meines Egos willen hoffte ich, dass ein Teil davon Erregung war.

Wir erhoben uns beide gleichzeitig vom Tisch. Quinn wackelte ein wenig und griff automatisch nach etwas, um sich zu stabilisieren. Dieses Etwas war zufällig mein Bizeps.

Ich streckte meinen anderen Arm aus und drückte gegen die Kurve ihrer Wirbelsäule. „Ganz ruhig, immer mit der Ruhe."

Sie schaffte es, ihr Gleichgewicht wiederzufinden, hielt sich aber immer noch an meinem Arm fest, um sich nicht zu verletzen. „Tut mir leid. Ich schätze, der Champagner hat mich auf einmal getroffen. Zum

Glück habe ich etwas gegessen, was? Wenigstens müssen Sie mich nicht zum Gate tragen."

Ich beugte mich hinunter und flüsterte: „Es hätte mir nichts ausgemacht. Obwohl ich mir ziemlich sicher bin, dass sie dich nicht ins Flugzeug lassen, wenn du besoffen bist, also *bin* ich froh, dass du gegessen hast." Ich nickte in Richtung der Gebäckvitrine. „Vielleicht solltest du dir ein oder zwei Croissants mitnehmen, damit du den Alkohol noch besser aufsaugst."

Quinns Röte vertiefte sich. „Keine schlechte Idee. "

„Du bist viel angenehmer, wenn du betrunken bist, weißt du." Meine Lippen zogen sich in den Ecken hoch.

Sie strahlte. „Halten Sie die Klappe. Ich bin *nicht* betrunken."

Ich nahm eine kleine Papiertüte und eine Zange in die Hand. „Wie du willst, mein Schatz. Möchtest du noch etwas anderes, während wir hier sind? Einen Schokomuffin vielleicht?"

Quinn hatte eine Schwäche für Schokoladenmuffins. Jedes Mal, wenn wir Gebäck zu einem Treffen mitbrachten, wickelte sie einen diskret in eine Serviette und legte ihn beiseite.

Sie schenkte mir ein sanftes Lächeln. Verdammt,

sie war wunderschön, wenn sie das tat. „Sicher. Das wäre schön."

Nachdem ich eine Tüte mit zwei Croissants, einem Plunderstück und einem Schokoladenmuffin gefüllt hatte, steckte ich ihren Arm durch meinen, was sie auch zuließ. Nach einem kurzen Boxenstopp auf der Toilette kamen wir an unserem Flugsteig an. Das Boarding für die erste Klasse hatte gerade begonnen, also gingen wir direkt zum Flugbegleiter und scannten unsere Tickets. Meine Fingerspitzen drückten sich in Quinns Wirbelsäule, als wir die Rampe hinunter und ins Flugzeug gingen. Ich verstaute unsere Handgepäckstücke im Gepäckfach, während sie sich auf ihren Fensterplatz setzte.

Nachdem ich meine Anzugjacke über die Armlehne gelegt hatte, ließ ich mich auf den Sitz neben ihr fallen. „Geht es dir gut?"

„Ja." Sie holte ein Paar Ohrstöpsel aus ihrer Handtasche und verstaute sie unter dem Sitz vor ihr. „Ein bisschen müde, ehrlich gesagt."

„Warum ruhst du dich nicht ein wenig aus?" schlug ich vor. „Ich wecke dich, wenn es Mittagessen gibt."

Ihre Augen flatterten kurz zu. „Ja ... okay. Das mache ich."

Als das Flugzeug seine Reiseflughöhe erreichte,

war sie bereits eingeschlafen. Ich schaltete meinen Laptop ein und vertiefte mich in stinklangweilige Berichte. Ich versuchte verzweifelt, die schlafende Schönheit neben mir zu ignorieren, aber das wurde schnell zu einem vergeblichen Versuch.

Ich wurde ständig von ihrem leisen Gemurmel abgelenkt. Die Art und Weise, wie sich ihre kilometerlangen Beine ständig bewegten. Wie sich ihre Schmolllippen leicht zu einem O verzogen. Irgendwann lief ihr ein Schauer über den Rücken, und ich deckte sie mit meiner Jacke zu. Sie kuschelte sich sofort hinein, und ich könnte schwören, dass sie sogar ein kleines Stöhnen von sich gab. Ich wurde mit einer Erinnerung nach der anderen bombardiert, von denen keine dazu beitrug, meine Erektion zu verlieren.

Ich wusste nicht, wie ich das noch vier Stunden lang überleben sollte.

Mit einem schweren Seufzer schaltete ich meinen Computer aus und klappte das Tablett zurück in die Armlehne. Vielleicht hatte Quinn die richtige Idee, ein Nickerchen zu machen. Normalerweise schlief ich in Flugzeugen nicht gut, aber einen Versuch war es wert. Alles wäre eine Verbesserung gegenüber meinen derzeitigen Qualen.

Ich war schmerzhaft erregt, und egal, wie sehr ich

mich bemühte, es wollte nicht weggehen. Ich konnte mich nicht einmal auf die Toilette entschuldigen, um mich darum zu kümmern, weil ich so eine große Beule in der Hose hatte. Gott bewahre, wenn ich tatsächlich hätte mal pissen müssen. Ich war noch nie so dankbar für die Decken im Flugzeug wie jetzt. Es war viel einfacher, eine Anklage wegen Unsittlichkeit zu vermeiden, wenn die Decke über uns drapiert war.

Ich lehnte meinen Sitz zurück und klappte die Beinstütze aus, um sie nicht zu wecken. Ich stöhnte auf, als sie sich auf die Seite rollte und ihren Kopf an meine Schulter lehnte. Es war eine unbewusste Bewegung ihrerseits, aber sie so nah bei mir zu haben, machte die Situation nur noch schlimmer. Verdammt, sie roch gut.

Ich strich ihr ein paar lose Haare hinters Ohr, und sie schmiegte sich weiter an mich und schlang ihre Hände um meinen Bizeps. Ich musste lächeln, als ich sah, dass Quinn Montgomery ein Kuscheltyp war. Aus irgendeinem Grund hasste ich die Tatsache, dass ich das bis jetzt nicht über sie gewusst hatte.

Ich wusste, dass ich sie wahrscheinlich von mir wegschieben sollte, aber dann würde ich riskieren, sie zu wecken, und es war in meinem besten Interesse, dass sie schlafend blieb. Ich beschloss, stattdessen meinen eigenen Rat zu befolgen und mich eine Weile auszuruhen, da ich mich nicht lange genug konzentrieren konnte, um etwas zu erledigen. Außerdem war es einfacher, der Versuchung zu entgehen, die Frau neben mir zu berühren - oder sie wie ein unheimlicher Stalker anzustarren -, wenn ich schlief.

Diese Frau würde mein Tod sein, ich schwöre es.

KAPITEL FÜNFZEHN

QUINN

Ich schreckte auf und zuckte zusammen, als sich ein Stechen in meinem Nacken bemerkbar machte. Meine Augen blinzelten schnell, als sie sich zu konzentrieren versuchten. Als sich der Schlafnebel endlich gelichtet hatte, bemerkte ich, dass Ronan leise neben mir döste. Verdammt, ich liebte seinen Namen. Ich liebte es, seinen Namen zu denken und zu sagen, vor allem in der Hitze des Gefechts, wie er vorhin so grob betont hatte. Warum hatte ich darauf bestanden, zu den Förmlichkeiten zurückzukehren? Warum war es so eine große Sache, ihn mit seinem

Vornamen anzusprechen? Das taten die Leute doch ständig, vor allem diejenigen, die sich nackt gesehen hatten. Obwohl, wenn ich jetzt darüber nachdachte, hatte ich Ronan eigentlich noch nie völlig nackt gesehen.

Ich nahm mir vor, das so schnell wie möglich zu korrigieren. Moment... streichen wir das. Dieser Gedankengang konnte nur zu Schwierigkeiten führen. Ich hatte keine Ahnung, wie ich mit unserer neuen Dynamik umgehen sollte, aber in einem war ich mir sicher: Ronan Maxwell bedeutete Ärger mit einem großen Ä. Deshalb hatte ich vorhin darauf bestanden, ihn Mr. Maxwell zu nennen, und ich musste es auch weiterhin tun. Es half mir, die Mauer um mein Herz aufrechtzuerhalten, die jeden Tag schwächer zu werden schien. Es war so ziemlich meine letzte Verteidigung, um mich vor diesem Mann zu schützen.

Gott, er war so verblüffend schön in diesem Zustand. Die hartnäckige Verantwortung auf seiner Schulter war nirgends zu finden. An jedem Tag sah er deutlich jünger aus als seine fünfunddreißig Jahre, aber im Schlaf war das noch deutlicher zu sehen. Er hatte diese Unschuld an sich, die fast jungenhaft war, aber mit einer rauen, männlichen Note. Ich musste gegen den Drang ankämpfen, mich vorzubeugen und seinen stoppeligen Kiefer mit Küssen zu überhäufen.

„Wenn du mich schon so anstarrst, kannst du auch gleich ein Foto machen", murmelte er.

Verdammt! Wie lange war er schon wach? Und wie konnte er wissen, dass ich ihn anstarrte?

„Bitte. Ich habe nicht gestarrt." Ich stärkte meine Miene, als er die Augen öffnete.

Seine Lippen verzogen sich. „Okay, Schätzchen, dann glauben wir das mal."

„Nennen Sie mich nicht so." Ich verengte meine Augen. „Das ist erniedrigend und am Arbeitsplatz völlig unangebracht."

Er sah sich in der Kabine um. „Komisch, ich dachte, wir wären in einem Flugzeug und nicht im Büro."

„Sie wissen, worauf ich hinauswollte."

Seine Augenbrauen hoben sich. „Ich fürchte, ich weiß es nicht."

Himmel, ich wollte ihm eine reinhauen. „Schön, seien Sie ein Arsch. Da ich es für Sie buchstabieren muss, wenn Sie mich aus irgendeinem Grund ansprechen müssen, reicht Miss Montgomery."

Ronan stieß ein kurzes Lachen aus. „Viel Glück dabei... *Quinn*."

„Nee, nee." Ich schüttelte den Kopf. „Wir sind

nicht beim Vornamen. Wie oft muss ich Ihnen das noch sagen?“

„Und wie oft muss ich dir noch sagen, dass das nicht passieren wird. Ich gehe nicht zurück.“

Meine Hände ballten sich zu Fäusten. Ich schwöre, ich hatte noch nie jemanden getroffen, der so viele gewalttätige Gedanken in mir auslösen konnte, wie er.

„Sie sind der sturste Mensch, den ich je getroffen habe.“

Er funkelte mich an. „Das Gleiche könnte ich über dich sagen, *Schätzchen.*“

Igitt, ich wollte schreien. Da das nicht möglich war, beschloss ich, dass Vermeiden die beste Lösung war. Ich verschränkte die Arme und schaute aus dem Fenster.

Ich zuckte fast zusammen, als ich seinen heißen Atem an meinem Ohr spürte. „Hör mir zu, denn das ist das letzte Mal, dass ich das sage. Ich werde deiner Bitte zustimmen, wenn wir Geschäfte machen und andere Leute dabei sind, aber das ist das *einzige* Zugeständnis, das ich machen werde. Wenn wir allein sind, geht alles.“ Als ich den Mund aufmachte, um zu widersprechen, legte er eine Hand auf meinen Ober-schenkel, so dass ich sprachlos wurde.

„Ich war schon in dir drin. Ich weiß, wie warm,

feucht und eng sich deine Muschi anfühlt, wenn sie sich um mich herum zusammenzieht. Ich weiß, wie verdammt süß sie schmeckt. Ich weiß, dass deine Nippel ein altrosa sind und dass du wimmerst, wenn ich meine Lippen um sie lege." Seine Hand glitt noch ein Stück weiter nach oben. „Ich weiß, dass du ein kleines Muttermal auf der Innenseite deines Oberschenkels hast, ein paar Zentimeter links von deiner köstlichen Muschi. Ich weiß, dass du nachts an mich denkst, wenn du dir einen runterholst. Ich weiß, dass deine Finger - oder welche Spielzeuge auch immer du in deinem Arsenal hast - nie genug sein werden, denn du willst *mich*. *Ich* bin es, nach dem du dich sehnst."

„Ob es dir gefällt oder nicht, das ist eine Tatsache; deshalb sage ich, dass wir uns mit dem Vornamen anreden. Du streitest mit mir nur noch aus Spaß an der Freude. Ich verstehe es; du bist eine starke Frau. Du bist wahrscheinlich die stärkste Frau, die ich je getroffen habe. Trotzdem solltest du aufhören, dich mit mir über so etwas Triviales zu streiten."

Mein Gott, ich hätte nicht gedacht, dass mein Höschen noch feuchter werden könnte.

„Ich kann mir nicht helfen. Du bringst das Schlimmste in mir hervor", flüsterte ich.

Er knabberte an der Muschel meines Ohrläppchens. „Gleichfalls. Aber die vielen Orgasmen entschädigen für die Strapazen.“

Ich zitterte. „Das ist trotzdem keine gute Idee.“

„Warum nicht?“

„Weil du mein *Chef* bist.“

Ronan kniff mir sanft ins Kinn, woraufhin ich mich ihm zuwandte. „Nicht, wenn wir so sind. Wir sind nur zwei Menschen, die den Körper des anderen genießen.“

„Es ist viel komplizierter als das.“

Sein Daumen fuhr über meine Unterlippe, und ich musste dem Drang widerstehen, ihn in meinen Mund zu ziehen. „Vertraust du mir?“

Ich schluckte und versuchte, das Kribbeln zu ignorieren, das seine Berührung hinterließ. „Nicht besonders.“

Er warf mir einen schiefen Blick zu. „Ich meine es ernst. Unsere persönliche Beziehung wird sich in keiner Weise auf unsere Arbeitsbeziehung auswirken. Du kennst mich gut genug, um zu wissen, dass ich keine falschen Versprechungen mache. Wenn ich sage, dass ich etwas tun werde, tue ich immer alles, was in meiner verdammten Macht steht, um es zu verwirklichen.“

Ich wusste, dass er Recht hatte, und ich vertraute ihm tatsächlich, aber das machte es nicht leichter, ihm nachzugeben. Je mehr sich unser Netz verhedderte, desto sicherer war ich mir, dass dieser Mann die Macht hatte, mich zu brechen. Trotz seiner Beteuerungen war ich mir nicht sicher, ob *ich* in der Lage war, das so erfolgreich zu trennen.

„Entschuldigen Sie, wir fangen gleich mit dem Mittagessen an. Wollen Sie sich die Speisekarte ansehen?"

Ronan zog sich zurück. „Ja, bitte." Er reichte mir die kleine Karte, auf der die Essensauswahl aufgelistet war. „Und?"

Ich warf einen kurzen Blick auf die Speisekarte und entschied mich für die Obst- und Käseplatte. Als die Flugbegleiterin weg war, wandte ich mich an Ronan. „Ich brauche Zeit, um darüber nachzudenken."

Er dachte darüber nach. „Vergiss es. Du wirst es dir nur selbst ausreden. Wenn du dich jetzt noch nicht voll darauf einlassen kannst, dann gib mir Hawaii. Lass uns die Zeit außerhalb des Büros nutzen, um eine persönliche Beziehung aufzubauen. Schmeißen wir die Chef-Angestellten-Komponente aus dem Fenster, wenn wir nicht im Dienst sind. Ich werde versuchen, nicht mehr so ein Arschloch zu sein, wenn du dich bereit erklärst, die Zicke runterzuschrauben." Er lächelte, als ich ihn für diese letzte Bemerkung anfunkelte. „Wenn einer von uns beschließt, dass es nach unserer Rückkehr nach Hause nicht funktioniert, dann ist das eben so. Gib mir einfach die Woche."

Ich atmete tief durch und beschloss, alle Vorsicht in den Wind zu schlagen. „Okay."

„Okay?" Er lächelte.

Ich nickte. „*Nur* Hawaii. Dann können wir das neu bewerten."

„Abgemacht."

Gott, ich hoffte, dass ich das nicht bereuen würde.

Wir steckten wieder im Stau; diesmal fuhr Ronan, so dass sich das, was bei unserer letzten gemeinsamen Autobahnfahrt passiert war, nicht wiederholen konnte. Obwohl ich nicht sagen konnte, dass die Idee nicht reizvoll war. Wir mieteten einen Jeep, wie er es sich gewünscht hatte, und er bestand darauf, mit offenem Verdeck zu fahren. Ich wusste nicht, warum, aber als ich diesen Mann hinter dem Steuer sah, dessen dunkles Haar im Wind wehte, wurden meine weiblichen Teile aufmerksam. Seine Ärmel waren hochgekrempelt, und ich konnte nicht aufhören, mich auf die Art und Weise zu fixieren, wie sich seine

Unterarmmuskeln anspannten, als er das Lenkrad umklammerte. Oder auf den kleinen Fleck entblößter Haut, wo er die beiden obersten Knöpfe seines Hemdes geöffnet hatte.

„Hast du wirklich kurze Hosen eingepackt?"

Er warf mir einen kurzen Blick zu. „Warum bist du auf einmal so besessen von meiner Garderobe?"

„Weil ... dir jetzt bestimmt unangenehm warm ist, da das Verdeck offen ist. Wer zum Teufel trägt einen Anzug auf einer tropischen Insel ohne Klimaanlage?"

„Ich scheinbar."

Ich rollte mit den Augen. „Ohne Scheiß, Sherlock. Wenn du wirklich inseltaugliche Kleidung eingepackt hast, warum trägst du sie dann nicht? Du hättest dich umziehen können, bevor wir ins Auto gestiegen sind. Ich habe kaum etwas an und ich brate."

Seine Ray-Bans rutschte ihm über den Nasenrücken, während sein Blick gemächlich über meine Beine wanderte. „Das habe ich bemerkt."

Meine Wangen wurden heiß. Zum Glück konnte ich dem Wetter die Schuld geben, wenn es sein musste. „Und? Wirst du meine Frage beantworten?"

Er lachte. „Weil ich nicht vorhatte, mitten auf dem Flughafen meinen Koffer zu durchwühlen und mich dann in einer verdammten Toilette umzuziehen."

„Warum nicht? Die Leute machen das doch ständig."

„Ich bin nicht wie die meisten Menschen."

Das kann man so sagen. Kein anderer Mensch konnte mich im gleichen Atemzug so ärgern und anmachen wie er.

Ich zog meine Flip-Flops aus, stellte meinen Sitz zurück und stützte meine Füße auf dem Armaturenbrett ab. Es entging mir nicht, wie Ronans Augen jede Bewegung verfolgten. Das war das Gute daran, im Stau zu stehen, dachte ich. Man brauchte sich keine Sorgen um Ablenkung auf der Fahrt zu machen, wenn man sich nicht wirklich bewegte.

„Wie auch immer. Schwitz dich zu Tode, von mir aus." Ich schloss meine Augen und wandte mein Gesicht der Sonne zu.

„Wäre es dir lieber, wenn ich nackt wäre? Denn das ließe sich leicht arrangieren."

Meine Lippen schürzten sich. „Da bin ich mir sicher."

Eine leichte Brise wehte durch den Jeep, als wir auf der H-1 entlangfuhren. Ich liebte diesen Ort - ich war schon ein Dutzend Mal hier gewesen -, aber das war der einzige Nachteil von Oahu. Da fast die gesamte Bevölkerung des Bundesstaates auf dieser einen Insel wohnt, und dazu tausende Touristen, dauerte es ewig, um in der Gegend um Honolulu-Waikiki irgendwo hinzukommen. Wenn man sich jedoch außerhalb der Stadt bewegte, war es in Ordnung.

„Du sagst nur ein Wort und das war's, Süße. Mein Schwanz steht dir zu Diensten."

Ich unterdrückte ein Lächeln. Mann, er hat wirklich nicht gescherzt, als er sagte, wir würden die Chef-Angestellte-Beziehung fallen lassen. Seitdem war er unglaublich flirtend, sogar verspielt. Es war schwer, da nicht mitzumachen. Die Veränderung war so drastisch; wenn er nicht immer noch so eingebildet wäre, würde ich denken, dass Außerirdische seinen Körper bewohnt haben. Ich konnte mir leicht vorstellen, mich in diesen Ronan zu verlieben. Ich atmete tief durch, als ich diesen beängstigenden Gedanken abschüttelte.

Ich muss eingeschlafen sein, denn das Nächste, was ich weiß, ist, dass wir am Hotel waren. Ronan fuhr zum Parkservice und schaltete den Jeep in den Parkmodus.

„Hattest du ein nettes kleines Nickerchen?" Seine Lippen verzogen sich zu einem neckischen Lächeln. Verdammt, er war hübsch, wenn er das tat.

Ich unterdrückte ein Gähnen, als ich mich aufsetzte. „Der Champagner muss noch in meinem Körper sein."

Der Mitarbeiter öffnete mir die Tür. „Guten Tag. Willkommen im Maxwell Waikiki. Wollen Sie einchecken?"

Ich nahm seine Hand und stieg aus dem Auto. „Das wollen wir. Unsere Reservierungen laufen unter Q. Montgomery."

Wenn wir in ein Maxwell-Hotel reisten, buchte ich die Zimmer immer auf meinen Namen, da er nicht so sehr auffallen würde wie der unseres CEOs. Ronan bestand darauf, alles wie ein Gast zu erleben, und das wäre unmöglich, wenn er seinen Namen überall nennen würde. Ab und zu erkannte ein Angestellter sein Gesicht, aber die meiste Zeit konnte er unter dem Radar fliegen.

Der Mann machte einen Vermerk auf dem Parkschein, während Ronan ihm die Schlüssel übergab. „Sehr gut. Wir werden Ihr Gepäck entladen und es sofort auf Ihr Zimmer bringen."

Ronan schüttelte die Hand des Mitarbeiters und gab ihm ein Trinkgeld. „Danke."

Ich hängte mir meine Handtasche über die Schulter und wies mit dem Kopf in Richtung des Eingangs. „Ich werde uns einchecken."

„Ich muss im Büro anrufen. Ich treffe dich in ein paar Minuten drinnen." Er zog sein Telefon aus der Tasche und ging ein Stück den Bürgersteig hinunter.

Ich benutzte den Selbstbedienungs-Check-in-Automaten und stellte mich an die Seite, um auf Ronans Rückkehr zu warten. Gute zehn Minuten später tauchte er endlich auf.

„Alles in Ordnung?" fragte ich.

Er kniff die Brauen zusammen. „Ja. Ich denke nur daran, was ich heute alles erledigen muss. Ich bin im Flugzeug nicht zum Arbeiten gekommen."

Wir machten uns auf den Weg zu den Aufzügen. „Kann ich dir bei irgendetwas helfen?"

Er schüttelte den Kopf. „Nein, ich hab's im Griff. Du solltest dich entspannen. Welche Etage?"

Ich hielt ihm seine Schlüsselkarte hin. „Siebzehn."

Ronan nickte, als er mir die Karte aus der Hand nahm. Als wir dort ankamen, war der Aufzug gerade angekommen, und wir stiegen ein, nachdem die Kabine verlassen worden war.

„Bist du dir sicher, dass ich nicht helfen kann?"

Er warf mir einen Blick zu, den ich nicht ganz entziffern konnte. „Warum schaust du dir nicht den Poolbereich für mich an? Lehn dich zurück und entspann dich, bestell vielleicht ein paar dieser fruchtigen Drinks, die du so magst. Beobachte den

Service und gib mir morgen eine Zusammenfassung.
"

„Ähm... okay, wenn du dir sicher bist."

Er nickte. „Ich werde wahrscheinlich nur etwas vom Zimmerservice bestellen und die wichtigsten Dinge erledigen."

Ich sagte mir, dass ich nicht enttäuscht sein sollte, dass er unseren freien Abend nicht mit mir verbringen wollte. Ich hätte es sogar erwarten sollen; dieser Mann war ein Workaholic durch und durch. Ich dachte, ich sei schlimm, aber zumindest hatte ich kein Problem damit, mir etwas Erholung zu gönnen, während ich mich an einem Ort aufhielt, der dies praktisch verlangte.

Ich zuckte mit den Schultern. „Wie du willst."

Unsere Zimmer lagen nebeneinander, und als wir vor den Türen standen, hielt ich praktisch den Atem an und wartete darauf, dass er es sich anders überlegte. Ronan hielt seinen Schlüssel vor das elektronische Pad und drehte den Griff, sobald er aufschloss. So viel zu dieser Idee.

Er schritt über die Schwelle. „Wir sehen uns später."

Das war das Letzte, was er zu mir sagte, bevor er sich in sein Zimmer zurückzog. Ich ging in mein Zimmer und ärgerte mich über mich selbst, dass ich mich so sehr von dieser Sache ablenken ließ. Wie auch immer. Ich war im Paradies, und ich hatte verdammt noch mal vor, meine begrenzte Freizeit zu genießen, mit oder ohne diesen verdammten sexy Mann.

KAPITEL SECHZEHN

RONAN

Ich hätte nicht dort sein sollen. Eigentlich hätte ich mich auf meine Arbeit konzentrieren sollen, aber ich konnte nicht aufhören, daran zu denken, dass Quinn wahrscheinlich am Pool saß und einen Bikini trug. Ich fragte mich, ob sie so gut aussah, wie ich es mir vorstellte. Bevor ich es mir ausreden konnte, hatte ich meinen Laptop ausgeschaltet und mir eine Badeshorts angezogen. Jetzt war ich hier und suchte die Poolterrasse ab, um die schöne Blondine zu finden, die sich in mein Gehirn tätowiert hatte.

Das Gelände war ziemlich leer, da es kurz vor Sonnenuntergang war, und so dauerte es nicht lange, bis ich sie am Rande in einem halbmondförmigen Infinity-Pool stehen sah. Quinn schaute auf den Hafen hinaus, also hatte sie mich noch nicht bemerkt. Als ich durch das seichte Wasser watete, neigte sie ihr Gesicht der untergehenden Sonne zu. Der aquarell-farbene Himmel verlieh ihrer Haut einen fast himm-lischen Schimmer und betonte ihre zarten Gesichtszüge. Sie hob ihren Körper gerade so weit aus dem Wasser, dass ihre Brüste zum Vorschein kamen, was mich dazu veranlasste, einen Moment innezuhalten und die Aussicht zu genießen.

Mein Gott, sie war umwerfend.

Sie trug einen leuchtend rot und weiß geblümten Bikini. Es war nicht eines dieser kleinen Dreiecke, die kaum die Brustwarzen einer Frau verdecken. Nicht, dass ich mich jemals darüber beschweren würde, sie in einem solchen zu sehen, aber dieser Bikini könnte nicht perfekter für sie sein. Er war verdammt sexy, aber auch etwas bescheiden und deutete den Schatz an, der darunter lag.

Als ich etwa einen Meter entfernt war, muss sie die Unruhe im Wasser gespürt haben, denn sie drehte sich um, um zu sehen, wer sich ihr näherte. Als sie mich erblickte, weiteten sich ihre Augen vor Schreck und ihre geschwollenen Lippen formten sich zu einem O. Ich grinste, als ich näherkam, amüsiert über ihre Reaktion. Es machte mir auch nichts aus, dass sie ihre Augen nicht von meinem nackten Oberkörper lassen konnte.

Ich hörte nicht auf, mich zu bewegen, bis ich so nah war, dass ich sie an den Beckenrand drücken konnte. „Hallo."

Sie blinzelte ein paar Mal. „Was machst du denn hier? Ich dachte, du hättest etwas zu tun."

„Das habe ich." Ich fuhr mit einem Finger an ihrer nackten Schulter entlang, ihren Arm hinunter. „Aber ich konnte nicht aufhören, an dich zu denken."

„Warum nicht?"

Ihre Stimme war nur ein Hauch, ein sicheres Zeichen für ihre Erregung. Als wäre das nicht schon Beweis genug, verhärteten sich Quinns Brustwarzen unter dem dünnen Stoff ihres Bikinis, als meine Hand weiter nach unten wanderte. Ich hielt inne, als sie auf der Kurve ihrer Taille landete, und drückte die Fingerspitzen gegen das kleine Grübchen auf ihrem Rücken.

Ich beugte mich hinunter, um ihr einen sanften Kuss auf die Wange zu geben. „Weil wir eine Abmachung hatten." Ich ergriff ihre Hand unter dem Wasser und legte sie auf die Ausbuchtung an der Vorderseite meiner Shorts. „Ich war hart wie Stein und habe an all die schmutzigen Dinge gedacht, die ich diese Woche mit dir machen werde. Ich konnte auf garkeinen Fall arbeiten, bevor das nicht erledigt ist."

Quinn streichelte meinen Schwanz durch meine Badehose. „Ist das so? Wie kommst du darauf, dass ich interessiert bin?"

Ich drückte mich näher an sie und drückte meine Erektion in ihren Bauch, während ich ihr ins Ohr flüsterte. „Süße, wir wissen beide, dass du mich genauso sehr in dir haben willst, wie ich in dir *sein will*. Dass du meinen dicken Schwanz *brauchst*, der deine enge kleine Fotze dehnt."

Ich verschwendete keine Zeit damit, hinter sie zu greifen und meine Hand unter ihren Bikiniunterteil zu schieben. Quinn keuchte, als mein Finger zwischen ihre runden Pobacken glitt und kurz gegen ihr pralles Loch drückte. „Du schmutziges Mädchen, das gefällt dir, oder?"

Ihre Wirbelsäule krümmte sich. „Vielleicht."

Ich kicherte, als ich noch weiter ging und die Öffnung ihrer Muschi neckte. „Hat schon mal jemand deinen Arsch genommen, Quinn?"

Sie zuckte zusammen, als ich die Spitze meines Fingers in ihre Möse schob. „Nein."

Ich spürte, wie mir die Kontrolle entglitt, also zog ich meine Hand zurück und trat einen Schritt zurück, so dass sie einen traurigen Gesichtsausdruck bekam. „Das wird es noch besser machen, wenn ich es tue."

Ihr Mund klaffte auf. „Dem habe ich nie zugestimmt."

Ich grinste breit. „Das wirst du."

Eine Röte breitete sich auf ihrer Brust und in ihrem Nacken aus. Ich musste dem Drang widerstehen, ihr das Oberteil herunterzureißen und vor all diesen Leuten an ihren Titten zu saugen.

„Du bist der arroganteste Mann, den ich je getroffen habe."

„Das sagtest du schon. Können wir jetzt mit dem Ficken weitermachen?"

Sie gluckste und schüttelte den Kopf. „Nein. Ich will erst sehen, wie du dich beim Essen benimmst, bevor ich das entscheide."

Ich lächelte. „Abendessen, hm?"

„Ja." Sie nickte. „Ich denke, du solltest mich wenigstens zum Essen einladen, bevor du versuchst, in meine Hose zu kommen."

Meine Lippen zuckten. „Es ist süß, dass du denkst, ich müsste es *versuchen*."

„Ha ha, lustiger Typ." Sie rollte wieder mit den Augen, bevor sie sich von mir abwandte und dem Sonnenuntergang entgegenging.

Ich zog sie zurück an meine Brust. „Das ist eine Sache, derer ich noch nie beschuldigt wurde."

Quinns Lachen erstarb in einem Stöhnen, als ich ihr in die Ohrmuschel biss. Sie strich mit ihren Händen über meine nackten Unterarme und kratzte mit ihren Nägeln über meine Haut. „Ich kann nicht glauben, dass du gerade keinen Designeranzug trägst."

Ich drückte sie fester an mich. „Das wäre vielleicht ein bisschen seltsam, wenn man bedenkt, dass ich in einem Pool bin."

„Nein, ich denke, das hier ist seltsamer."

„Klugscheißer." Da wir von möglichen Schaulustigen abgewandt waren, nutzte ich die Gelegenheit und fuhr mit meinen Fingern durch ihr Oberteil über ihre Brustwarze.

Ihr Kopf fiel auf meine Schulter zurück. „Gott."

Ich drückte meine Erektion an ihren Körper. „Wo das ist, gibt es noch mehr."

„Heb dir das für später auf, du Arsch. Und jetzt hör auf, mich zu befummeln und lass mich den Sonnenuntergang sehen."

„Mit dir ist nicht zu spaßen", stichelte ich.

Es kostete mich viel Selbstbeherrschung, aber es gelang mir, das Fummeln auf ein Minimum zu beschränken, während wir die Sonne beobachteten, wie sie sich endgültig über den Himmel senkte. Als sie unter den Horizont tauchte, stieß Quinn einen schweren Seufzer aus.

„Absolut atemberaubend."

Ich blickte auf die Frau in meinen Armen hinunter und fragte mich, wie ich es geschafft hatte, hierher zu kommen. „Ich stimme zu."

Ich sprach nicht über den Sonnenuntergang.

Sie löste sich aus meinem Griff und machte sich auf den Weg zum anderen Ende des Pools. „Hol mich in einer Stunde ab."

„Was?" Ich lief ihr hinterher. „Bist du sicher, dass ich dich nicht zuerst für ein kleines Dessert begeistern kann?"

Quinn schnappte sich ein Handtuch von einem nahen gelegenen Sessel und begann, sich abzutrocknen. „Nee, nee. Ich muss mir das Chlor aus den Haaren waschen und mir etwas Angemesseneres zum Abendessen anziehen."

Ich warf ihr einen prüfenden Blick zu. „Angemessen ist überbewertet."

Sie warf ihr Handtuch nach mir und zog sich ein hauchdünnes Kleid über den Kopf. „Tja Pech. Hol mich in einer Stunde ab und keine Minute früher."

Damit schlüpfte sie in ihre Schuhe und ging

davon, während ich mich abtrocknete und murrend zurückblieb.

Genau eine Stunde später stand ich vor Quinns Zimmer, bereit, an die Tür zu klopfen. Bevor ich jedoch die Chance dazu hatte, öffnete sie sie.

„Nun, ich will verdammt sein, du hast doch normale Kleidung."

Ich schmunzelte. „In wärmeren Gegenden packe ich immer solche Sachen ein. Du hast mich nur noch nie in unserer freien Zeit gesehen."

Ich trug ein marineblaues Polohemd und beige-farbene Cargo-Shorts, was weit von meiner üblichen Kleidung entfernt war. Um ganz ehrlich zu sein, trug ich gerne Anzüge. Sie gaben mir das Gefühl, stark zu sein, und außerdem sah ich wesentlich jünger aus, als ich tatsächlich war, und eine gute Kleidung half mir, in der Geschäftswelt besser wahrgenommen zu werden. Aber Quinn schien die vorgefasste Meinung zu haben, dass ich nicht fähig war, mich zu entspannen, und wenn es mir helfen würde, heute Abend legerer zu sein, dann sei es so.

Ich wollte ihr zeigen, dass ich nicht immer der harte Kerl war, den sie aus dem Büro kannte. Dass mehr hinter dem Mann steckte, als ich der Öffentlichkeit zu sehen erlaubte. Ich wollte ihr diesen Teil von mir schon lange zeigen, aber da sie für mich arbeitete, konnte ich es mir nicht leisten, meine Deckung fallen zu lassen. Jetzt, wo ich darüber nachdenke, war die Frustration, die ich darüber empfand, wahrscheinlich der Hauptgrund dafür, dass ich ihr gegenüber so ein Idiot war. Ich dachte mir, wenn ich sie wegstoße, wenn sie mich hasst - oder noch besser, wenn sie kündigt -, dann wäre es leichter, der Versuchung zu widerstehen.

Ich habe das Unternehmen mit einunddreißig Jahren übernommen, viel jünger als die meisten CEOs von Multimilliarden-Dollar-Imperien. Ich habe Maxwell Hotels gelebt und geatmet, solange ich denken kann, aber ich musste erst noch beweisen, dass ich meine Position verdient hatte. Jeden verdammten Tag hatte ich mir den Arsch aufgerissen, um zu beweisen, dass ich mir die Rolle redlich verdient hatte. Dass es in meiner Firma keine Vetternwirtschaft gab. Mein Vater hätte mir niemals die Verantwortung für das Erbe seines Vaters überlassen, wenn ich nicht voll qualifiziert gewesen wäre, aber es würde immer Zweifel geben. Es würde immer jemanden geben, der davon ausging, dass mir die Stelle auf einem Silbertablett serviert wurde. Ich würde immer stromaufwärts schwimmen und versuchen, mich zu beweisen.

Das war ein Kreuz, das ich bereitwillig trug, weil ich dieses Unternehmen wirklich liebte. Die Erfahrungen unserer Gäste waren mir nicht egal. Sicher, ich war von Natur aus wettbewerbsorientiert und wollte der Beste sein, aber meinen Vater stolz zu machen, für meine zukünftigen Kinder zu sorgen und meinen Mitarbeitern zu helfen, für *ihre* Familien zu sorgen, das hatte für mich oberste Priorität. Deshalb arbeitete ich so hart.

„Ronan, wo bist du mit deinen Gedanken?" Quinn fuchtelte mit der Hand vor meinem Gesicht herum.

„Entschuldige, ich habe versucht, mir vorzustellen, wie du unter diesem Kleid aussiehst", log ich.

Sie trug ein einfaches schwarzes Baumwollkleid und Sandalen. Ihr langes Haar fiel ihr frei über den Rücken, und das einzige Make-up, das sie trug, war, soweit ich das beurteilen konnte, etwas hellrosa Lipgloss. Alles an ihr war unaufdringlich, aber meiner Meinung nach war sie wunderschön.

Ihre schokoladenbraunen Augen funkelten vor Humor. „Nun, du wirst dich weiter wundern müssen. Ich bin hungrig."

Ich packte sie am Handgelenk und zog sie an mich heran, was sie überraschte. „Ich auch.“

Quinn legte ihre offenen Handflächen auf meine Brust, während sie ihr Gleichgewicht wiederfand. „Was machst du da?“

„Das.“ Ich umklammerte ihren Nacken und verringerte den verbleibenden Abstand zwischen uns. Dieser Kuss hatte nichts Sanftes an sich. Er war reine Besessenheit - ein Vorspiel zu all den unartigen Dingen, die ich heute Abend mit ihr vorhatte.

„Wow ... ähm ...“ Sie berührte ihre Lippen mit den Fingerspitzen. „Wofür war das?“

Ich nahm ihre Hand in meine und führte sie zum Aufzug. „Ich wollte es nur loswerden, damit ich während des Essens nicht ständig daran denken muss.“

„Oh. Okay.“ Sie schenkte mir ein sanftes Lächeln.

Ich wollte nicht befürchten, in einem der Restaurants vor Ort gestört zu werden, also beschloss ich, Quinn in ein nahe gelegenes Lokal zu bringen. Waikiki Beach hat einen hohen Fußgängeranteil. Anstatt unseren Mietwagen vom Parkplatz zu holen, zog ich ihren Arm durch meinen und führte sie zur Hauptstraße, die parallel zum Pazifik verläuft.

Als wir unser Ziel erreicht hatten, nickte ich dem Eingang zu. „Da wären wir.“

Sie war überrascht, als sie sah, dass wir an einem örtlichen Bar & Grill Restaurant angehalten hatten. „Hm. Das hatte ich nicht erwartet."

Ich hob meine Augenbrauen. „Wäre es dir lieber, wir würden woanders hingehen?"

„Überhaupt nicht." Sie schüttelte den Kopf. „Das ist perfekt."

Ich legte meine Hand auf ihren Rücken und führte sie in das Restaurant. Wir setzten uns auf die hintere Terrasse mit Blick auf das Meer. Da es dunkel war, war unsere Sicht eingeschränkt, aber man konnte die Wellen gegen das Ufer schlagen sehen und die salzige Luft riechen.

„Gott, das sieht alles fantastisch aus." Quinn blickte von ihrer Speisekarte auf. „Was nimmst du?"

„Ich denke die Kalua-Schweinefleisch-Tacos."

„Oh, ich musste mich zwischen denen und dem Mahi Mahi mit Macadamia-Kruste entschieden. Wie wär's, wenn du mir einen deiner Tacos gibst und ich meinen Fisch in zwei Hälften teile?"

Ich nickte. „Sicher."

Immer wenn wir während des Abendessens arbeiteten - was ziemlich oft der Fall war - probierte Quinn etwas von meinem Essen. Meine Lippen verzogen sich zu einem Lächeln, als ich mich an das erste Mal erinnerte, als sie das getan hatte. Wir hatten etwas zum Mitnehmen bestellt, und nach der Hälfte unserer Mahlzeit griff sie über meinen Schreibtisch und tauschte ihre gebratenen Nudeln gegen mein Pad Thai aus, ohne ein Wort zu sagen. Ich saß sprachlos da, während sie sich mit Genuss in mein Essen vertiefte. Als sie aufblickte und sah, dass ich nicht aß, zuckte sie mit den Schultern und sagte: „Finden Sie sich damit ab." Es war das erste Mal, dass sie mir gegenüber Rückgrat gezeigt hat. Es war auch das erste Mal, dass ich mir vorstellte, sie auf meinen Schreibtisch zu werfen und sie bis zur Bewusstlosigkeit zu ficken.

„Worüber lächelst du da drüben?" Sie nahm einen Schluck von ihrem rosa Cocktail.

„Ich habe mir dich gerade wieder nackt vorgestellt."

Quinn schüttelte den Kopf. „Du und die Nacktheit. Ist das alles, woran du jemals denkst?"

„In letzter Zeit beschäftigt mich das Thema tatsächlich am meisten", antwortete ich ehrlich.

Sie lachte. „Nun, um ehrlich zu sein, kann ich es dir nicht wirklich verübeln. Die nackte Zeit macht Spaß."

Ich grinste. „Das tut sie."

Mir gefiel, wie mühelos das war. So sehr sie sich auch gegen mich wehrte, Quinn schien keine Probleme zu haben, das Geschäftliche beiseitezulassen. Es gab keinen Grund für Anstand. Unsere ständigen Streitereien waren nicht vorhanden. Während wir aßen, flossen die Getränke in Strömen, und je mehr Alkohol sie zu sich nahm, desto flirtender wurde sie. Als wir unsere Teller abräumten, war die sexuelle Spannung zwischen uns wohl noch nie so hoch gewesen. Ich konnte es kaum erwarten, zurück ins Hotel zu kommen, damit wir endlich etwas machen konnten.

Die Fahrt mit dem Aufzug in unser Stockwerk war quälend lang. Auf fast jeder Etage mussten wir anhalten, um jemanden hinauszulassen. Als wir endlich in ihrem Zimmer waren, riss mir der Geduldsfaden.

Ich drückte sie gegen die Tür und begann, ihren Hals zu küssen. „Wie betrunken bist du?"

Sie stöhnte, als ich auf die Stelle biss, wo ihr Hals auf ihre Schulter traf. „Nicht betrunken genug, um nicht zu wissen, was ich tue."

Ich zog mich zurück, um die Wahrheit in ihrer Aussage zu überprüfen. Ich wusste, dass die Einwilligung kein Thema war; jedes Mal, wenn wir zusammen gewesen waren, waren wir beide stocknüchtern gewesen. Und obwohl Sex unter Alkoholeinfluss seine Vorzüge hatte, war es nicht das, worauf ich aus war. Heute Abend wollte ich die volle Aufmerksamkeit dieser Frau. Ich musste wissen, dass sie sich an jedes kleine Detail dessen, was passieren würde, erinnern würde. Wenn morgen früh jeder Muskel in ihrem Körper schmerzte, wollte ich, dass sie sich all die schmutzigen Gründe dafür vorstellte.

Quinns Augen waren ein wenig glasig, ihre Wangen leicht gerötet, aber sie hatte definitiv einen klaren Verstand. Sie sah aus, als würde sie sich auf einen Kampf vorbereiten, sollte ich es wagen, sie herauszufordern.

Ich grinste. „Ausgezeichnete Antwort."

Ihr erwidertes Lächeln bereitete mir Schmerzen in der Brust. Es steckte so viel gottverdammte Freude da drin. So hatte sie mich noch *nie* angeschaut. Als wäre *ich* die Quelle ihres Glücks. Am liebsten wäre ich herumstolziert wie ein stolzer Pfau - der mit den größten und hellsten Federn der Herde. Quinn starrte mich mehrere lange, geladene Takte lang an. Keiner von uns beiden sagte ein Wort, und wir waren auch nicht in Eile. Wir saugten den Moment einfach in uns auf und waren vollkommen zufrieden damit, einfach nur beieinander zu sein.

Scheiße, diese Frau bringt mich aus dem Gleichgewicht.

Ich strich mit dem Daumen über ihre Wange.

„Was ist mit dir los? Warum fühle ich mich bei dir so?
"

Sie drehte ihr Gesicht in meine Handfläche. „Wie genau?"

„Wie ein verdammter Superheld. Als ob ich alles tun könnte. Als *würde* ich alles tun, nur um dieses Lächeln auf deinem Gesicht zu sehen."

Ihr Mund blieb offenstehen und ihre Augen weiteten sich. „Das ist das Süßeste, was je jemand zu mir gesagt hat." Sie schenkte mir ein freches Grinsen. „Obwohl, wenn ich das jemals wiederholen würde, würde niemand auf der Arbeit glauben, dass es aus deinem Mund kam."

„Dann sollte es wohl unter uns bleiben, was?" Ich zwinkerte.

Quinn lachte und fuhr mit ihrem Zeigefinger langsam über meine Augenbraue und über meinen Kiefer, bevor sie in der Mitte meiner Brust landete. Ich schloss die Augen, als ihre warme Hand meinen Bauch hinunterglitt und ihre Finger unter den Bund meiner Shorts schob. „Ronan?"

Ich beugte mich herunter, so dass unsere Stirn aneinandergepresst war. „Ja?"

„Ich will, dass du mich jetzt fickst."

Sie quiekte, als ich sie hochhob und auf die Matratze warf. „Ja, Ma'am."

KAPITEL SIEBZEHN

QUINN

„Also... erzähl mir von deinen vergangenen Abenteuern.“

Ronan stieß ein tiefes Lachen aus. Verdammt, er hatte ein tolles Lachen. „*Abenteuern?*“

Er legte seinen Arm um mich, als ich mich näher an ihn kuschelte. „Ja. Ich möchte etwas über die Frauen aus deiner Vergangenheit erfahren.“

„Ist das deine Art zu fragen, mit wie vielen Frauen ich geschlafen habe?“

Ich stützte mein Kinn auf seine Brust und begegnete seinem Blick. Wir hatten in den letzten zwei Stunden im Bett gelegen und uns unterhalten. Die

Sonne war gerade so weit aufgegangen, dass wir uns gut sehen konnten. „Nicht wirklich. Ich meine, ich will die Antwort auf *diese* Frage wahrscheinlich gar nicht wissen. Ich bin eher neugierig, ob es jemals eine ernsthafte Beziehung in deinem Leben gab?"

Er strich mir eine Haarsträhne hinters Ohr. „Ich war einmal verheiratet. Ist das ernst genug für dich?"

Meine Augen weiteten sich vor Überraschung. Wie konnte ich das nicht wissen? „Wirklich? Wann?"

„Kurz bevor ich mein Studium begann. Wir waren während des gesamten Studiums zusammen; wir waren das typische junge und hoffnungslos dumme Paar. Wir dachten, nichts könnte uns etwas anhaben."

„Was ist passiert? Wie lange seid ihr verheiratet gewesen?"

Er zucke mit der Schulter. „Weniger als ein Jahr. Es gab nie eine große Hochzeit. Ich schätze, man könnte sagen, dass uns klar wurde, dass unsere Unterschiede unüberwindbar waren. Wir sind zusammen aufgewachsen, verkehrten in denselben Kreisen, aber wir hatten nie viel gemeinsam. Als wir beide an der Columbia landeten, war es wohl praktisch, jemanden zu haben, den man schon kannte, in einem Land voller Fremder." Er schenkte mir ein schiefes Grinsen. „Außerdem war ich achtzehn, hatte rund um die Uhr Sex im Kopf und sie war heiß."

Seine Muskeln spannten sich an, als ich mit einem Finger über seinen Unterleib fuhr. „Da hat sich also nicht viel verändert. Rede weiter."

Ronan kniff mich in den Hintern, was mich aufschreien ließ. „Jedenfalls... wie ich schon sagte, habe ich kurz nach unserer Heirat ein Praktikum im New Yorker Büro der Firma begonnen. Sie fand, dass ich zu viel arbeitete - sie verstand nicht, warum ich mich so sehr für eine so niedrige Position einsetzte. Warum ich nicht, wie sie, von meinem Treuhand-fonds leben und in der Welt herumfeiern wollte. Mit der Zeit wurde ich immer frustrierter, weil sie es nicht verstand."

„Dass dein Nachname dir den Job nicht verschafft hat?"

Er sah mich nachdenklich an. „Genau."

„Irgendwann hatte Kylie - so heißt sie - genug und reichte die Scheidung ein. Das Lustige daran war, dass ich glaube, dass es keinem von uns wirklich etwas ausmachte. Wenn überhaupt, waren wir *erle-ichtert*. Seitdem hatte ich... *Arrangements* hier und da, aber ich hatte nie Zeit, eine richtige Beziehung zu führen. Ich fand es einfacher, sie ganz zu vermeiden."

Ich küsste die Stelle zwischen seinen Brustmuskeln. „Ist es das, was du von mir willst? Ein *Arrangement*?“

„*Nein, verdammt.*“ Nun, das war peinlich. Ich versuchte, mich von ihm loszureißen, aber er hielt mich fester im Griff. „Nicht so schnell.“ Er hob mein Kinn an. „Du bist anders, Quinn. Was ich mit dir will, ist... beispiellos. Unbeschreiblich.“

„Ja klar“, spottete ich.

Er suchte meine Augen. „Warum zweifelst du an mir? Du weißt doch, dass ich kein Lügner bin. Sieh mal... Ich bin nicht gerade der Typ für Herzchen und Blumen, und ich kann nichts versprechen, aber diese Sache zwischen uns *ist* anders, und ich habe es satt, so zu tun, als ob es nicht so wäre. Du bist kein flüchtiges Interesse; ich habe es ernst gemeint, als ich sagte, dass ich dich seit langem begehre. Und jetzt, wo ich dich habe... jetzt, wo ich weiß, was ich verpasst habe... will ich das definitiv nicht aufgeben. Ich will ganz sicher nicht, dass ein anderer Mann dich anfasst.“

Ich lächelte vor mich hin. „Also... willst du Monogamie?“

„Scheiße ja, ich will Monogamie.“

Ich verlagerte meinen Körper, bis ich auf seinem Schoß saß. Da wir immer noch nackt waren, konnte ich leicht seine wachsende Erektion unter mir spüren. „Okay.“

Seine Finger gruben sich in meine Hüften. „Ja?"

Ich ließ meine Hüften kreisen und glitt an ihm entlang. „Ja."

Ronan stöhnte. „Was ist mit deinen *vergangenen Abenteuern?*"

„Nicht der Rede wert." Ich keuchte, als die Spitze seines Schwanzes an meiner Klitoris rieb. „Ich hatte einen festen Freund in der Highschool, einen weiteren im College, aber in beiden Fällen wussten wir, dass sich unsere Wege nach dem Abschluss trennen würden. Seitdem hatte ich einige Dates, aber nichts Ernstes. Ich wollte mich auf meine Karriere konzentrieren." Ich stöhnte auf, als Ronan meine Brustwarze in den Mund nahm und daran saugte und biss, bevor er sie plötzlich losließ. „Falls du es noch nicht bemerkt hast: Ich bin viel jünger als du."

„Nicht *so* viel jünger", argumentierte er.

„Außerdem," fuhr ich fort, „gab es da diesen Typen, zu dem ich mich hingezogen fühlte. Und zwar schmerzlich. Ich fand es nicht wirklich fair, etwas mit jemand anderem anzufangen, solange das noch anhielt."

Ich rieb mich immer noch hin und her und benetzte Ronans Schwanz mit meiner Erregung.

Seine hübschen blauen Augen verengten sich, als er unsere Körper verschob, bis ich über ihm hockte.

Er zog mich mit einer sanften Bewegung über seinen Schwanz und knurrte: „*Welcher* Typ?"

Gott, warum fand ich seinen inneren Neandertaler so heiß? Ich konnte nicht widerstehen, den Bären zu ärgern. „Eigentlich ist er ein Riesenarschloch. Und so eingebildet, dass es manchmal fast unerträglich ist. Aber aus irgendeinem Grund konnte ich nicht aufhören, mich zu fragen, wie es sich anfühlen würde, ihn in meinen Körper aufzunehmen, ihn zu reiten, bis wir beide explodieren." Ich demonstrierte es, indem ich meine Hüften rollte, auf- und wieder abglitt. „Ich wollte wissen, ob sein hübscher Mund noch zu etwas anderem taugt, als Widersprüche zu verteilen oder Befehle zu bellen."

Zu diesem Zeitpunkt war es offensichtlich, dass Ronan es kapiert hatte. Er sah nicht mehr so aus, als wolle er jemanden verstümmeln. „Hast du es jemals herausgefunden?" Er packte meine Hüften und begann von unten in mich zu stoßen. „Hat er deine Fantasien erfüllt? Gehörte ihm diese verdammte Muschi? Hat er es für jeden anderen Mann ruiniert?"

„Mmm, und dann noch andere."

„Ach ja? Bessere als ich?"

„*So* viel besser", stichelte ich.

„Das wirst du mir büßen, du kleine Hexe."

Bevor ich wusste, wie mir geschah, lag ich plötzlich auf dem Rücken und hatte meine Beine über seine Schultern geworfen. Ronan zeigte keine Gnade - nicht, dass ich mich beschwert hätte - und stieß hart und schnell in mich hinein, ohne Anzeichen einer Verlangsamung. Ich hob meinen Rücken vom Bett und begegnete ihm Stoß für Stoß. Unsere Haut glänzte vor Schweiß, und die Geräusche der aneinanderschlagenden Körper hallten durch den Raum. Ich war mir sicher, dass seine Fingerspitzen blaue Flecken auf meinen Hüften hinterlassen würden. Das war Sex in seiner ursprünglichsten Form. Roh, düster und unglaublich schmutzig.

„Diese Muschi gehört *mir*." Schweiß tropfte an seiner Schläfe herab, als er das Tempo beschleunigte. „*Meine* zu ficken. *Meine*, um sie zu kosten." Er packte meine Arschbacken und spreizte sie weit. „Dieser jungfräuliche Arsch gehört *mir*. Kein anderer Mann wird *jemals* dieses Vergnügen haben, wenn ich etwas dazu zu sagen habe." Er betastete meine Brüste. „Diese prächtigen Titten gehören *mir*. Ich bin der einzige Mann, der sie lecken, saugen oder meinen Schwanz zwischen sie schieben darf." Er wanderte zu meinen Lippen und fuhr sie mit seinem Daumen nach. „Diese Lippen gehören *mir*, um sie zu küssen." Er schob seinen Daumen in meinen Mund und forderte mich auf, daran zu saugen. „*Mein* Schwanz ist der Einzige, der in diesem Mund kommen darf. *Meine* Zunge ist die Einzige, die sich mit deiner verheddern darf." Ronan lehnte sich näher zu mir, bis meine Knie gegen meine Brust gepresst waren und seine Lippen nur noch eine Haaresbreite von meinen entfernt waren. „Verstehst du, was ich damit sagen will, Quinn?"

Ich versuchte, ja zu sagen, aber ich bin mir ziemlich sicher, dass es eher ein Stöhnen war. Mein Gott, noch nie hatte *mich* jemand wie einen Höhlenmenschen *beansprucht*. So sehr es meine feministischen Gefühle auch beleidigte, ich konnte nicht sagen, dass es mir etwas ausmachte.

Er lächelte. „Gut. Ich bin froh, dass wir das geklärt haben. Bist du jetzt bereit zu kommen?"

„*So* bereit", keuchte ich.

Ronan stützte sich mit einer Hand auf dem Bett ab und fuhr mit der anderen Hand über das winzige Nervenbündel. „Halte durch, Baby. Ich werde nicht sanft sein."

„Gut. Lass es."

Meine Arme flogen über meinen Kopf und umklammerten das Kopfteil. Das Blut rauschte in meinen Adern, als er seinen unnachgiebigen Rhythmus fortsetzte. Ronan beobachtete die ganze Zeit mein Gesicht, als ob er sich jede kleine Sommersprosse einprägen würde. Wie sich meine Lippen spreizten, als er meinen Kitzler rieb. Wie meine Augen zurückrollten, als er ein Knie tiefer in die Matratze sinken ließ und den Winkel vertiefte. Wie sich die verräterische Röte der Erregung über mein Fleisch ausbreitete, als mein Orgasmus heftig durch meinen Körper raste. Nicht ein einziges Mal schweiften seine ozeanfarbenen Augen ab.

Als mein Höhepunkt abebbte, zog er sich zurück und drehte mich auf den Bauch. Ronan leckte eine Spur entlang meiner Wirbelsäule, knabberte an den großzügigen Kugeln meines Hinterns, saugte an der Haut auf den Rückseiten meiner Oberschenkel. Er drang so tief in mich ein, dass eine Reihe von Schimpfwörtern aus unseren beiden Mündern floss. Seine kräftigen Schenkel umklammerten meine, drückten sie zusammen und machten unsere Stellung unmöglich eng. Mit seiner Hand auf der Mitte meines Rückens, die mich flach in die Matratze drückte, fickte er mich so hart, dass ich mich nicht wundern würde, wenn es einen dauerhaften Abdruck meines Körpers auf dem Bett geben würde, wenn wir fertig waren.

Ich schrie seinen Namen, als ich erneut außer Kontrolle geriet, und nur wenige Augenblicke später tat Ronan das Gleiche. Ich glaube, keiner von uns beiden konnte sich bewegen, als wir wieder zu Atem kamen. Mein Körper fühlte sich an wie Wackelpudding; jeder einzelne Muskel schrie aus Protest. Nach einer Weile zog er sich mit einem Schaudern aus mir zurück und rollte sich neben mir auf den Rücken.

„Scheiße", murmelte er, als er seinen Kopf in meine Richtung drehte.

„Ja", stimmte ich zu, da ich im Moment nicht wirklich in der Lage war, einen Satz zu formulieren.

Ronan ergriff meine Hand und führte sie zu seinem Mund, um meine Knöchel zu küssen. „Du bist verdammt unglaublich, weißt du das?"

„Du bist auch nicht so schlecht."

„Weißt du noch etwas?" Er lehnte sich näher heran, ein verschwörerisches Funkeln in seinen Augen.

„Was?" flüsterte ich.

Er strich mir eine verschwitzte Haarsträhne aus dem Gesicht und gab mir einen sanften Kuss auf die Stirn. „Ich glaube, wir haben das mit der persönlichen Ebene geklärt."

Ich lächelte. „Das denke ich auch."

Am nächsten Morgen erwachte ich in einem leeren Bett. Ich streckte meine Hand aus und berührte die zerknitterten Laken neben mir. Sie waren kalt, also wusste ich, dass Ronan schon eine Weile weg war. Ich konnte nicht sagen, dass ich überrascht war, ich war mehr enttäuscht, als mir lieb war. Dutzende von Bildern schossen mir durch den Kopf, als mir die Realität dessen, was gestern passiert war, bewusst wurde.

Heilige Scheiße.

Ich sagte mir, dass ich nicht in Panik geraten sollte, aber es fiel mir immer noch schwer, meinen Atem zu finden. Letzte Nacht war der Sex unglaublich gewesen, wie immer, aber es gab diese Ebene von ungekannter Intimität. Mit jeder Berührung, jedem Kuss und jedem Wort hatte Ronan mir erlaubt, eine Seite von ihm zu sehen, von der ich nicht gewusst hatte, dass sie existiert. Als er über seine Ex-Frau sprach und darüber, dass er sich bei der Arbeit bewähren musste, war er so entblößt, und doch vertraute er mir genug, um diese Informationen preiszugeben. Ich war mir sicher, dass er selten, wenn überhaupt, solche privaten Gedanken mit jemandem teilte.

Wie konnte sich so viel nach nur einer Nacht ändern?

Ich kletterte aus dem Bett und machte mich auf den Weg ins Bad. Verdammt, mein Körper tat *überall* weh. Es fühlte sich an, als hätte man mich hart geritten und nass geschwitzt stehen lassen. Ich erschrak, als ich mein Spiegelbild erblickte. Mein Haar war eine Katastrophe, wie es nach einer Nacht mit Marathon-Sex sein sollte, aber alles andere ließ mich innehalten. Meine Lippen waren geschwollen. Meine Augen waren *wild*. Winzig kleine rote Flecken auf meiner Haut, wo Ronans unrasiertes Gesicht gegen gedrückt gewesen war. Ich lächelte, als ich den R-förmigen Knutschfleck auf meinem Innenschenkel entdeckte.

So ein Höhlenmensch.

Mein Telefon piepte mit einer neuen Textnachricht von besagtem Neandertaler. Als ich sie öffnete, sah ich, dass es bereits die zweite Nachricht war, die er mir geschickt hatte. Die erste war von vor einer Stunde und erklärte, dass er auf dem Weg in sein Zimmer war, um zu duschen und sich umzuziehen.

Bosshole: Ich wollte nur sichergehen, dass ich dich nicht ins Koma gefickt habe.

Nur er konnte eine so krasse Aussage machen.

Ich: Hier gibt es kein Koma. Nächstes Mal musst du dich mehr anstrengen. Ich springe gleich unter die Dusche.

*Bosshole: *stöhn* Toll. Jetzt ist mein Schwanz hart.*

Ich gluckste.

Ich: Dann komm mit und unternimm etwas dagegen.

Bosshole: Schätzchen, ich wünschte, ich könnte. Ich bin schon unten - ich brauchte einen richtigen Kaffee, bevor wir mit dem Tag beginnen. Jemand hat mich fast die ganze Nacht wachgehalten.

Ich sah auf die Uhr und stellte fest, dass unser Treffen mit dem Hotelmanager in fünfundvierzig Minuten begann. Scheiße, ich musste mich beeilen.

Ich: Ich bin so schnell wie möglich unten. Bring mir einen eisgekühlten.

Bosshole: Heute Haselnuss oder Vanille?

Ich lächelte. Ronan hatte mir noch *nie* einen Kaffee spendiert. Wir hatten schon viele Mahlzeiten zusammen eingenommen, aber ich holte mir immer meinen eigenen Kaffee, bevor ich mich auf den Weg in die Chefetage machte. Die einzige Möglichkeit, wie er wissen konnte, was ich gerne bestellte, war, dass er auf die Becher achtete, die auf meinem Schreibtisch standen.

Ich: Haselnuss bitte.

Bosshole: Wir sehen uns gleich. Wenn du das Bedürfnis hast, in der Dusche an dir herumzuspielen, dann stell sicher, dass du dein Handy aufstellst und es für mich aufnimmst.

Ich schüttelte den Kopf.

Ich: Arsch.

Bosshole: Du liebst es.

Meine Lippen zuckten.

Ich: Vielleicht...

Bosshole: Hör auf, mir SMS zu schreiben und mach dich fertig, damit ich deinen sexy Arsch persönlich sehen kann.

Ich: Ja, Sir, Mr. Maxwell, Sir.

Bosshole: Dafür wirst du später den Hintern versohlt bekommen, Klugscheißer.

War es schlimm, dass ich mich tatsächlich darauf freute? Ich legte mein Handy auf den Nachttisch und machte mich auf den Weg unter die Dusche, denn ich wusste, wenn ich dieses Gespräch fortsetzte, würde ich es nie rechtzeitig zu unserem Treffen schaffen.

KAPITEL ACHTZEHN

RONAN

Wenn mein Hotelmanager nicht aufhören würde, Quinn anzubaggern, würde ich ihm in den Arsch treten, das schwöre ich bei Gott. Wir hatten das Grundstück fast eine Stunde lang besichtigt, und er wurde von Minute zu Minute flirtender. Er war immer noch sehr professionell - wahrscheinlich, weil ich anwesend war -, aber ich hatte die Nase voll.

Ich hob die Hand, um ihn zu stoppen, was auch immer er sagten wollte. „Mr. Hamilton, würden Sie uns entschuldigen?"

Er räusperte sich. „Ja, natürlich. Stimmt etwas nicht?"

Quinn warf mir einen „*Was zum Teufel machst du da?*"-Blick zu, aber ich ignorierte sie.

„Ja, alles ist in Ordnung." Ich blätterte durch die E-Mails auf meinem Handy. „Ich habe gerade eine E-Mail von der Zentrale erhalten, die ich bearbeiten muss."

„Ich kann mit Mr. Hamilton weitermachen, wenn das hilft", bot Quinn an.

Wenn ich denken würde, dass sie tatsächlich versucht, mir zu helfen, wäre das in Ordnung, aber ihr Gesichtsausdruck verriet mir, dass sie mich verarschen wollte, weil sie wusste, dass ich etwas im Schilde führte.

Ich sah sie mit zusammengekniffenen Augen an. „Miss Montgomery, ich brauche in dieser Sache tatsächlich Ihre Hilfe." Ich wandte mich an Mr. Hamilton. „Wir waren doch mit der Besichtigung des Geländes fast fertig, oder? Ich möchte Sie nicht aufhalten, sondern Sie lieber wieder an die Arbeit gehen lassen. Miss Montgomery und ich haben bereits den Poolbereich besichtigt, und wenn wir mit dieser dringenden Angelegenheit fertig sind, können wir problemlos im Spa vorbeischauen."

„Natürlich, Sir." Mr. Hamilton nickte und zog eine Visitenkarte aus seiner Tasche. „Wenn Sie etwas brauchen, meine persönliche Handynummer steht da drauf.“

Ich nahm die Karte von ihm. „Ich weiß das zu schätzen. Wenn Sie uns jetzt entschuldigen würden, wir müssen das wirklich erledigen.“

„Was ist hier los?“ flüsterte Quinn barsch, als wir weggingen.

Ich führte sie den Korridor entlang zu einem leeren Konferenzraum. Drinnen schloss ich die Tür ab und presste meinen Mund auf ihren.

„Whoa, was soll das?“, fragte sie, als ich mich von ihr löste.

„In Zukunft möchte ich, dass du vor Ort nicht mehr mit dem Personal flirtest.“

Sie verengte ihre kastanienbraunen Augen. „*Wie bitte?*“

Ich schleuderte meine Hand in Richtung Tür. „Der Typ hat dich die ganze Zeit gemustert! Du hast der Situation nicht gerade geholfen, indem du dieses Kleid getragen hast oder so verdammt freundlich warst.“

„Hast du wirklich gerade angedeutet, dass es *meine* Schuld ist, dass er mich wegen meiner Kleidung angeflirtet hat?“ Ihr Gesicht rötete sich. „*Du Arsch!*“

Ich rieb mir den Nacken. „Was? *Nein.*“

Mein Blick wanderte an ihrem Körper entlang. Heute trug sie ein hellrosa Leinenkleid mit einem großen Blumenmuster darauf. Es reichte ihr etwa bis zur Mitte des Oberschenkels, bevor es in einer Art Rüsche auslief. Es war ein Kleid im Aloha-Stil, also völlig angemessen für die Umstände, aber die Art und Weise, wie es ihre Kurven zur Geltung brachte, kombiniert mit ihren Stiletto-Sandalen, zog überall, wo wir hinkamen, die Blicke auf sich.

„Na ja ... vielleicht", gab ich zu. „Es hat mir verdammt nochmal nicht gefallen, wie er dich angeschaut hat."

„Unglaublich", murmelte Quinn. „Weißt du, im Schlafzimmer mag ich mit der Höhlenmenschen-Masche einverstanden sein, aber unter allen anderen Umständen ist das *nicht* akzeptabel, vor allem nicht bei der Arbeit. Was ist mit der Selbstbeherrschung während der Arbeitszeit?"

Ich zupfte an meinem Haar. „Du machst mich wahnsinnig."

Sie knurrte. „Ja, nun, ich mag dich im Moment auch nicht besonders. Du bist ein richtiges Arschloch. "

„Was hast du gesagt?" Meine Stimme war tief. Bedrohlich. Ich trat an sie heran, bis Quinn mit dem Rücken an die Wand gedrückt wurde.

In ihren Augen braute sich ein Sturm zusammen, aber auch der Rest ihres Körpers reagierte auf meine plötzliche Nähe. Der Puls in ihrem Nacken pochte, ihre Lippen waren aufgesprungen und ihre Brustwarzen spitz. Gott, ich liebte es, wie empfänglich sie war.

„Du hast mich gehört, du Mistkerl."

Ich beugte mich hinunter und saugte ihre Unterlippe in meinen Mund. „Mmm, dein Lipgloss schmeckt wie Zucker."

„Was machst du da? Wir führen hier ein Gespräch."

Ich ließ meine Hände über ihre Arme gleiten, bevor ich sie an ihrer schmalen Taille anhielt. „Ich würde viel lieber das hier tun."

Sie keuchte, als meine Lippen zu ihrem schnellen Puls hinabwanderten. „Ronan, man kann nicht alles mit Sex lösen."

„Hm, aber es würde Spaß machen, es zu versuchen." Ich klemmte mein Knie zwischen ihre Oberschenkel.

Quinn rieb sich an mir. „Gab es überhaupt eine E-Mail der Zentrale?"

„Mehrere, eigentlich. Aber nichts, was im Moment meine Aufmerksamkeit erfordert." Ich zwinkerte.

Sie schüttelte den Kopf. „Hör auf, so nett zu sein. Ich bin stinksauer auf dich."

Ich hob eine Augenbraue. „Würde es helfen, wenn ich mich entschuldige?"

„Ich weiß es nicht. Du hast es noch nie probiert."

Ich lächelte, als ich ihr Gesicht in meine Hände nahm. „*Es tut* mir leid. Ich weiß nicht, was über mich gekommen ist. Ich war noch nie so... besitzergreifend; ich habe nicht klar gedacht. Das ist keine Entschuldigung, nur eine Erklärung. Ich werde versuchen, den Drang, meinem Personal an die Gurgel zu gehen, in Zukunft zu kontrollieren."

Sie biss sich auf die Lippe und unterdrückte ein Lächeln. „Das ist schon viel besser."

Ich ruckte mit dem Kopf in Richtung Tür. „Können wir jetzt nach oben gehen und uns ausziehen?"

Sie schüttelte den Kopf. „Du immer mit deiner Nacktheit."

Ich hielt ihr die Tür auf. „Wir haben noch sieben Stunden bis zum Luau. Ich habe vor, das Beste daraus zu machen."

Trotz meiner Versuche, Quinn im Bett zu halten und das Luau ausfallen zu lassen, warf sie mich aus ihrem Zimmer, damit sie sich ohne meine *grabschenden Hände*, wie sie sie nannte, fertig machen konnte. Da waren wir also mitten im Abendessen der Veranstaltung und probierten von allem etwas.

„Oh mein Gott, das ist das beste Teriyaki-Hühnchen, das ich je gegessen habe."

Ich grinste. „Das sollte es auch. Ich habe nicht umsonst einen Drei-Sterne-Michelin-Koch engagiert, um das Menü zu entwerfen."

„Und auf Maui gibt es die gleichen Angebote?"

Ich nickte. „Wir behaupten, dass wir auf jeder Insel das beste Luau haben. Das heißt, die beste Show *und* das beste Essen."

Sie nahm einen Bissen vom Reis. „Verdammt, sogar der gebratene Reis ist außergewöhnlich. Wie kann etwas so Einfaches so gut sein?"

„Weil ich den Besten angeheuert habe. Und der ist nicht billig - genauso wenig wie die Qualitätszutaten; deshalb *werden* wir auch weiterhin von unseren Gästen Eintritt verlangen."

Quinn lachte. „Ah, der Streit, mit dem alles begann. Gute Zeiten."

Ich sah mich um, um sicherzugehen, dass wir

immer noch ungestört waren. Ich hatte einen Tisch an der Seite des Hauptspeisesaals reserviert, damit wir uns in Ruhe über die Menüpunkte unterhalten konnten.

„Wenn du mich weiter so anschaust, krieche ich unter den Tisch und esse deine Muschi."

Ihre Augen weiteten sich. „Das würdest du nicht wagen."

„Versuch es", forderte ich. „Die Show fängt gleich an. Niemand wird den beiden Leuten, die im Schatten sitzen, Aufmerksamkeit schenken."

„Wo wir gerade vom auslösenden Ereignis für all das sprechen" - sie gestikulierte zwischen uns - „was wird passieren, wenn wir wieder zu Hause sind, Ronan?"

Ich runzelte die Stirn. „Was meinst du?"

„Nun, *wenn* ich mich entscheide, dass ich diese Sache fortsetzen möchte... gehe ich davon aus, dass wir diskret bleiben werden, richtig?"

„Wenn du das willst."

Sie kaute auf ihrer Lippe. „Wenn ich zustimme, möchte ich, dass im Büro alles wie gewohnt läuft, und wenn wir nicht bei der Arbeit sind, können wir so sein."

„*So?*"

Sie rollte mit den Augen. „Komm schon, Ronan,

du weißt, was ich meine. Ronan aus Hawaii ist ganz anders als Bosshole Ronan."

Ich bellte ein Lachen. „*Bosshole*, hm?"

Sie zuckte zusammen. „Ich hatte nicht vor, dir das *jemals* ins Gesicht zu sagen. Es kam einfach so raus."

Ich hakte meinen Fuß um ihren Knöchel. „So nennst du mich also hinter meinem Rücken?"

„So nennen dich *alle* auf der Arbeit." Ich war mir ziemlich sicher, dass sie errötete. „Versteh mich nicht falsch, aber du bist nicht sehr sympathisch, die letzten zwei Tage ausgenommen. Respektiert, sicher. Begehrt, auf jeden Fall. Aber nicht gemocht."

Meine Lippe kräuselte sich in der Ecke. „Dir ist klar, dass mir das völlig egal ist, oder? Ich bin hier, um Geld zu verdienen, nicht um Freunde zu finden. Du bist die erste Person in meinen dreizehn Jahren in der Firma, mit der ich mich *anfreunden* möchte."

Quinn gluckste. „Das ist fraglich."

„Ganz im Ernst: Ich muss im Büro ein gewisses Image wahren. Wenn man in meiner Position ist, gibt es immer jemanden, der darauf wartet, einen abzuschießen. Wenn ich ihnen ,Hawaii Ronan' zeige, macht mich das angreifbar, und das werde ich niemals zulassen. Du bist die einzige Person in dem Gebäude, die diese Seite von mir jemals sehen wird. "

Sie sah mich nachdenklich an. „Und was macht mich so besonders, dass mir diese Ehre zuteilwird?"

Ich lächelte. „*Alles* macht dich besonders, Quinn. Alles, verdammt noch mal."

QUINN

„Mmm, das ist der beste Traum."

Traum-Ronan gluckste, bevor er seine Zunge ausstreckte und mich von unten nach oben leckte.

Mein Rücken wölbte sich vom Bett. „Gott, das kannst du so gut. Der Beste. Muschi. Lecker. Überhaupt."

„Ich bin froh, dass es dir gefällt", brummte seine tiefe Stimme gegen mein heißes Fleisch.

Warte eine Sekunde...

In dem abgedunkelten Raum riss ich die Augen auf. Es dauerte einen Moment, bis mein Gehirn registrierte, wo ich war, und was geschah. „Heilige Scheiße."

Ich habe nicht geträumt. Ronans dunkler Kopf bewegte sich tatsächlich zwischen meinen Beinen. „Fuck, ich könnte den ganzen Tag an deiner Muschi nuckeln, jeden Tag. Atmen wird überbewertet... Ich will nie wieder nach Luft schnappen."

„Ja, mach das", keuchte ich. „Hör *niemals* auf, das zu tun."

Ich konnte nicht aufhören, mich zu winden, und Ronans schwerer Arm drückte mich an die Matratze, während er weiter leckte und saugte, seine Zunge herumwirbelte oder die Spitze in mich hineindrückte. Meine Zehen krümmten sich, als sein Stöhnen gegen meine Klitoris vibrierte.

Ehe ich mich versah, raste mein Orgasmus meine Wirbelsäule hinunter und ich rief immer wieder seinen Namen. Er leckte mich langsam durch das letzte Beben, bevor er sich einen Weg über meinen Oberkörper küsste. Das Mondlicht glänzte auf seinem Gesicht, als er über mir schwebte. „Hallo, meine Schöne."

„Hallo, du. Das war ein ganz schöner Weckruf am Morgen." Ich drehte meinen Kopf, um auf die Uhrzeit auf dem Nachttisch zu schauen, und sah, dass es kurz nach zwei war. „Sehr früh am Morgen."

Er nahm meine Unterlippe zwischen die Zähne und tauchte seine Zunge in meinen Mund. Ich konnte meine Erregung an ihm schmecken und aus irgendeinem Grund fand ich das wirklich sexy. Ich war noch nie ein großer Fan von Küssen nach dem Oralverkehr gewesen, aber mit Ronan war es heiß. Alles an diesem Mann war erregend. Meine Augen rollten zurück, als er mich reizte und seinen Schwanz über meine geschwollene Klitoris hin und her gleiten ließ.

„Ich konnte es nicht erwarten." Ronan umfasste meine Brust und strich mit dem Daumen über die steife Spitze. Wir stöhnten unisono auf, als er mit der anderen Hand sein Glied in meinen Körper führte. „Ich kann nicht genug von dir bekommen. Ich weiß nicht, ob ich *je* genug von dir bekommen werde."

Gott, so mit ihm zusammen zu sein, war unwirklich. Haut an Haut, die weiche Matratze in meinem Rücken. Bis zu dieser Nacht war mir nie bewusst gewesen, wie selbstverständlich ich so etwas bisher genommen hatte. Nicht falsch verstehen, Sex mit Ronan Maxwell war außergewöhnlich, an jedem Ort, in jeder Stellung. Aber so wie hier? Wo es sich anfühlte, als hätten wir alle Zeit der Welt..., wenn er sich über mich beugte, wo die vereinzelten groben Haare an seinen Beinen an der Glätte meiner Beine rieben, seine Finger über jeden Zentimeter Haut führen, den er erreichen konnte? Es gab kein besseres Gefühl auf der Welt.

Es war so perfekt, dass es erschreckend war.

Ich hätte nie erwartet, dass er meine Mauern so schnell und so einfach niederreißen würde. Es fühlte sich natürlich an... als ob wir schon immer so gewesen wären. Ich konnte nicht anders, als mich wieder zu fragen, was passieren würde, wenn wir nach Los Angeles zurückkehrten. Wie würde ich den Ronan, der in unserer kleinen hawaiianischen Blase lebte, mit dem rücksichtslosen Boss, den ich seit zwei Jahren kannte, in Einklang bringen, wenn wir in die reale Welt zurückkehrten? Ich wusste nicht, wie ich meinen Arbeitstag bewältigen sollte, wenn ich so tun müsste, als würde ich diese andere Seite von ihm nicht kennen.

Er legte seinen Kopf in meine Halsbeuge. „Scheiße, ich liebe es, in dir zu sein. Ich liebe es, danach nach dir zu riechen. Alles, woran ich in letzter Zeit denke, bist du. Alles, was ich will, bist du."

Meine Fingernägel vergruben sich in seinen muskulösen Hintern, als ich ihn noch weiter an mich zog. „Ich kann nicht klar denken, wenn du solche Sachen sagst."

„Dann hör auf, die ganze verdammte Zeit zu

denken. *Fühle* einfach." Er stieß ein paar Mal hinein und wieder heraus und machte meinen Körper vor Verlangen wahnsinnig.

Ich keuchte auf, als er diesen magischen Punkt in mir traf. „*Wer sind Sie?* Ronan Maxwell überlegt sich *alles*."

Sein zahniges Lächeln schimmerte im Mondlicht. „Nicht auf diese Weise. Nicht mit dir."

Ich wimmerte, als er mir in den Nacken und die Schulter biss. „Was soll das überhaupt bedeuten?"

Er verstummte, als seine großen Hände mein Gesicht umrahmten. „Das bedeutet, dass du ein Gamechanger bist, Quinn. Die letzten zwei Tage mit dir waren mit die besten, die ich seit langem hatte. Ich will nicht, dass das aufhört. Ich will keine Rückschritte mit dir machen. Ich will einfach nur mit dir zusammen *sein*, verdammt."

„Aber..."

Ronan legte einen sanften Finger auf meine Lippen. „Pst. Lass mich ausreden. Ich weiß, was ich im Flugzeug gesagt habe. Aber ich kann nicht so tun, als wäre es für mich in Ordnung, wenn du die Sache auf sich beruhen lässt. Ich weiß, dass unsere Situation kompliziert ist, aber ich denke, wir können einen Weg finden, dass es funktioniert. Wenn du das für dich behalten willst, ist das für mich in Ordnung, solange du mir außerhalb des Büros alles von dir zeigst. Wenn wir bei der Arbeit sind, werden wir es ganz professionell halten."

Ich warf ihm einen schiefen Blick zu, auch wenn er ihn wahrscheinlich nicht sehen konnte. „Weil wir das schon so gut hinbekommen haben."

Er gluckste. „Ich weiß, dass meine Selbstbeherrschung in deiner Nähe beschissen ist, Klugscheißer. Genau wie deine, möchte ich hinzufügen. Aber wenn wir außerhalb des Büros Zeit miteinander verbringen und richtig schmutzige Dinge tun würden, würde das sicher helfen."

„Ich weiß nicht, Ronan..."

„Pst... nur *fühlen*."

Seine Hände waren scheinbar überall gleichzeitig - auf meinen Hüften, meinen Schenkeln, meinen Brüsten, meinem Gesicht. Er flüsterte mir ins Ohr und sagte mir, wie schön ich sei und dass ich die klügste Frau sei, die er je getroffen habe. Dass, wenn wir so zusammen waren, nichts anderes wichtig war. Nichts anderes existierte. Noch nie hatte ich mich einem anderen Menschen so nahe gefühlt wie jetzt. Ich hatte keine Zweifel mehr an der Macht, die dieser Mann über mich hatte. Er könnte mich *ausweiden*, wenn er es sich plötzlich anders überlegen würde. Und so beängstigend das auch war, ich ließ mich trotzdem fallen, denn wie könnte ich nicht? Mit seinen fest um mich geschlungenen Armen tat Ronan Maxwell das, was kein Mann zuvor getan hatte. Er machte mir Hoffnung für die Zukunft.

„Nein, ich will nicht aufstehen", jammerte ich.

„Dann schlaf einfach weiter." Ronan zog mich weiter an sich heran.

Ich wackelte mit dem Hintern, als er seine Erektion an ihn drückte. „Es ist ziemlich schwer mit diesem Ding, das an meine Hintertür klopft. Woher weiß ich, dass du ihn nicht einfach reinschieben wirst?"

Das Grollen seines schlaftrunkenen Lachens machte etwas mit mir. Sexy Dinge. „Glaub mir, Süße, der Zugang durch die Hintertür ist nichts, was man heimlich machen kann." Die Hand, die meine Brust hielt, bewegte sich nach Süden. „*Wenn* ich deinen Arsch nehme, werden wir eine Menge Vorbereitungen treffen, bevor ich versuche, ihn ‚reinzuschieben'."

„So eingebildet. Du bist furchtbar zuversichtlich, dass ich das zulassen werde."

Er drückte sich an mich. „Ich werde es dir zeigen.
"

„Oh, nein, das wirst du nicht." Ich wackelte aus seinen Armen und rutschte vom Bett. „Unser Flug nach Maui geht in drei Stunden. Ich muss noch packen und du vermutlich auch. Wir haben keine Zeit für den ganzen Sex."

„Wir können einen späteren Flug buchen."

„Das geht nicht. Unser erstes Treffen ist um 12 Uhr."

Er stöhnte. „Du bist manchmal so eine Spielverderberin."

„Ha! Wer hätte gedacht, dass *du* das einmal zu *mir* sagen würdest? Und jetzt verschwinde und pack deinen Kram zusammen." Ich machte eine scheuchende Geste. „Ich gehe duschen."

Ich war kaum unter den Wasserstrahl getreten, als ich hörte, wie sich die Badezimmertür öffnete. Ronan schlenderte herein, durchtrainiert und braungebrannt, und was noch wichtiger war, nackt. Er stand direkt vor der Glaswand und ließ seine große Hand gemächlich über seinen Schwanz gleiten.

„Was machst du da?"

Er trat hinter das Glas und lehnte sich an die am weitesten entfernte Kachelwand. Eines meiner Lieblingsdinge in diesem Hotel waren die übergroßen

Duschen. Hier passten locker fünf Leute rein. Nicht, dass ich auf Orgien stand oder so.

Ronan fuhr einmal langsam auf und ab. „Ich sehe dir beim Duschen zu. Lass dich von mir nicht aufhalten. Ich werde einfach hier sein und mein Ding machen.“

Ich konnte meine Augen nicht von seiner Hand lassen, die über seine Länge auf und ab fuhr. Seine Bauchmuskeln spannten sich an, als er mit der anderen Hand nach seinen Eiern griff und leicht an ihnen zog. Verdammt, war das heiß. Die Wahrscheinlichkeit war groß, dass ich gerade sabberte.

„Quinn, hat dir nie jemand beigebracht, dass es unhöflich ist, zu starren?“

Mein Blick wanderte zu ihm. „Was?“

Er gluckste und ließ seinen Schwanz los, sehr zu meinem Entsetzen. Ich sah zu, wie er sich meinen Luffa-Schwamm schnappte, einen Klecks nach Vanille duftendes Duschgel darauf spritzte und es zu Schaum verarbeitete.

„Dreh dich um. Ich werde dir den Rücken waschen.“

Wir hatten *wirklich* keine Zeit für so etwas, aber ich tat es trotzdem. Er schob mir die Haare über die Schulter und küsste meinen Nacken. Ich stöhnte auf, als er seine Hände um mich schlang und mit dem

Schwamm über meine empfindlichen Brüste fuhr. Nachdem er viel Zeit damit verbracht hatte, sie besonders sauber zu machen, bewegte er den Schwamm nach unten. Meine Hände stützten sich an der Wand ab, als er zwischen meinen Schenkeln über meine Klitoris strich, gerade so viel, dass es sich gut anfühlte, aber nicht genug, um mich zu befriedigen.

„Bitte", wimmerte ich. „Fester."

Er ließ den Schwamm fallen und begann mit seinen Fingern mein heißes Fleisch zu reiben. Eine Hand war auf meiner Brust verankert, während die andere mich erbarmungslos reizte. Jedes Mal, wenn ich nahe dran war, zog sich Ronan komplett zurück.

„Meinst du immer noch, wir haben nicht genug Zeit?", murmelte er in meine Schulter.

Ich stellte mich auf die Zehenspitzen, als er schneller rieb und mich wieder an den Rand brachte. „Aaah, Gott, Ronan! Vielleicht... vielleicht, wenn wir uns beeilen."

Ich spürte sein Lächeln auf meiner Haut. „Bist du sicher? Denn wenn nicht, kann ich aufhören."

„Wage es ja nicht!" Ich knurrte.

„Dreh dich um."

Ich zögerte nicht, weil mein Bedürfnis zu kommen alles andere überlagerte.

Ronan ließ sich auf den Boden fallen, so dass er

sich auf Augenhöhe mit meiner Muschi befand. Ich glaubte nicht, dass ich jemals über den Anblick dieses mächtigen, herrschsüchtigen Mannes, der vor mir kniete, hinwegkommen würde.

„Bitte", wiederholte ich. „Leg deinen Mund auf mich."

Er spreizte meine Schamlippen mit seinen Daumen und blies heiße Luft über die Stelle, wo ich ihn am meisten wollte. Sein Zeigefinger fuhr in der Mitte entlang und hörte auf, als er meinen Eingang erreichte.

„Hmm, *dafür* haben wir definitiv keine Zeit. Wenn ich diese hübsche Muschi jetzt schon probiere, schaffen wir es nie rechtzeitig zum Flughafen. Du wirst dich in dieser Runde mit meinen Händen begnügen müssen."

„Gut... klar... mach das. Berühr mich einfach, verdammt noch mal."

„Du bist so verdammt sexy, wenn du so herrisch wirst."

Er nahm seine sinnliche Folter wieder auf, indem er einen, zwei und dann drei Finger in mich einführte. Es war jedes Mal eine süße Qual, wenn sein Daumen über meine Klitoris glitt, während er seine Finger nach oben schob. Schließlich - Gott, *endlich* - übte er gerade genug Druck aus, um meinen

Höhepunkt auszulösen. Es schoss so schnell aus mir heraus, dass meine Knie nachgaben.

Ich schob mein nasses Haar zurück. „*Heiliger Strohsack.*"

Ronan gab mir einen sanften Kuss auf den Oberschenkel und stand auf. „Ich fasse das als Kompliment auf."

Ich schenkte ihm ein träges Lächeln. „Das solltest du."

Er starrte mich eindringlich an und zeichnete meine Kieferpartie nach. „Ich gehe raus, damit du dich fertig machen kannst."

Ich packte ihn am Unterarm, bevor er weggehen konnte. „Warte. Was glaubst du, wie schnell du mit meinem Mund kommen kannst?"

Sein wölfisches Grinsen jagte mir einen Schauer über den Rücken. „*Sehr* schnell."

Ich gluckste. „Na, dann setz dich mal auf die Bank."

Er setzte sich demonstrativ auf die eingebaute Bank und spreizte die Beine. „Das musst du mir nicht zweimal sagen."

Ich ließ mich auf die Fliesen sinken und ließ mich zwischen seinen Schenkeln nieder. Sein Schwanz stand stolz und ruhte über seinem Bauchnabel. Ich fuhr mit meiner Zunge an der Unterseite seines

Schwanzes entlang und zeichnete die dicke Ader nach, die in der Mitte verlief. Ronan stöhnte auf, als ich meine Lippen um die ausladende Eichel legte, bevor ich ihn losließ und seine Länge hinunterküsste.

Seine Finger fuhren durch mein Haar. „Scheiße, Schätzchen. Verarsch mich nicht. Ich kann es jetzt nicht ertragen."

Ich zog die Wangen ein, als ich ihn in den Mund nahm und dabei meine Zunge benutzte. Seine Hüften zuckten und drückten ihn in meine Kehle zurück.

Ronan griff mit einer Hand in mein Haar. „Scheiße, ja, genau so."

Ich sah auf, als er mein Haar zur Seite strich, damit er mich beobachten konnte. Ich schwor, dass sein Schwanz größer wurde, als sich unsere Blicke trafen. Ich konzentrierte mich darauf, meinen Würgereflex zu bekämpfen, während ich fester saugte und seinen Schaft auf und ab bewegte. Er begann seine Hüften schneller zu bewegen und fickte meinen Mund, als ob er nicht anders konnte.

„Mein Gott, du bist so hübsch, wenn du meinen Schwanz mit deinem Mund umschlingst."

Ich summte um ihn herum, als wir in eine Art Rhythmus verfielen. Mein Mund und meine Faust arbeiteten im Tandem mit seinen Hüften. Ronans abgehackte Atemzüge und gemurmeltes Lob spornten mich an. Ich verlor mich in dem Moment, saugte ihn ernsthaft und hörte auf seine Signale. Er zeichnete mit seinem Finger die Vertiefung meiner Wange nach und hielt die andere Hand fest an meinen Hinterkopf geklebt, um mein Haar zurückzuhalten.

„Scheiße, Quinn. Ich werde kommen."

Ich stöhnte, als sich seine Bauchmuskeln anspannten und seine Oberschenkel verkrampften. Ich verstärkte den Sog, als er sich in meinen Mund ergoss, und zog langsam daran, während er den Rausch auskostete. Als er fertig war, zog ich mich zurück und lehnte mich mit einem Lächeln zurück, während Ronans salziger Geschmack meine Zunge umhüllte.

„Gibt es irgendetwas, was du nicht kannst? Das war der beste Blowjob, den ich je hatte." Sein Kopf fiel nach hinten. „*Verdammte Scheiße.*"

Obwohl ich mir ihn nicht gerne mit anderen Frauen vorstellte, erfüllte mich seine Bemerkung mit einem Gefühl von Stolz. Bevor ich wusste, wie mir geschah, hatte Ronan unsere Positionen getauscht.

„Was machst du da?" fragte ich.

Er zog meine Beine über seine Schultern und spreizte mich weit. „Ich erwidere den Gefallen."

„Ronan…" Meine Stimme driftete ab, als er mir einmal komplett mit der Zunge über die Mitte leckte. „Wir… haben… keine… Zeit…"

Er brummte, während er seine Zunge herumwirbelte. „Das ist mir scheißegal."

KAPITEL ZWANZIG

RONAN

„Ich glaube, das ist mein neuer Lieblingsort auf der ganzen Welt.“

Ich brummte zustimmend, während ich Quinns Rücken streichelte. Nachdem wir das Anwesen auf Maui besichtigt hatten, besorgten wir uns beim Concierge ein Paddleboard. Mit mir auf dem Rücken liegend und Quinns Körper auf meinem, schwebten wir auf dem Brett über das klare, türkisfarbene Wasser der Honokeana Bay.

Sie hob ihren Kopf leicht an. „Das ist also einer deiner Lieblingsorte auf der Insel?“

Ich ließ meine Finger über das warme Wasser

gleiten. „Das ist es. Im Winter ist es ein großartiger Ort zum Surfen, wenn man ein wenig tiefer hinausfährt. Den Rest des Jahres ist das Wasser schön ruhig, dann gehe ich meistens schnorcheln oder paddeln. Und da dies ein Wohngebiet ist, ist es normalerweise ziemlich leer.“

Ihre braunen Augen weiteten sich. „Du *surfst?*“

Ich nickte. „Seit ich zehn Jahre alt bin. Zu Hause bin ich fast jedes Wochenende im Meer. Das gibt mir Kraft für die kommende Arbeitswoche.“

Sie schüttelte den Kopf. „Ernsthaft, *wer bist du?*“

Ich grinste. „Ich bin derselbe Mann, der ich schon immer war. Ich lasse dich nur jetzt alles von mir sehen.“

Quinn fuhr mit ihren zarten Fingern über mein Kinn. „Ich mag *wirklich* alles an dir.“

„Ich mag auch *wirklich* alles an dir.“ Ich fasste ihr an den Hintern. „Besonders diesen Teil.“

„Oh, Gott, du musstest es einfach ruinieren, nicht wahr?“ Das Glitzern in ihren Augen verriet mir, dass sie das nicht wirklich ernst meinte. Sie zuckte zusammen, als eine Meeresschildkröte direkt neben uns an die Oberfläche schwamm. „Ich kann nicht glauben, wie viele Schildkröten es hier gibt.“

„Sie sind immer hier. Ich glaube, sie mögen den Schutz, den die Bucht ihnen bietet.“

Quinn lehnte ihren Kopf wieder an meine Brust und drehte ihr Gesicht zu den Nachbarinseln in der Ferne. „Es ist so friedlich hier."

Meine Finger glitten über ihren Arm. „Warte nur, bis du siehst, wo ich dich morgen hinbringe. Du wirst nie wieder gehen wollen."

„Ich fühle mich jetzt schon so. Ich bin so froh, dass du die zusätzlichen Tage buchen wolltest." Sie seufzte und drückte mich in die Mitte. „Die Sonne wird bald untergehen. Wir sollten wahrscheinlich zurückfahren."

„Hast du Lust, etwas zu essen zu holen?" Ich klopfte ihr auf den Rücken und forderte sie auf, sich aufzusetzen.

Quinn saß auf ihren Knien, während ich mich an die Spitze des Boards setzte und darauf achtete, uns nicht umzukippen. „Hmm, ich könnte etwas essen."

Ich tauchte das Paddel ins Wasser und begann, uns an Land zu steuern. „Hier in Napili gibt es einen wirklich tollen Taco-Laden. Bist du dabei?"

„Du hattest mich bei Taco."

„Zur Kenntnis genommen. Das Mädchen mag Tacos."

Ich konnte das Lächeln in ihrer Stimme hören. „Ich könnte nicht mit jemandem befreundet sein, der keine Tacos mag."

„Ist es das, was wir sind? *Freunde*?"

Quinn räusperte sich. „Ich weiß nicht, Ronan. Für mich fühlt sich das nach viel mehr als nur einer Freundschaft an. Verstehe ich die Dinge falsch?"

Ich erwiderte ihren Blick mit einem Zwinkern. „Nein, Schätzchen, ich glaube, du liest die Dinge genau richtig."

Am nächsten Morgen wurden wir von dem schrillen Klingelton meines Telefons geweckt. Ich ließ es auf der Mailbox landen, aber dann ging es wieder von vorne los.

„Mach, dass es aufhört", stöhnte Quinn.

Ich fummelte nach meinem Handy, das auf dem Nachttisch lag. Als ich sah, dass mein COO anrief, ging ich sofort ran. Er würde mich nie anrufen, es sei denn, es wäre absolut notwendig.

„Ja, Mr. Moore, was kann ich für Sie tun?"

„Mr. Maxwell", sagte er schnell. „Sir, ich weiß, dass Sie auf Hawaii sind, aber ich glaube, Sie müssen sofort ins Büro zurückkehren."

Nun, jetzt war ich hellwach. Der Ton in seiner Stimme verriet mir, dass mir das, was er sagen wollte, nicht gefallen würde. Quinn sah mich fragend an, als ich mich abrupt aufsetzte, aber meine Aufmerksamkeit galt dem Telefongespräch.

„Was ist passiert?"

Er stieß einen schweren Seufzer aus. „Sir, das FBI ist hier. Sie sind vor etwa zehn Minuten mit einem Durchsuchungsbefehl aufgetaucht. Sie haben Mr. Landers in Gewahrsam genommen und durchwühlen gerade sein Büro."

Was. Für. Ein. Scheiß.

Henry Landers war mein Finanzchef. Was auch immer vor sich ging, es war nicht gut.

Ich drehte meinen Nacken hin und her und versuchte, etwas von der Spannung zu lösen. „Warum?"

„Ich weiß es nicht, Sir. Die Rechtsabteilung versucht gerade, Informationen zu bekommen."

Scheiße. Wenn die Bundespolizei in meinem Büro war und einen meiner leitenden Angestellten verhaftete, wusste ich, dass das pure Chaos nicht weit entfernt war. Ich erhob mich aus dem Bett und fing sofort an, alles in meinen Koffer zu packen. Quinn und ich hatten das zweite reservierte Zimmer nur zum Schein behalten, aber wir hatten im selben Zimmer übernachtet.

„Hören Sie mir zu. Sagen Sie zu niemandem ein Wort. Weisen Sie das Personal an, zu niemandem ein

Wort zu sagen. Ich werde so schnell wie möglich da sein. Ich werde meinen Bruder anrufen und sein Team dorthin schicken, um alle zu trainieren. Ich weiß nicht, wie schnell ich einen Flug bekommen kann, aber allein die Flugzeit beträgt fünf Stunden. Ich werde Sie auf dem Laufenden halten, sobald ich mehr Informationen habe."

„Ja, Sir."

Ich drückte auf die Endetaste meines Telefons und wandte mich an Quinn. Sie hatte ihren Laptop griffbereit und ahnte bereits, dass die Kacke am Dampfen war.

„Was ist los?", fragte sie.

„Ich muss sofort zurück nach L.A.. Ich weiß nicht, was genau passiert ist, aber das FBI hat gerade meinen gottverdammten CFO verhaftet und sie durchsuchen sein Büro."

Ihre Augen weiteten sich. „Oh Scheiße."

Ich wischte mir mit den Händen über das Gesicht. „Genau."

Quinn begann wütend zu tippen. „Ich werde uns den ersten Flug buchen."

„Nein, tu das nicht - buch einfach einen für mich. Du bleibst hier. Genieße die nächsten zwei Tage. Ich lasse den Jeep hier, damit du die Insel ein bisschen erkunden kannst."

Sie schüttelte den Kopf. „Ronan, auf keinen Fall. Du wirst Hilfe brauchen. Das ist mein Job."

„Normalerweise ja, aber ich habe das Gefühl, dass man im Moment nichts anderes tun kann, als auf weitere Informationen zu warten und zu versuchen, die Sache aus den Medien herauszuhalten. Es sind nur zwei Tage. Das schaffe ich schon."

„Aber..."

„Quinn, ich will nicht mit dir darüber streiten. Nimm dir frei - es macht keinen Sinn, wenn wir beide etwas verpassen. Das Einzige, was ich von dir brauche, ist ein gebuchter Flug."

Sie nickte. „Okay ..., wenn du dir sicher bist."

„Ich bin sicher." Ich zog meine Hose an und wählte die Nummer meines Bruders.

Liam nahm beim ersten Klingeln ab. „Ro, was gibt's?"

„Du musst sofort in mein Büro kommen. Lass alles stehen und liegen, es braut sich ein Sturm zusammen."

„Was? Ich dachte, du bist auf Hawaii."

„Das bin ich, aber ich nehme den ersten Flug zurück. Ich rufe dich an, wenn ich auf dem Weg zum Flughafen bin. Fahr einfach rüber."

„Ich kümmere mich darum."

Quinn beendete das Telefonat, das sie zur

gleichen Zeit führte. „Ich habe den Concierge angerufen. Er hat eine Limousine für dich bestellt. Sie sollte vorfahren, wenn du unten ankommst." Sie wandte sich wieder ihrem Computer zu. „Wir haben Glück. In etwas mehr als zwei Stunden geht ein Flug. Die Fahrt zum Flughafen dauert etwa fünfundvierzig Minuten, du musst also einen Zahn zulegen, aber du solltest es schaffen. Wenn du es nicht brauchst, mach dir keine Sorgen um dein Gepäck. Ich bringe es mit zurück."

Ich knöpfte mein Hemd zu und schnappte mir eine Krawatte. Ich wusste, dass ich direkt zur Zentrale gehen musste, also hatte es keinen Sinn, sich leger zu kleiden. „Das wäre großartig."

Ich nahm mir einen Moment Zeit, um die Tatsache zu würdigen, dass sie immer noch völlig nackt war. Quinn war nahtlos in den Geschäftsmodus geschlüpft, aber sie machte sich nicht die Mühe, sich anzuziehen. Verdammt, ich wünschte, ich hätte Zeit, etwas damit zu tun.

Sie kaute auf ihrer Unterlippe, als sie den zweifelsohne hungrigen Blick in meinen Augen sah. „Bist du sicher, dass du nicht willst, dass ich mitkomme?"

„Ich bin mir sicher. Genieße die nächsten zwei Tage und wir sehen uns dann zu Hause." Ich kniete mich auf die Matratze und zog sie in einen Kuss.

„Aber wenn du das Bedürfnis hast zu *kommen,* dann denk an mich."

Ihr schönes Gesicht erhellte sich mit einem Lächeln, als sie sich mit dem Laken zudeckte. „Wenn du Glück hast, schicke ich dir vielleicht sogar Bilder."

Ich schnappte mir meine Laptoptasche und riss die Tür auf. „Ja, mach das. Tu das *auf jeden Fall.*"

„Schick mir eine SMS, wenn du gelandet bist, oder ruf an, wenn du etwas brauchst." Sie hauchte mir einen Kuss zu.

Ich blinzelte, trat in den Flur und schloss die Tür hinter mir.

Nach dem gefühlt längsten Flug der Geschichte schaffte ich es endlich zurück zur Zentrale. Über das Wi-Fi des Flugzeugs konnte ich ständig mit ihnen in Kontakt bleiben, aber es machte mir Angst, nicht persönlich anwesend zu sein. Bisher wussten wir, dass das FBI gegen meinen Finanzvorstand Anklage wegen Insiderhandels erhoben hatte. Ich wusste nicht, was diese Anklage beinhaltete, aber die Anschuldigung allein war schon schlimm genug.

Henry Landers war seit über zwanzig Jahren bei dem Unternehmen beschäftigt. Er war in der Branche sehr geachtet - ich konnte mir nicht vorstellen, dass er so etwas tun würde, aber ich wusste, dass die Börsenaufsichtsbehörde solche

Anschuldigungen nicht ohne Grund erhob. Es hatte eine gründliche Untersuchung gegeben, bevor das FBI eingeschritten wäre, um eine Verhaftung vorzunehmen.

„Was hast du?" Ich hatte Liam eine SMS geschickt, als ich das Gebäude betrat, also wartete er auf mich, als ich aus dem Aufzug trat.

Er folgte mir in mein Büro. „Nun, ich nehme an, du hast die Geier gesehen, die vor dem Gebäude kampieren. Es genügt, wenn ich sage, dass die Presse durchgedreht ist. Sie bitten um eine Erklärung, die ich bereits verfasst und dir per E-Mail geschickt habe. Ich dachte nur, du möchtest vielleicht einen Blick darauf werfen, bevor es an die Öffentlichkeit gelangt. "

Ich fuhr meinen Computer hoch und nahm Platz. Mein Posteingang war überschwemmt mit Nachrichten, die bereits markiert und nach ihrer Wichtigkeit farblich geordnet worden waren. Quinn war die einzige andere Person, die Zugriff auf meine E-Mails hatte, also hatte sie offensichtlich gearbeitet, während ich in der Luft war. Ich öffnete unser bürointernes Kommunikationssystem und konnte sehen, dass sie noch online war, also schickte ich ihr eine Nachricht.

Ronan Maxwell, Geschäftsführer: Muss ich die IT-

Abteilung bitten, deinen Systemzugang zu sperren? Ich habe dir gesagt, du sollst dir freinehmen.

Quinn Montgomery, Assistentin des Geschäftsführers: Ich kann nicht anders. Es macht mich verrückt, dass ich nicht bei dir bin. Irgendwelche Neuigkeiten?

Ronan Maxwell, Geschäftsführer: Selbst wenn ich welche hätte, würde ich sie dir nicht geben, denn du solltest dir FREIZEIT NEHMEN.

Quinn Montgomery, Assistentin des Geschäftsführers: Ronan, hör auf, so schwierig zu sein. Ich weiß, du bist gestresst. Lass mich dir helfen.

Ronan Maxwell, Geschäftsführer: Wenn du mir helfen willst, meinen Stress zu lindern, mach ein paar der Fotos, die du vorhin erwähnt hast. Es war kein Scherz, die IT-Abteilung anzurufen. Wenn ich dich wieder online sehe, betrachte es als erledigt.

Quinn Montgomery, Assistentin des Geschäftsführers: Sturkopf.

Ronan Maxwell, Geschäftsführer: Du liebst es.

Quinn Montgomery, Assistentin des Geschäftsführers: Im Moment nicht. *schräges Gesicht Emoji *schräges Gesicht Emoji*

Ronan Maxwell, Geschäftsführer: Schließ deinen Computer und mach dich an die Arbeit mit den Bildern. Denk daran, dass ich keine leeren Drohungen ausstoße.

Quinn Montgomery, Assistentin des Geschäftsführers: Ich starre dich gerade böse an.

Ich lachte, als ich meine Antwort tippte.

Ronan Maxwell, Geschäftsführer: Ich rufe dich an, sobald ich kann. XO

Ich schrieb eine E-Mail an die IT-Abteilung, da ich wusste, dass sie mir nicht zuhören würde. Nachdem ich auf „Senden" gedrückt hatte, sah ich auf und entdeckte meinen Bruder, der lächelte, als säße er auf einem pikanten Geheimnis.

„Warum lächelst du so?"

„Das könnte ich dich auch fragen. In Anbetracht der aktuellen Umstände musst du mit jemand ganz Besonderem gesprochen haben." Er sah sich um. „Wo wir gerade von *ganz besonderen Menschen* sprechen... wo ist deine schöne Assistentin?"

Ich verengte meine Augen. „Maui. Was kümmert dich das?"

„Warum ist sie nicht mit dir zurückgekommen?"

„Weil ich ihr gesagt habe, sie soll sich ein paar Tage frei nehmen", antwortete ich ganz sachlich. „Sie war noch nie auf Maui - ich wollte, dass sie es genießt. Es gibt sowieso nicht viel zu tun, bis wir herausgefunden haben, was los ist."

Liams Augen leuchteten vor Belustigung auf. „Interessant."

„Wovon zum Teufel redest du?"

Er lachte. „Willst du mir immer noch ins Gesicht lügen und mir sagen, dass du sie nicht fickst?"

Ich rieb mir die Schläfen. „Herrgott, Liam, nicht schon wieder. Wir müssen uns jetzt um andere Dinge kümmern."

„Du fickst sie also. Ich bin froh, dass wir das endlich aus dem Weg geräumt haben." Liam hob die Hände, als ich ihn anfunkelte. „Hey Mann, ich bin der Letzte, der über dich urteilen würde. Quinn ist brillant, engagiert und verdammt gutaussehend. Ehrlich gesagt, bin ich überrascht, dass du so lange gebraucht hast. Ich habe es nur sechs Monate mit Avery ausgehalten, bevor ich ausgerastet bin."

„Ich ficke sie nicht nur", knurrte ich.

Er verschränkte die Finger. „Nein? Was machst du dann mit deiner reizenden Assistentin?"

Ich rollte einen Stift auf meinem Schreibtisch hin und her. Scheiß drauf, wenn jemand ein Geheimnis bewahren konnte, dann dieser Mann. „Ich... will mit ihr zusammen sein. Mit oder ohne das Ficken. Ich bin wirklich gern mit ihr zusammen, aus welchem Grund auch immer."

Liam lächelte. „Es ist verdammt noch mal an der Zeit, dass du das zugibst. Weiß sie es?"

„Ja, sie weiß es. Sie fühlt dasselbe. Können wir

jetzt diesen ganzen Gefühlsquatsch hinter uns lassen und..."

„Ronan", rief eine vertraute Stimme. „Liam."

Mein Vater stand in der offenen Tür und sah missmutig aus. *Wie lange war er schon da?*

„Dad! Was machst du denn hier?" Ich ging um meinen Schreibtisch herum und setzte mich auf die Kante.

Liam stand ebenfalls auf. „Hey, Dad."

Die leichten Falten im Gesicht meines Vaters vertieften sich, als er die Stirn runzelte. „Ich habe die Nachrichten gesehen. Was zum Teufel ist mit Hank los?"

„Das weiß ich noch nicht. Wir warten darauf, von der Rechtsabteilung zu hören, ob die Anklage Bestand haben wird oder nicht."

„Insiderhandel, Ronan?", rief er. „Hast du eine Ahnung, was das für die Firma bedeuten kann?"

Gott, das war das Letzte, was ich brauchte. Ich liebte meinen Vater, und ich respektierte ihn sehr, aber es war schwierig, ihn zu *mögen*. Ich runzelte die Stirn, als mir klar wurde, dass Quinn meine Arbeitspersönlichkeit auf eine unheimlich ähnliche Weise beschrieben hatte.

„Ich bin mir der möglichen Folgen durchaus bewusst." Ich presste meinen Kiefer zusammen.

„Falls du es vergessen haben solltest, *ich* bin jetzt der Geschäftsführer. Ich habe das im Griff."

„Hast du das?", fragte er herausfordernd. „Denn für mich hört es sich so an, als ob dein Kopf so weit unter dem Rock deiner Assistentin steckt, dass du nicht aufpasst, worauf es ankommt. Du und dein Bruder sitzt hier und redet über eure gottverdammten *Gefühle* wie ein paar Teenager-Mädchen, anstatt Maßnahmen zu ergreifen, um die Spekulationen zu zerschlagen! Unsere Aktien stürzen ab!"

Liam hustete in seine Faust. „Ja... ich werde euch zwei allein lassen. Ich muss eine Erklärung abgeben."

Ich wartete, bis mein Bruder die Tür hinter sich geschlossen hatte. „Dad, woher zum Teufel sollte ich wissen, dass das passieren würde? Henry Landers ist seit über zwei Jahrzehnten ein hervorragender Mitarbeiter. Einer, den *du* eingestellt hast."

Die Augen meines Vaters, die mit den meinen identisch waren, verengten sich zu Schlitzen. „Wusstest du, dass seine Frau ihn verlassen hat? *Wegen des verdammten Rasenmähers?* Und sie versucht, ihm alles zu nehmen, was er hat?"

Ich zupfte an meinem Haar. „Was hat *das* mit unserer aktuellen Situation zu tun? Und woher zum Teufel weißt *du* das?"

„Während ich dieses Schiff leitete, war ich in

einer Sache sehr gut, die du nicht bist: meine Mitarbeiter kennenzulernen. Hank und ich waren erst letzten Monat golfen."

„Noch einmal: Was hat *das* mit unserer aktuellen Situation zu tun? Ich bin nicht hier, um mir Freunde zu machen."

Er spottete. „Ich habe nicht gesagt, dass du dich mit ihnen anfreunden musst, aber es würde dich nicht umbringen, sich ab und zu nach ihrem Privatleben zu erkundigen. Wenn du deine Mitarbeiter kennen lernst, lernst du ihre Eigenheiten. Du weißt, was in ihrer Welt außerhalb des Gebäudes vor sich geht. Du hättest eine viel bessere Chance zu erkennen, wenn etwas nicht stimmt. Wenn du nicht so sehr damit beschäftigt wärst, ein karrieregeiles Flittchen zu vögeln, hättest du vielleicht gewusst, was Hank vorhatte. Soweit wir wissen, war er so verzweifelt, dass er dachte, er hätte keine andere Wahl."

Ich ballte meine Fäuste und widerstand dem Drang, den Mann zu schlagen. „Quinn ist *kein* karrieregeiles Flittchen. Lass sie aus dem Spiel. Das hat nichts mit ihr zu tun."

„Wirklich?" Mein Vater lächelte kalt. „Kannst du mir ehrlich sagen, dass sie dich nicht von deiner Arbeit ablenkt? Dass sie nicht... oh, sagen wir mal, plötzlich übermäßig viel Zeit mit dir in deinem Büro verbringt? Dass Sie nicht wiederholt deinen Terminkalender gestrichen und wichtige Besprechungen verschoben hat? Kannst du *irgendetwas* davon widerlegen?"

„*Was zum Teufel?* Hast du verdammte Spione in diesem Gebäude, oder was?"

„Ich habe *überall* Augen, Ronan! Und sie haben alle dasselbe gesagt - dass du in letzter Zeit *abwesend* bist. Abgelenkt durch gottverdammte Muschis! Wenn ihr beide dachtet, ihr wärt diskret, ist das nur ein weiteres Beispiel dafür, wie weit ihr euch entfernt habt." Sein Gesicht war so rot, dass es lila wurde. „*Bring das in Ordnung*. Es ist mir scheißegal, wie ihr das hinbekommt, aber ihr solltet das in Ordnung bringen. Zwing mich nicht, meinen beträchtlichen Einfluss im Vorstand zu nutzen, um dir den Posten wegzunehmen, den du angeblich liebst." Mit diesen Worten stürmte er aus meinem Büro.

Ich schlug meine geballten Fäuste auf meinen Schreibtisch. „*Scheiße!*"

Ich würde nur ungern zugeben, dass mein Vater recht hatte, aber Tatsachen sind Tatsachen. Ich *war* in letzter Zeit abgelenkt gewesen. Und die Ursache für diese Ablenkung war zu hundert Prozent Quinn Montgomery.

KAPITEL EINUNDZWANZIG

QUINN

„Oh mein Gott, Mädchen, ich versuche schon seit Stunden, dich zu erreichen!"

Ich hielt meine Hand hoch, um Antonio davon abzuhalten, ein weiteres Wort zu sagen. „Nicht so schnell, Kumpel. Ich bin gerade erst aus dem Aufzug gestiegen."

Er stützte die Hand auf die Hüfte und legte den Kopf schief. „Warum zum Teufel hast du nicht auf meine SMS geantwortet? Ich weiß, dass du in einem Flugzeug warst, aber ich weiß *auch*, dass es dort Wi-Fi gibt. Warum gehst du mir aus dem Weg? Ich muss wissen, was auf Hawaii passiert ist."

Ich kniff die Brauen zusammen. „Wovon redest du?"

„Endlich bist du da!" Sylvie stürmte den Flur entlang, bis sie direkt vor mir stand. „Warum zum Teufel gehst du nicht an dein Telefon?"

„Meine Güte, Leute, beruhigt euch. Ich habe aus Versehen mein Ladegerät im Hotel vergessen und habe es erst gemerkt, als wir schon in der Luft waren. Mein Handy ist nach etwa dreißig Minuten Flugzeit ausgegangen." Ich machte mich auf den Weg in mein Büro und rollte Ronans Koffer hinter mir her. „Also, was ist das Problem? Geht es um Mr. Landers?"

Antonio zerrte an meinem Ellbogen, direkt vor meinem Büro. „Bleib stehen. Was zum Teufel ist zwischen dir und Mr. Maxwell auf Hawaii passiert?"

Verdammte Scheiße, hatte Ronan etwas über unsere neue Beziehung gesagt? Nein, das war einfach nicht möglich, da er sein Privatleben für sich behalten wollte.

„Das musst du mir genauer erklären", sagte ich, als ich die Klinke zu meiner Tür herunterdrückte.

Diesmal packte Sylvie mich. „Quinn, warte. Nicht..."

Als ich mein Büro betrat, musste ich mich umdrehen und das Namensschild überprüfen. Ronans Name stand immer noch an der Tür, aber aus irgendeinem Grund saß die Assistentin unseres COOs, Frau Stuart, hinter meinem Schreibtisch. Hatte sie in meiner Abwesenheit als seine Aushilfe fungiert?

Sie schob ihre Brille auf den Nasenrücken. „Kann ich Ihnen irgendwie helfen, Miss Montgomery?"

„Ähm ... nein, danke. Ich weiß es zu schätzen, dass Sie für mich eingesprungen sind, aber ich bin wieder da und Sie können jetzt zu Mr. Moore zurückkehren."

Sie blickte mich nachdenklich an. „Miss Montgomery, ich fürchte, Sie irren sich. *Sie* berichten jetzt an Mr. Moore. Vor ein paar Stunden gab es ein unternehmensweites Memo. Ich nehme an, Sie hatten noch keine Gelegenheit, es zu lesen?"

Was zum Teufel?

„Nein, ich hatte noch keine Gelegenheit, etwas zu lesen, weil mein Systemzugang in den letzten Tagen blockiert war!"

Sie verengte ihre Augen. „Es gibt keinen Grund zu schreien."

Ich sah zu Antonio und Sylvie zurück. „Wusstet ihr davon?"

Antonio warf die Hände in die Höhe. „Ja! Genau darüber wollten wir mit dir reden."

„Das muss ein Irrtum sein." Ich ging auf Ronans Büro zu und griff nach der Türklinke.

Frau Stuart sprang vom Schreibtisch auf. „Sie können da nicht einfach reingehen! Er ist sehr beschäftigt."

Die Tür war verschlossen, also schlug ich mit der Faust dagegen. „Mr. Maxwell, ich brauche einen Moment Ihrer Zeit. Es scheint eine Art Verwechslung vorzuliegen."

Ich klopfte noch dreimal, bevor die Tür aufgerissen wurde. Ronan musterte den Raum und nahm unser Publikum zur Kenntnis, bevor er sich ruhig an mich wandte. „Miss Montgomery, was kann ich für Sie tun?"

Mir blieb der Mund offenstehen. „Frau Stuart scheint zu glauben, dass sie jetzt Ihnen unterstellt ist, und *ich* sei Mr. Moore unterstellt. Bitte sagen Sie ihr, dass sie sich irrt."

Sein unrasierter Kiefer verkrampfte sich. „Ich fürchte, *Sie* sind diejenige, die sich irrt, Miss Montgomery. Da Sie das Memo offensichtlich nicht erhalten haben, kommen Sie bitte in mein Büro und ich werde es Ihnen erklären." Er blickte auf. „Alle anderen, zurück an die Arbeit."

Frau Stuart kehrte verärgert zu ihrem Stuhl zurück - meinem Stuhl - und Sylvie wünschte mir *viel*

Glück, während sie und Antonio den Raum verließen.

Ronan trat zur Seite, damit ich hineingehen konnte, schnappte sich seinen Koffer und schloss die Tür hinter mir. „Miss Montgomery, wenn Sie...“

„Würdest du mit dem Miss-Montgomery-Scheiß aufhören?“ flüsterte ich barsch. „Es ist sonst niemand hier.“

Er räusperte sich. „Miss Montgomery, wie ich schon sagte, ich...“

„Ronan, was zum Teufel ist los mit dir?! Warum hast du nicht auf meine SMS geantwortet? Ich weiß du warst beschäftigt, aber-“

„Wenn Sie mich zu Wort kommen lassen, kann ich es erklären“, schnauzte er. „Und jetzt setzen Sie verdammt noch mal hin.“

Ich verschränkte meine Arme vor der Brust. „Ich würde lieber stehen. Zumindest, bis du mir sagst, was zum Teufel hier los ist.“

Er ließ sich in seinen Stuhl fallen, als ob er sich um nichts in der Welt kümmern müsste. „Wie ich bereits sagte... Ich habe beschlossen, dass es an der Zeit ist, Sie in einen anderen Bereich des Unternehmens zu versetzen. Um in der Firma zu wachsen, müssen Sie...“

„In einen anderen Bereich...“

Ronan hielt seine Hand hoch. „Lassen Sie mich ausreden, verdammt noch mal!"

Ich zeigte ihm an, weiterzureden. „Auf jeden Fall. Das sollte lieber gut sein."

Er rückte seine Krawatte zurecht. „Wie ich schon sagte - und ich schwöre bei Gott, wenn Sie mich noch einmal unterbrechen, raste ich aus - habe ich beschlossen, dass es das Beste ist, Sie in einen anderen Geschäftsbereich zu versetzen. Maxwell Hotels schätzt Sie als Mitarbeiterin, und wir wollen ein Umfeld schaffen, indem Sie noch weiterwachsen können. Es handelt sich um einen Quereinstieg; Ihr Gehalt und Ihre Position werden sich nicht ändern - nur Ihr Vorgesetzter. Dieser Wechsel wird es Ihnen ermöglichen, mehr über die operative Seite dieses Geschäfts zu erfahren."

„Das ist Blödsinn, Ronan! Was ist der wahre Grund? Du denkst, ich sollte dir nicht länger Bericht erstatten, wegen unserer persönlichen Beziehung?"

Er reckte den Hals zur Seite. „Ich fürchte, auch da irren Sie sich, Miss Montgomery. Wir *haben* keine persönliche Beziehung."

Ich blinzelte ein paar Mal, um sicherzugehen, dass ich nicht halluzinierte. „Tut mir leid, *was*? Was ist mit all dem, was auf Hawaii passiert ist?"

Ronan lockerte seine Krawatte und öffnete den

ersten Knopf seines Hemdes. „Sie denken doch nicht etwa, dass ich für irgendetwas, das ich während des Bettgeflüster gesagt habe, zur Rechenschaft gezogen werden sollte?" Er schenkte mir ein schleimiges Grinsen. „Miss Montgomery, Ihre Muschi ist wirklich außergewöhnlich, und ich habe unsere gemeinsame Zeit genossen, aber das hat sich jetzt erledigt, meinen Sie nicht? Ich vertraue darauf, dass Sie professionell bleiben und niemandem ein Wort über unsere sexuellen Begegnungen verraten."

„Wow... Ich weiß gar nicht, was ich dazu sagen soll." Ich kniff mir auf den Nasenrücken, um die aufkommenden Tränen zu unterdrücken. „Also... um das klarzustellen, als du sagtest, du wolltest mit mir auf einer persönlichen Ebene zusammen sein, hast du kein Wort davon ernst gemeint? Es war alles nur ‚Bettgeflüster', das ich nicht ernst nehmen sollte?"

Er schluckte. „Das ist genau das, was ich sagen will. Ich bin froh, dass wir beide einer Meinung sind. Wenn Sie mich jetzt entschuldigen würden..."

Ich hob meine Hand, um ihn zu unterbrechen. „Hör auf. Hör *verdammt noch mal auf, mich anzulügen!* Wenn du nicht Mann genug sein kannst, mir die Wahrheit zu sagen, dann *fick dich*, Ronan. Fick dich *und* deinen Versetzungs-Bullshit. Du brauchst dir keine Sorgen um meine Professionalität - oder den Mangel daran - zu machen, denn ich *kündige*."

Wenn ich mich nicht irre, hatte ich schwören können, dass er verärgert aussah, aber das überspielte er schnell.

„Sie sind kindisch, finden Sie nicht?" Er hätte nicht gelangweilter aussehen können, als er das sagte. „Wir beide wissen, dass Sie keine bessere Gelegenheit finden werden als die, die Sie hier haben. Oder ein besseres Gehalt. Ehrlich gesagt, Miss Montgomery, Sie sind verrückt, wenn Sie glauben, dass es die beste Lösung ist, zu gehen."

Ich lachte, ein wenig wahnsinnig, wenn ich ehrlich bin. „Weißt du was? Vielleicht *bin* ich ja verrückt, wenn man bedenkt, wie viele dumme, leichtsinnige Entscheidungen ich im letzten Monat getroffen habe. Aber mach dir keine Sorgen, ich sehe die Dinge jetzt ganz klar. Ich könnte nicht zuversichtlicher sein, dass es die beste Lösung ist, zu gehen. Ich habe es zwei Jahre lang mit dir ausgehalten, und ich werde keine weitere Minute meines Lebens damit verschwenden." Ich ging durch den Raum und öffnete die Tür. Bevor ich ging, drehte ich mich noch einmal um und sagte: „*Fick dich, Ronan. Es tut mir leid, dass ich dich je getroffen habe.*"

Ich schaffte es kaum bis zum Aufzug, bevor mir die Tränen kamen.

„Oh, Schatz, es tut mir so leid." Sylvie rieb mir beruhigend den Rücken.

Ich nahm einen Schluck Wein. Wahrscheinlich sollte ich bald aufhören, aber diese Situation verlangte nach Unmengen von Wein und Schokolade. Sylvie und Antonio, die wunderbaren Freunde, die sie waren, tauchten mit reichlich von beidem vor meiner Tür auf. In den letzten dreißig Minuten hatten wir drei auf meiner Couch gesessen, während ich ihnen die Zusammenfassung gegeben habe.

„Ich kann nicht glauben, dass ich so dumm war. Er wirkte so aufrichtig, aber für ihn war alles nur ein Spiel. Ich wusste, dass er ein Mistkerl ist, aber ich hatte keine Ahnung, dass er so *grausam* sein kann."

Antonio zog mich in eine seitliche Umarmung. „Oh, Babe, ich glaube, das hat keiner von uns."

Ich schniefte. „Danke, Leute, dass ihr meine Sachen mitgebracht habt. Ich kann mir nicht vorstellen, wie schrecklich es gewesen wäre, zurückgehen zu müssen, um sie zu holen."

Ein weiterer Grund, warum ich so glücklich war,

sie zu haben. Als Antonio mich praktisch aus dem Büro rennen sah, wusste er, dass etwas Schlimmes passiert war.

Sylvie füllte unsere Gläser nach. „Ich kann immer noch nicht glauben, dass er dir das angetan hat. Das ergibt keinen Sinn. Nach zwei Jahren Arbeit, warum jetzt? Wenn das nur eine Art krankes Psychospiel für ihn war, warum jetzt? Und warum du? Du bist die einzige Person, die ihm das Leben bei der Arbeit erleichtert und die Einzige, die es länger als ein paar Monate mit ihm ausgehalten hat. Ich verstehe es einfach nicht.“

„Wahrscheinlich, weil er wusste, dass ich nicht wegen sexueller Belästigung klagen würde“, murmelte ich. „Ich stehe zu meinen Fehlern. Ich würde nie die Opferkarte ausspielen, nur weil ich keine Verantwortung für mein Handeln übernehmen kann. Ich bin sicher, er konnte spüren, wie sehr ich mich zu ihm hingezogen fühlte - er wusste, dass ich mit Begeisterung mit ihm ins Bett springen würde.“

Antonio schüttelte den Kopf. „Das ergibt immer noch keinen Sinn. Dieser Mann könnte mit den Fingern schnippen, und schöne Frauen würden ihm hinterherlaufen.“

„Es spielt keine Rolle, ob es Sinn macht oder nicht. Was auch immer der Grund ist, er hat mit mir gespielt. Ich *wusste*, dass es eine schlechte Idee war, mich mit ihm einzulassen, aber ich habe es trotzdem getan." Ich stützte meinen Kopf in die Hände und stöhnte. „Gott, ich bin so eine verdammte Idiotin."

„Oh, Süße, nein, das bist du nicht", widersprach Sylvie. „Du bist ein Mensch."

„Wir sollten auch kündigen", schlug Antonio vor. „Das Arschloch wird sehen, wie gut er es hatte, wenn er keine Leute findet, die den Job nur halb so gut machen wie wir."

Ich schüttelte den Kopf. „Denkt nicht einmal daran. Es ist eine tolle Firma zum Arbeiten, und ihr seid schon lange dabei. Außerdem weiß er, wie nahe wir uns stehen. Wenn ihr auch kündigen würdet, wüsste er, wie sehr ich leide, und das ist das Letzte, was ich will. Ich fühle mich jetzt vielleicht beschissen, aber ich werde einen Weg finden, darüber hinwegzukommen. Ich will ihm nicht die Genugtuung geben, zu wissen, wie sehr er mir zugesetzt hat. "

Sylvie seufzte. „Und was willst du jetzt machen? Bezüglich der Arbeit, meine ich."

Ich zuckte mit den Schultern. „Ich weiß es nicht. Ich würde wirklich gerne in der Hotelbranche bleiben, wenn ich kann. Ich werde wohl mal die

Headhunterin der Personalabteilungen anrufen. Vielleicht weiß sie etwas über offene Stellen."

„Und was ist mit Ronan Maxwell?" Antonio stieß seine Schulter gegen meine. „Was wirst du mit ihm machen? Du hast bereits einen Rache-Körper - wie willst du ihm zeigen, was er verpasst?"

„Werde ich nicht", seufzte ich. „Was Ronan Maxwell angeht, so hoffe ich, dass ich mich heute Abend genug besaufen kann, um zu vergessen, dass er jemals ein Teil meines Lebens war."

Sylvie griff nach der Schachtel mit den Gourmet-Pralinen und hielt sie mir hin. „Wir lieben dich, Quinnie. Wir sind für alles da, was du brauchst."

Ich wählte eine Kokosnuss-Trüffel-Praline. „Ich liebe euch auch, Leute. Ich wüsste nicht, was ich ohne euch machen würde."

„Gut, dass du uns nicht mehr loswirst", sagte Antonio und zwinkerte mir zu, was mich zum ersten Mal heute zum Lachen brachte.

Ich wusste, dass es einige Zeit dauern würde, aber ich war fest entschlossen, über Ronan Maxwell hinwegzukommen. Ich musste nur herausfinden, wie.

KAPITEL ZWEIUNDZWANZIG

RONAN

Es war zwei Wochen her, dass ich den größten Fehler meines Lebens begangen hatte. Ich schämte mich so sehr dafür, dass ich meinen Vater an mich herangelassen hatte - dass ich zugelassen hatte, dass seine Drohung Wurzeln schlug. Dass ich die Frau, die ich liebte, zerstört hatte. Wozu war das, was ich liebte, gut, wenn ich sie nicht an meiner Seite hatte? Ich war verdammt unglücklich ohne Quinn. Es war ein klassischer Fall von „nicht wissen, was man hat, bis es weg ist". Ich wusste, dass ich Gefühle für sie hatte, aber ich hatte die Tiefe dieser Gefühle nicht erkannt, bis sie aus meinem Leben verschwunden war. Oder besser gesagt, bevor ich sie dazu gezwungen habe.

Scheiße.

Was mein Unternehmen anbelangt, so war es so, als hätte es den ganzen Vorfall mit dem Insiderhandel nie gegeben, obwohl mein ehemaliger Finanzchef auf ein Verfahren wartete. Und das alles dank meines Bruders, dem Meister der Öffentlichkeitsarbeit. Er schaffte es, die Geschichte so raffiniert zu drehen, dass die Presse schnell das Interesse verlor. Ich wusste, dass das nicht der Fall sein würde, wenn der Prozess erst einmal begonnen hatte, aber wenigstens war Liam dieses Mal vorgewarnt. Im Moment war mein Vorstand zufrieden, unsere Aktien waren gestiegen, und im Büro war alles beim Alten. Ich hätte glücklich sein sollen, oder? Aber glücklich war das genaue Gegenteil von dem, was ich fühlte.

Ich nahm einen Schluck billigen Whiskeys und genoss das Brennen. Nach dem, was ich getan hatte, hatte ich keinen erstklassigen Alkohol verdient. Es verging keine Minute, in der ich mich nicht fragte, wie es Quinn ging. In der ich nicht zu ihr nach Hause gehen und sie um Vergebung bitten wollte. Ich hatte versucht, sie anzurufen und festgestellt, dass ihre Nummer abgemeldet war. Es war ziemlich offensichtlich, dass sie nichts mit mir zu tun haben wollte.

„Gibst du mir einen Drink aus?"

Ich warf einen Blick auf die Frau, die sich neben mich gesetzt hatte. Ich gab dem Barkeeper ein Zeichen, ihre Bestellung aufzunehmen.

Sie lächelte, als sie das Weinglas in die Hand nahm. „Ich bin Cassie. Und Sie sind?"

„Genießen Sie Ihren Drink, Cassie." Ich nickte und wandte mich von ihr ab.

„Ernsthaft?", schnaubte sie.

Ich holte tief Luft, bevor ich mich wieder in ihre Richtung drehte. „Hören Sie, ich bin sicher, Sie sind eine reizende Frau, aber ich bin nicht interessiert."

„Arschloch", murmelte sie, während sie davon-stapfte.

„Wem sagen Sie das."

„Verdammt, das ist schon die zehnte Frau, die du in den letzten zwei Wochen abgewiesen hast." Der Barkeeper stellte einen weiteren Drink vor mich hin. „Jeden Abend kommst du hierher und bestellst beschissenen Alkohol - obwohl ich *weiß*, dass du dir etwas Besseres leisten kannst, wenn man bedenkt, dass dir das Gebäude auf der anderen Straßenseite gehört. Meiner Erfahrung nach bedeutet das, dass du versuchst, über eine Frau *hinwegzukommen*, wenn du hierherkommst, um dich zu betrinken, anstatt Sex zu haben. Willst du darüber reden?"

Ich schüttelte den Kopf. „Nicht wirklich.“

Er lachte. „Okay, Mann, ich habe den Wink verstanden. Wenn du deine Meinung änderst, lass es mich wissen.“

Ich nickte und ertränkte meinen Kummer weiter.

Kurze Zeit später kam eine andere Frau auf mich zu. Ich wusste jedoch, dass diese Frau kein Interesse daran hatte, mich anzubaggern. Wenn überhaupt, dann würde sie mir lieber den Schwanz abschneiden.

Sylvie O'Hare nahm den Platz neben mir ein und funkelte mich an. „Sie sind ein echtes Arschloch, wissen Sie das?“

Ich warf ihr einen schiefen Blick zu. „Ich bin mir dessen bewusst.“

„Ja?“ Sie hob ihre sorgfältig geschwungenen Augenbrauen. „Nun, *wussten* Sie, dass sie gehen wird?“

Wir wussten beide, auf wen sie sich bezog, also tat ich nicht einmal so, als wäre es anders. „Was meinen Sie damit, dass sie *geht*? Sie ist doch schon *weg*.“

Miss O'Hare schüttelte den Kopf. „Sie *zieht um,* Sie Arsch.“

Ich verengte meine Augen. „Passen Sie auf. Ich bin immer noch Ihr Chef.“

„Ich werde es riskieren.“ Sie rollte mit den Augen.

„Meine beste Freundin ist dabei, alles, was sie je gekannt hat, aufzugeben und zu verlassen. Dieselbe Frau, die friert, wenn die Temperatur unter fünfzehn Grad fällt, wird nach *Chicago* ziehen - einem Ort, der im Winter genauso gut die Antarktis sein könnte -, weil sie so hartnäckig darauf besteht, in der Hotelbranche zu bleiben."

„Es gibt viele Hotels in Kalifornien".

„Die gibt es", stimmte sie zu. „Aber man hat ihr einen Job bei Onyx Hotels angeboten, und die haben ihren Hauptsitz in Chicago. Wollen Sie wissen, welche Stelle sie ihr anbieten?"

Ich nahm einen weiteren Schluck von meinem Getränk. „Ich bin mir sicher, dass Sie es mir gleich sagen werden."

„*Ein Praktikum!*"

Mein Kiefer krampfte sich zusammen. „Warum *zum Teufel* sollte sie das akzeptieren?"

Miss O'Hare warf ihre Hände hoch. „Oh, ich weiß nicht... vielleicht, weil ihr Herz so gebrochen ist, dass sie das Gefühl hat, sie müsse unbedingt von hier verschwinden? Das war das erste Angebot, das sie bekommen hat, und sie ist darauf angesprungen, obwohl sie überqualifiziert und unterbezahlt sein wird." Sie stach mir mit dem Finger in die Brust. „Sie

hat Sie geliebt und Sie haben es vermasselt, Kumpel.
"

„Ich weiß." Ich trank den Rest meines Whiskeys aus. „Aber das geht Sie nichts an."

Sie spottete. „Tja, zu schade, denn ich *mache* es zu meiner Sache. Quinn würde *mich umbringen*, wenn sie wüsste, dass ich gerade hier bin. Ich riskiere es, ihr Vertrauen zu verlieren, wenn ich mit Ihnen rede. Wollen Sie wissen warum?"

„Ich nehme an, Sie werden es mir unabhängig von meiner Antwort sagen, also schießen Sie los."

Miss O'Hare stach mir erneut in die Brust. „Weil ich glaube, dass Sie sie auch lieben, wenn man bedenkt, dass Sie hier wie ein trauriger Sack Trübsal blasen. Ich weiß nicht, warum Sie getan haben, was Sie getan haben, aber ich glaube, dass es damals einen Grund gab. Keinen *guten* Grund, aber immerhin einen Grund."

Ich biss die Zähne zusammen und versuchte, mich zu beruhigen. „Wann geht sie?"

„Heute in zwei Wochen", antwortete sie. „Denken Sie nicht zu lange darüber nach, denn wenn sie das wirklich durchzieht ..., wenn sie *zweitausend Meilen weit wegzieht*, wird sie wahrscheinlich dableiben, egal wie unglücklich sie das macht. Sie wissen, wie loyal sie ist. Ich möchte wirklich nicht, dass meine beste Freundin eine Lüge lebt, also müssen Sie Ihren Arsch zusammenkneifen und sie um Vergebung bitten. Die Frage ist, ob Sie Manns genug sind, alles zu tun, was nötig ist, um Ihr Mädchen zurückzubekommen.“

Ich hielt es für keine gute Idee, halb betrunken zu erscheinen, also wartete ich bis zum nächsten Morgen, um meinen Zug zu machen. Jetzt stand ich auf Quinns Veranda und wartete darauf, dass sie mich hereinließ. Ich hatte zweimal geklingelt *und* geklopft, aber sie kam nicht an die Tür. Ich wusste, dass sie höchstwahrscheinlich zu Hause war, weil ihr Audi in der Einfahrt geparkt war. Wahrscheinlich hoffte sie einfach, ich würde verschwinden, wenn sie mich lange genug ignorierte.

Ich klopfte erneut. „Ich weiß, dass du da bist, Quinn. Wenn du nicht bereit bist, die Tür zu öffnen, warte ich einfach hier, bis du es bist.“

Ich hörte, wie sich jemand im Haus bewegte und näherkam. Ich wusste, dass sie es war - mein Herz versuchte, sich den Weg aus meiner Brust zu bahnen, um zu ihr zu laufen. „Bitte geh weg, Ronan. Ich habe dir nichts zu sagen.“

Ich drückte meine Stirn gegen das Holz. „Quinn,

bitte, gib mir nur fünf Minuten. Baby, es tut mir so leid. Ich habe das alles nicht so gemeint, und ich hätte gerne die Chance, dir zu erklären, was passiert ist. Ich weiß, dass ich das nicht verdiene, so wie ich dich behandelt habe, aber *bitte*, gib mir nur fünf Minuten."

Die Stille am anderen Ende war ohrenbetäubend. Als sie, wie viele Minuten später auch immer, das Schloss öffnete, atmete ich erleichtert auf, doch dann schmerzte meine Brust, als ich einen ersten Blick auf sie erhaschte. Quinns Augen waren geschwollen und rot umrandet, die goldenen Flecken in ihnen viel heller als sonst. Ein Dutzend Emotionen blitzten auf einmal in ihrem Gesicht auf - Angst, Traurigkeit und Unsicherheit, um nur einige zu nennen. Ich hasste es, dass ich der Grund für ihren Kummer war. Ich wollte sie so verzweifelt in meine Arme ziehen und ihr sagen, dass alles gut werden würde. Dass ich einen Weg finden würde, damit es funktioniert. Ich wusste jedoch, dass ich noch einige Hürden nehmen musste, bevor das überhaupt möglich war.

„Ronan, ich will das wirklich nicht tun. Ich glaube, du hast schon genug gesagt."

Ich steckte meinen Fuß in die Tür, als sie versuchte, sie zu schließen. „Quinn, bitte. Ich verspreche dir, dass du mir sagen kannst, dass ich mich verpissen soll, wenn du willst, aber ich muss dir das sagen, und ich denke wirklich nicht, dass deine Nachbarn das hören müssen." Ich schaute mich um, um meinen Standpunkt zu unterstreichen. Die Nachbarn auf beiden Seiten von ihr arbeiteten im Garten und hörten jedes Wort, das wir sagten.

Sie seufzte, als sie zur Seite trat. „Fünf Minuten und keine Sekunde mehr."

Da ich im Dienst war, beschloss ich, keine Zeit zu verschwenden und nicht um den heißen Brei herumzureden. „Es tut mir so leid, Quinn. Noch nie hat mir etwas mehr leidgetan als der Moment jetzt gerade. Ich weiß, dass ich es nicht verdiene, aber ich flehe dich an, mich anzuhören."

Quinn schüttelte den Kopf, während sich ihre Augen mit Tränen füllten. „Warum sollte ich? Wozu sind Worte gut, wenn man sie einfach wieder zurücknehmen kann?"

Ich zuckte zusammen. „Das habe ich verdient. Wenn du immer noch willst, dass ich aus deinem Leben verschwinde, wenn ich fertig bin, werde ich gehen. Bitte, du musst mir nur *zuhören*."

Sie funkelte mich an. „Gut. Rede."

„Ich weiß, dass du wütend bist, was du auch sein kannst. Und ich weiß, dass du verletzt bist, aber es gibt einen Grund, warum ich diese schrecklichen Dinge zu dir gesagt habe."

Ihre Fäuste ballten sich an ihrer Seite. „Glaube nicht, dass du weißt, was ich denke oder fühle. Du kennst mich nicht."

Ich hielt meine Hände hoch. „Da bin ich anderer Meinung, aber das ist ein Gespräch für ein anderes Mal."

„In der Annahme, dass es ein anderes Mal *geben* wird", spottete sie.

Ich fuhr fort, trotz ihrer Stichelei. „Als ich von Maui zurückkam, hat mich mein Vater besucht."

Sie runzelte die Stirn. „Und?"

„Also... er hat ein paar Dinge gesagt. Er wusste über uns Bescheid - ich weiß nicht, wer seine Quelle ist, aber er hat offensichtlich jemanden, der ihn mit Informationen versorgt."

Ihr fiel die Kinnlade herunter. „Wie kann das sein? Wir waren so vorsichtig, um nicht erwischt zu werden."

Ich zuckte mit den Schultern. „Offenbar nicht vorsichtig genug. Er beschuldigte mich, abgelenkt zu sein..., dass ich vielleicht, wenn ich nicht so sehr von dir eingenommen wäre, gemerkt hätte, dass mit Henry Landers etwas nicht stimmt. Dass ich das vielleicht irgendwie hätte verhindern können. Er hatte ein ziemlich überzeugendes Argument."

Quinn rollte mit den Augen. „Das ist ein Haufen Mist. Die Wahrscheinlichkeit dafür ist so gering, dass es lächerlich ist, es überhaupt zu denken."

Ich schenkte ihr ein trauriges Lächeln. „Das weiß ich *jetzt*. Aber damals... es war so viel los auf einmal, dass ich nicht... Man könnte sagen, ich war geblendet von dem Bedürfnis, die Anerkennung meines Vaters zu bekommen. Ich weiß, er kann ein Arschloch sein, aber er war immer ein brillanter Geschäftsmann. Wenn er damit einverstanden war, wie ich die Firma führte, wusste ich, dass ich auf dem richtigen Weg war. Umgekehrt, wenn er es nicht tat... nun, das hat zu meiner Entscheidung geführt, dich auszuschließen. Außerdem drohte er damit, eine Petition an den Vorstand zu richten, in der er meine Entlassung forderte, wenn ich das Schlamassel nicht so schnell wie möglich bereinigen würde."

„Das kann er nicht tun."

Ich schüttelte den Kopf. „Zum Teufel, das kann er. Sie nehmen jedes Wort, das seinen Mund verlässt, als gegeben. Er mag im Ruhestand sein, aber er hat die Firma nie wirklich verlassen. Das weißt du, Quinn."

Sie senkte ihren Blick. „Das spielt keine Rolle,

Ronan. Du hättest es mir einfach sagen können - wir hätten es gemeinsam regeln können. Aber stattdessen hast du dich entschieden, mich aus deinem Leben zu verdrängen, auf die *grausamste Art und Weise, die es gibt.*"

„Ich weiß, aber..."

Sie hielt ihre Hand hoch. „Es gibt nichts mehr zu sagen."

Einen Scheißdreck gab es.

„Geh nicht nach Chicago."

Ihre Augen weiteten sich. „Woher weißt du von Chicago?"

Scheiße. Daran habe ich nicht gedacht. Ich wollte ihre Freundin nicht in Schwierigkeiten bringen, aber wie sollte ich es sonst erklären?

„Spielt das eine Rolle?" Ich wich aus. „Was zählt, ist, dass du *nicht gehen solltest.* Du wärst unglücklich. Der Geschäftsführer von Onyx ist ein noch größeres Arschloch als ich, und dein Talent wäre dort verschwendet! Geh *nicht* hin."

Sie schüttelte den Kopf. „Du hast in dieser Sache nichts zu sagen."

„Ich weiß, dass ich es nicht tue, aber..." Ich griff nach ihr, besann mich aber eines Besseren, als sie zurückschreckte. „Kannst du ernsthaft behaupten, dass du dort glücklich wärst? Es gibt kein Meer. Im Winter sind die Temperaturen unter dem Gefrierpunkt. Deine besten Freunde leben *hier*. Deine Eltern leben *hier*. Nimm mich komplett aus der Gleichung heraus und nenne einen guten Grund, warum du dorthin ziehen solltest."

Quinn knabberte an ihrer Lippe, wie sie es immer tat, wenn sie tief in Gedanken versunken war. „Weil ... es Zeit für einen Neuanfang ist, und den kann ich hier nicht machen."

„Du willst einen Neuanfang? Kein Problem. Arbeite im in der Finanzabteilung. Wir haben eine freie Stelle, und die ist ganz anders als das, was du bisher gemacht hast."

Ihr fiel die Kinnlade herunter. „Du machst Witze, oder? Ich kann da nicht mehr hingehen. Niemand würde mich ernst nehmen - besonders jetzt, wo die Leute wissen, dass wir ... miteinander geschlafen haben."

„Das ist Blödsinn", argumentierte ich. „Jeder kann sehen, wie verdammt kompetent du bist, und das ist alles, was zählt. Niemand würde in Frage stellen, warum du den Job bekommen hast. Du bist ein gottverdammtes Genie im Umgang mit Zahlen. Buchstäblich! Jeder, der das nicht sieht, kann sich verpissen."

„Du verstehst es nicht, Ronan. *Dich* würden sie

nicht in Frage stellen, aber diesen Luxus habe ich nicht."

„Das ist nicht wahr und du weißt es. Du weißt *besser als jeder andere*, wie hart ich arbeite, um mich täglich zu beweisen, und du weißt genau, warum. Verdammt, wir haben doch gerade erst vor zwei Minuten darüber gesprochen!" Ich fuhr mir mit den Händen durch die Haare. „Wenn du den Finanzjob nicht willst, gut. Komm zurück auf deinen alten Posten. Komm einfach zu *mir* zurück."

Ihre Tränen flossen nun reichlich. „Ich kann nicht."

„Warum zum Teufel nicht?"

Sie sah mir direkt in die Augen, als sie mir einen Stich ins Herz versetzte. „Weil ich dir nicht traue."

„Quinn, ich..."

Sie wischte sich die Tränen weg, als sie sich auf den Weg zur Tür machte. Als sie sie öffnete, sagte sie: „Bitte, geh einfach, Ronan. Wenn du jemals echte Gefühle für mich gehabt hättest, würdest du mir das nicht ausreden."

Ich ging nach draußen und überlegte, wie ich zu ihr durchdringen könnte. Es gab nur eine Sache, die mir einfiel, die funktionieren könnte. So hatte ich es ihr nicht sagen wollen, aber verzweifelte Zeiten erforderten verzweifelte Maßnahmen.

„Ich liebe dich, Quinn. Ich möchte nicht ohne dich sein. Bitte, gib mir eine Chance, es zu beweisen."

Ihre Augen schossen zu meinen. „Taten sprechen lauter als Worte, Ronan. Wenn du *mich* wirklich *liebst*, dann respektiere meine Wünsche und geh weg. Ich will dich nicht mehr in meinem Leben haben."

Verdammte Scheiße.

KAPITEL DREIUNDZWANZIG

QUINN

„Ich kann nicht glauben, dass du gehst!" rief Antonio.

„Ich auch nicht." Sylvie schniefte, als sie mich in eine Umarmung zog. „Miststück, du solltest lieber ganz oft mit uns skypen."

„Das werde ich. Ich verspreche es."

Sie bestanden beide darauf, mich zum Flughafen zu fahren und mit mir hineinzukommen, um den Abschied so lange wie möglich hinauszuzögern. Da ich nicht wusste, wann ich sie das nächste Mal sehen würde, genoss ich es in vollen Zügen.

Sylvie tupfte sich die Tränen ab. „Mach dir keine Sorgen um das Haus. Wir werden versuchen, nichts kaputt zu machen."

Ich gluckste. „Danke."

Ich hatte beschlossen, mein Haus zu vermieten, aber da ich nur zwei Wochen Zeit hatte, mich auf meinen Umzug vorzubereiten, hatte ich nicht viel Zeit zum Packen. Ich hatte eine Hausverwaltung beauftragt, die sich um die Mieter und so weiter kümmerte, aber ich hatte immer noch einen Haufen persönlicher Gegenstände, die ich ausräumen musste. Da ich noch keinen festen Wohnsitz in Chicago hatte, beschloss ich, meine Sachen erst einmal einzulagern, was Antonio und Sylvie freundlicherweise für mich taten. Sobald ich eine Wohnung gefunden hatte, konnte ich Umzugsunternehmen beauftragen, die alles zu mir brachten.

Antonio umarmte mich noch einmal, ließ mich aber nicht los, als er sich zurückzog. „Hast du etwas von ihm gehört?"

Ich schüttelte den Kopf. „Nein. Er respektiert meine Wünsche."

Er schenkte mir ein trauriges Lächeln. „Es ist noch nicht zu spät, weißt du. Er ist unglücklich ohne dich - er versucht in diesen Tagen nicht einmal, es zu verbergen. Weißt du, dass er in dem Monat, in dem du weg warst, *fünfzehn* Aushilfskräfte eingestellt hat? Er hat sogar nach dir gefragt, als wäre er bereit, jeden Happen zu essen, den ich ihm hinwerfe. Es muss *ihn umbringen*, dass er so etwas tun muss."

Es brachte *mich* fast um, von ihm getrennt zu sein. Jedes Mal, wenn ich an Ronan dachte, was so ziemlich die ganze Zeit der Fall war, hatte ich das Gefühl, nicht atmen zu können. Ich konnte nicht aufhören, seine Worte zu wiederholen und mich zu fragen, ob er die Wahrheit gesagt hatte. Tief in meinem Inneren wusste ich, dass er sie ernst meinte - die Verbindung, die wir hatten, konnte man nicht vortäuschen -, aber das löschte nicht den ganzen Schmerz aus, den er verursacht hatte.

Ich schluckte den Kloß in meinem Hals hinunter. „Es *ist* zu spät. Ich weiß nicht, ob ich ihm jemals verzeihen kann und ich kann nicht hier sein, wenn mich alles an uns erinnert. Ich brauche einen Neuanfang." Ich überprüfte die Zeit auf meinem Handy. „Ich muss zu meinem Flugsteig. Das Boarding beginnt in zehn Minuten. Ich liebe euch, Leute."

„Ich liebe dich", sagten sie beide unisono.

Während des Fluges versuchte ich, an etwas anderes zu denken als an Ronan, aber ich scheiterte kläglich. Ich las gerade ein Buch von Julia Wolf, was die Sache wahrscheinlich noch schlimmer machte, aber ich war so vertieft in die Geschichte, dass ich nicht aufhören konnte. Die Frau in der Geschichte nahm einen Sommerjob an, um für einen Rockstar zu arbeiten. Der Typ war ein totales Arschloch und sie hassten sich bis aufs Blut, aber ihre Chemie war explosiv. Als ich zu dieser *wirklich* heißen Szene mit der Koje in ihrem Tourbus kam, konnte ich nicht umhin zu bemerken, wie sehr dieses fiktive Werk meiner Realität ähnelte. Ihr Chef war der einzige Mann, der in der Lage war, sie in Brand zu setzen - im und außerhalb des Schlafzimmers, so wie es bei mir der Fall war. Der einzige Unterschied war, dass sie ihr Happy End bekamen und ich nicht.

Als ich aus dem Flugzeug stieg, dachte ich, ich würde fantasieren. Ich war so überrascht, dass ich mitten im Schritt stehen blieb und eine Massenkarambolage auf der Gangway hinter mir verursachte. Ronan stand direkt vor der Tür, seine Augen suchten ängstlich die Rampe ab, bevor sie auf meinen landeten.

Was zum Teufel?

Als ich mich auf ihn zubewegte, winkte mich Ronan zur Seite, damit wir keinen menschlichen Stau verursachten.

„Wa…" Ich schüttelte den Kopf und versuchte es erneut. „Was machst du denn hier?"

„Ich konnte nicht zulassen, dass du das durchziehst, ohne es noch einmal zu versuchen."

„Ronan…" Ich seufzte. „Woher wusstest du überhaupt, wo du mich findest?"

Er schenkte mir ein kleines Lächeln. „Ich habe vielleicht deinen Freund bestochen, damit er deine Flugdaten herausgibt. Ich habe den Flug direkt vor deinem genommen, damit ich hier bin, wenn du ankommst."

„Sylvie?"

Er schüttelte den Kopf. „Nein, der andere."

Verdammt noch mal, Antonio!

So sehr ich mich auch über meinen aufdringlichen Freund ärgerte, konnte ich doch das kleine Glücksgefühl nicht verleugnen, das mich überkam, als ich Ronan zum ersten Mal gesehen hatte. Zumindest bis mein Gehirn registriert hatte, wie schrecklich er aussah. Er hatte sichtlich an Gewicht verloren, und unter seinen Augen zeichneten sich dunkle Ringe ab. Das Funkeln in seinen babyblauen Augen und die Selbstsicherheit, die ihm innewohnte, waren nirgends zu finden. Er wirkte... verloren, vielleicht sogar ein wenig verängstigt, und das ließ mein Herz noch mehr schmerzen als es das je getan hatte.

Ronan räusperte sich. „Ich hatte gehofft, die Tatsache, dass ich den ganzen Weg hierhergekommen bin, würde dich überzeugen, mit mir Kaffee zu trinken. Wir müssen nicht einmal darüber reden, was passiert ist, wenn du nicht willst. Ich würde mich freuen, einfach nur eine Weile bei dir zu sitzen... deine Stimme zu hören. Gott, ich muss einfach in deiner *Nähe* sein, Quinn. Ich vermisse dich so gottverdammt sehr.“

Das Zittern am Ende seines letzten Satzes wäre mir fast zum Verhängnis geworden. Ronan Maxwell konnte eine versteinerte Fassade besser aufrechterhalten als jeder andere, den ich je getroffen hatte. Wenn er nicht wollte, dass man seine Gefühle sah, gab es *nichts*, was seine undurchdringliche Mauer durchbrechen konnte. Im Moment schien er sein Herz auf der Zunge zu tragen, und wenn ich mich nicht täuschte, war es genauso ramponiert und zerschrammt wie meines.

Ich nickte. „Ich könnte einen Kaffee vertragen,

aber ich muss mein Gepäck holen, bevor sie es ins Land der nicht abgeholten Koffer schicken.“

Er lächelte, aber es erreichte nicht seine Augen. „Klingt nach einem Plan. Erst das Gepäck, dann der Kaffee.“ Er nickte in Richtung meines Handgepäcks. „Darf ich?“

„Äh, sicher. Danke.“

Ich übergab meine Tasche und machte mich auf den Weg zur Gepäckausgabe. Da dieser verdammte Flughafen praktisch eine Stadt für sich war, dauerte es ein paar Minuten, bis wir dort waren. Als hätten wir beide geahnt, dass Smalltalk nichts bringen würde, gingen wir schweigend durch die dichte Menschen-menge. An einem Punkt packte Ronan meinen Ellbogen und zog mich an sich, um im letzten Moment zu vermeiden mit jemandem zusammenzustoßen. Mein Körper erglühte bei seiner Berührung, und ich musste mich daran erinnern, dass zwischen uns *nicht* alles in Ordnung war. Er murmelte eine Entschuldigung, nachdem er sich unbeholfen aus seinem Griff gelöst hatte, und wir setzten unseren Weg mit ein paar Zentimetern mehr Platz zwischen uns fort.

Ich zeigte auf meinen Koffer. „Da ist er.“

Ronan trat vor und schnappte sich meinen Koffer vom Förderband. „Dachtest du wirklich, ich würde das Ding übersehen? Man kann es vom Weltraum aus sehen." Diesmal schenkte er mir ein richtiges Lächeln, was mich veranlasste, es zu erwidern. Der Ausdruck fühlte sich fremd an, fast, aber nett.

„So schlimm ist es nicht", murmelte ich und rollte mit den Augen.

Okay, es *war* so schlimm. Ronan hatte mich jedes Mal, wenn wir zusammen verreist waren, deswegen aufgezogen. Vor ein paar Jahren hatte ich mir einen Satz fluoreszierend gelber Hartschalenkoffer gekauft. Ich hatte es immer gehasst, das Spiel „*Ist das mein Koffer? Nö!* inmitten des schwarzen Gepäcks zu spielen, und damit war das Problem gelöst. Es war unmöglich, ihn zu übersehen, es sei denn, man war völlig blind.

Ronans Augen tanzten vor Belustigung. „Sicher, mein Schatz, lass es uns dabei belassen." Seine Augen weiteten sich kurz, als er zu begreifen schien, was er gesagt hatte, aber er schien es zu verdrängen. „Also … Kaffee?"

„Musst du nicht deinen Koffer holen?"

Er hob sein Handgepäck hoch. „Das ist alles. Ich, äh, erwarte nicht, lange zu bleiben."

„Richtig." Warum sollte er? Ich unterdrückte meine Enttäuschung und zeigte auf den Kaffeestand am Ende des Weges. „Ist das für dich in Ordnung?"

„Sicher." Er nickte. „Es sei denn … Du möchtest woanders hingehen. Irgendwo außerhalb des Flughafens?"

Er sah so hoffnungsvoll aus, aber ich konnte das nicht an mich heranlassen. Dieser Mann hatte *mich verarscht,* und obwohl es leicht wäre, in alte Gewohnheiten zurückzufallen, musste ich mein Herz, so gut es ging, schützen.

Ich biss mir auf die Lippe. „Ich glaube, es wäre besser, hier zu bleiben. Wir könnten uns drüben am Fenster hinsetzen."

Ronan und ich bestellten unsere Kaffee und nahmen ein paar Kunstledersessel in Beschlag, die unter einer Rolltreppe standen. Das war wahrscheinlich einer der am wenigsten privaten Orte, an denen wir dieses Gespräch führen konnten, aber ich brauchte das. Ich traute mir nicht zu, mit diesem Mann allein zu sein.

Ronan atmete zittrig ein. „Du hast hier das Sagen, Quinn. Du sagst mir, worüber ich reden darf und worüber nicht."

Gott, ich hasste diese Unbeholfenheit. Ronan und ich hatten im Laufe der Jahre unsere Höhen und Tiefen, aber eines waren wir *nie:* unbeholfen.

Ich zuckte mit den Schultern. „Wir können es genauso gut alles besprechen. Na los."

Er hob eine Augenbraue. „Bist du dir da sicher?“

Überhaupt nicht, dachte ich, aber ich nickte trotzdem.

Er stellte seine Tasse ab, lehnte sich vor und stützte die Ellbogen auf die Knie. „Ich kann es nicht ertragen, jeden Tag zur Arbeit zu gehen und zu wissen, dass du nicht da bist. Jeden Morgen werde ich daran erinnert, wie sehr ich es vermasselt habe. Jedes Mal, wenn eine Aushilfe kündigt, werde ich daran erinnert, was für ein Arschloch ich wirklich bin und dass du eine Heilige sein musst, weil du es mit mir aushältst.“

Ich schnaubte. „Ich bin wohl kaum eine Heilige. Ich habe mir viele, *viele* Male vorgestellt, sehr gewalttätige Dinge mit dir zu tun.“

Ronans Lippen verzogen sich. „Wie dem auch sei ... was mich wirklich beschäftigt, ist, dass *ich* der Grund dafür bin, dass deine Karriere einen Sturzflug gemacht hat. Du bist verdammt klug und kennst dich in der Branche zu gut aus, um dieses *Praktikum* bei Onyx zu machen. Ich kann den Gedanken nicht ertragen, dass du für sie arbeitest - nicht nur wegen meines Egos, sondern weil sie nicht zu schätzen wissen, was sie haben. Du wirst nicht die Möglichkeiten haben, dich weiterzuentwickeln, die du vorher gehabt hättest.“

Ich müsste auch nicht jeden Tag den Mann sehen, der mir das Herz gebrochen hat.

Ich schüttelte den Kopf. „Ronan, ich kann nicht... "

Er hielt seine Hand hoch. „Warte, ich bin noch nicht fertig. Wenn du nicht als meine Assistentin zurückkommen willst, können wir dich woanders hin versetzen. Das habe ich ernst gemeint. Wir können dich sogar irgendwo unterbringen, wo du nichts mit mir zu tun hast. Du sagst mir, wo, und ich sorge dafür, dass es passiert. Ich weiß, ich habe dir wehgetan, und ich weiß, dass du deshalb schüchtern bist, aber bitte betrachte die Sache vom geschäftlichen Standpunkt aus. Wenn du dieses Praktikum annimmst, machst du zehn Schritte rückwärts.“

Er rieb sich mit der Hand über sein müdes Gesicht. „Verdammt, wenn du nicht zu Maxwell zurückkommst, schreibe ich dir das beste Empfehlungsschreiben, das die Menschheit kennt, damit du etwas anderes bekommst, das dich wirklich fordert. Etwas, das deiner Fähigkeiten würdig ist. Du wirst dich bei Onyx zu Tode langweilen, Quinn. Das musst du doch wissen.“

Das wusste ich auch. Ich wollte den verdammten Job nicht einmal - ich hatte die Stelle in einem besonders schwachen Moment angenommen und hatte das

Gefühl, dass ich sie das durchziehen musste. Ich wollte Onyx nicht hängen lassen, nachdem ich ihr Angebot bereits angenommen hatte. Außerdem hatte ich wirklich das Gefühl, dass eine neue Stadt mir einen Neuanfang ermöglichen würde.

Ich seufzte. „Ronan, du hast mir nicht nur wehgetan. Ich war *am Boden zerstört* und... verwirrt. Ich dachte, wir hätten auf Hawaii etwas ganz Besonderes gefunden, und du hast es in Stücke gerissen. Ich weiß nicht, ob ich dir jemals verzeihen kann, dass du so gefühllos warst..., dass du mich so dumm hast fühlen lassen."

Er zuckte zusammen. „Wir haben etwas Besonderes gefunden. Besser als alles andere in meinem Leben. Ich könnte nichts mehr bedauern als mein Verhalten an diesem Tag."

„Ich habe die Stelle bei Onyx angenommen und ich werde sie durchziehen. Es tut mir leid, Ronan, aber... ich *kann* im Moment einfach nichts anderes tun." Der pure Kummer in seinem Gesicht ließ mich innehalten, aber ich fand die Kraft, aufzustehen und nach meiner Tasche zu greifen.

Ronan stand neben mir. „Quinn-"

Ich schüttelte den Kopf, stellte mich auf Zehenspitzen und drückte ihm einen sanften Kuss auf den

Kiefer. Sein scharfes Einatmen ließ mich fast zusammenzucken. „Auf Wiedersehen, Ronan."

Ich riskierte keinen Blick zurück, als ich mich auf den Weg nach draußen machte, um ein Taxi zu rufen, aber ich spürte die ganze Zeit seine Augen auf mir.

KAPITEL VIERUNDZWANZIG

RONAN

Es war genau vier Wochen her, dass Quinn mich auf einem Flughafen in Chicago mit einem klaffenden Loch in meinem Herzen zurückgelassen hatte. Ich war nach L.A. zurückgekommen und hatte mir eingeredet, dass sie einfach mehr Zeit brauchte. Dass sie erkennen würde, dass sie dasselbe Gefühl der Leere verspürte - dass ich die einzige Person war, die diese Leere füllen konnte. Jede verbleibende Hoffnung, die ich vielleicht noch hatte, wurde zerschlagen, als ich heute Morgen auf dem Weg zur Arbeit an ihrem Haus vorbeifuhr. In ihrem Vorgarten hing ein

Schild „Zu verkaufen" mit einem leuchtend blauen VERKAUFT-Aufkleber.

Quinns Freund Antonio diente mir vorübergehend als persönlicher Assistent, da er die einzige Person war, die noch bereit war, sich mit mir abzugeben. In den letzten Wochen hatte er mich immer wieder mit kleinen Informationen über sie versorgt. Ich war mir nicht sicher, ob sie wusste, dass er das tat, aber ich nahm alles, was ich bekommen konnte, egal wie sehr es mein Ego hasste, auf diese Weise reduziert zu werden. Als ich ihn fragte, warum sie nicht mehr vorhabe, ihr Haus zu vermieten - diese Information hatte er mir auch gegeben -, sagte Antonio, dass ein Käufer ein Angebot weit über dem Marktwert gemacht habe und sie nicht nein sagen konnte.

Seit Quinn Montgomery aus meinem Leben verschwunden war, war ich ein Wrack. Ich konnte nicht essen, ich konnte nicht schlafen. Das Einzige, was ich irgendwie schaffte, war die Arbeit - mich im Geschäft zu vergraben war das Einzige, das mir genug Sinn gab, um morgens aufzustehen. Ich hatte über hunderttausend Angestellte, die sich auf mich verließen, und ich weigerte mich, zuzulassen, dass meine persönlichen Fehler ihre Existenzgrundlage beeinträchtigten. Obwohl die Zeitarbeitsfirma, die uns hängengelassen hat, sagen würde, dass ich in diesen Tagen nicht der einfachste Mensch war, mit dem man auskommen konnte.

„Bist du sicher, dass sie nicht einfach mehr Zeit braucht? Du hast noch nichts von ihr gehört?"

Ich kippte mein Glas leicht und sah zu, wie die Eiswürfel hin und her glitten und aneinander klirrten.

„Liam, das haben wir doch schon besprochen. *Nein*, ich habe nichts von ihr gehört. Sie hat ihr verdammtes Haus verkauft, Mann. Inwiefern deutet das darauf hin, dass sie einfach noch ein bisschen Zeit braucht?" Ich schluckte den Rest der bernsteinfarbenen Flüssigkeit hinunter. „Ich muss einen Weg finden, um zu akzeptieren, dass sie nicht mehr zurückkommt."

Gott, wenn ich mir das eingestehe, würde ich mich am liebsten in eine Flasche Scotch verkriechen und nie wieder aufstehen. Die Einsicht war wirklich eine weise und kluge Schlampe. Erst als Quinn weg war, wurde mir klar, wie sehr ich mich darauf gefreut hatte, sie jeden Tag zu sehen. Selbst als wir uns noch so feindselig gegenüberstanden, *sehnte* ich mich nach ihrer Gesellschaft. Sicher, ich wollte sie vom ersten Moment an ficken, aber ich wollte auch mit ihr reden und streiten, mir von ihr das Essen klauen lassen und ihr brillantes Gehirn in Aktion sehen.

Ich war so verdammt stolz auf diese Frau für alles, was sie in zwei kurzen Jahren in der Firma erreicht hatte, und *nicht ein einziges Mal* hatte ich ihr das gesagt. Nicht ein einziges Mal hatte ich ihr gesagt, wie sehr ich alles schätzte, was sie tat, um mein Leben zu erleichtern. Nicht ein einziges Mal hatte ich ihr gesagt, dass sie der wichtigste Mensch in meinem Leben ist. Jedenfalls nicht, bis es zu spät war.

„Immer noch kein Wort, was?" Offensichtlich hatte meine Schwägerin beschlossen, sich an der Mitleidsaktion zu beteiligen. Während Avery sich auf der Terrasse in einen Stuhl sinken ließ, fügte sie hinzu: „Ich finde immer noch, du solltest sie anrufen, Ronan. Ich kenne Quinn nicht so gut wie du, aber ich weiß genug, um zu erkennen, dass sie die perfekte Partnerin für dich ist. Aus der Sicht einer Frau würde ich wetten, dass ihr Mangel an Kommunikation mehr mit Stolz als mit Liebeskummer zu tun hat. Seien wir mal ehrlich, ihr Maxwell-Männer könnt manchmal echt miserable Bastarde sein."

Liam hob sein Glas. „Ich liebe dich auch, Babe."

Sie rollte mit den Augen. „Wie ich schon sagte ... es ist nicht leicht, mit euch fertig zu werden. Es braucht eine *starke* Frau, um mit euch herrschsüchtigen Ärschen fertig zu werden. Von eurem Temperament ganz zu schweigen. Ich verstehe schon, so seid ihr nun mal - deshalb seid ihr so erfolgreich, und ehrlich gesagt, kann das auch verdammt heiß sein." Avery hielt inne und zwinkerte ihrem Mann zu. Was für ein *Glückspilz*.

„Das heißt, es kann auch *anstrengend* sein. Du hast ihr ganz schön zugesetzt, Ronan. Ich bin sicher, dass sie immer noch verletzt ist - möglicherweise sogar ziemlich stark - und sie braucht Zeit, um sich zu erholen. Aber ich würde auch sagen, dass es vernünftig ist zu glauben, dass sie darauf wartet, dass du den nächsten Schritt machst. Du musst ihr Vertrauen zurückgewinnen und ihr zeigen, dass sie den Kampf wert ist. Dass sie nicht die Einzige ist, die ihr Herz aufs Spiel setzt."

„Sie bat mich, mich von ihr fernzuhalten - sie sagte, wenn ich jemals Gefühle für sie gehabt habe, würde ich dieser Bitte nachkommen. Ich dachte, ich zeige ihr, dass ich ganz bei ihr bin, indem ich tue, worum sie mich gebeten hat."

„Ich verrate dir jetzt ein kleines Geheimnis, Ronan." Avery beugte sich vor und flüsterte: „Wir Frauen können wankelmütige Geschöpfe sein. Und manchmal - nicht immer, wohlgemerkt - aber manchmal mögen wir es, gejagt zu werden. Besonders von jemandem, der so unbestreitbar ein Alphatier ist."

Ich stöhnte und fuhr mir mit den Händen durch die Haare. „Warum sind Frauen so verdammt schwierig?"

„Weil Männer echte Vollidioten sein können, wenn es um sie geht. Glaub mir, kleiner Bruder, ich habe diese Lektion auf die harte Tour gelernt." Liam lachte. „Aber weißt du, was ich noch gelernt habe?"

Ich hob meine Augenbrauen. „Was?"

Mein Bruder lächelte seine Frau mit so viel gottverdammter Liebe in seinem Blick an, dass sich meine Brust zusammenzog. „Dass die *richtige* Frau dich zu einem besseren Mann machen kann."

Ich konnte nicht aufhören, darüber nachzudenken, was Avery gesagt hatte. Ich beschloss, dass ich den nächsten Schritt bei Quinn machen *würde*, aber ich dachte, dass es am besten wäre, dies persönlich zu tun. Ich versprach mir selbst, dass, wenn sie mich wieder abblitzen lassen würde, es das gewesen wäre. Ich wollte ihr nicht noch mehr Kummer bereiten, als ich ohnehin schon hatte, aber ich wusste, dass ich es mir nie verzeihen würde, wenn ich es nicht ein letztes Mal versuchte.

Als ich gerade mein Büro verlassen wollte, klopfte es an meine Tür.

„Herein."

Herr Vasquez betrat mein Büro und legte eine Akte vor mich hin. „Die Personalabteilung braucht Ihre Unterschrift, um den Stellenwechsel von Frau Chen abzuschließen."

Ich öffnete die Akte und überflog den Papierkram. Li Chen war die ranghöchste Person in meinem Finanzteam unterhalb des Finanzgeschäftsführers. Als mein ehemaliger leitender Angestellter verhaftet worden war, hatte sie sofort die Zügel als Interims-Geschäftsführer übernommen. Sie war eine hochintelligente Frau, die ihren Wert immer wieder unter Beweis gestellt hatte, so dass es kein Problem war, sie zu befördern.

Ich steckte die Akte in meine Laptoptasche. „Sagen Sie ihnen, dass ich sie mir auf meinem Flug ansehe und sie so schnell wie möglich zurückschicke."

„Flug?" fragte Mr. Vasquez. „Es tut mir leid, Sir, aber *welcher* Flug? Mir war nicht bewusst, dass Sie irgendwohin fliegen."

„Chicago. Mein Flugzeug geht in drei Stunden. Ich mache mich gleich auf den Weg."

Mr. Vasquez hüpfte auf den Zehen und klatschte in die Hände. „Na, das wurde aber auch Zeit! Ich dachte schon, Sie würden Ihren Kopf nie aus dem Arsch ziehen!" Er errötete, als ich ihn anfunkelte. „Ähm ... das habe ich mit dem größtmöglichen Respekt gemeint, Sir."

Ich schloss meine Schreibtischschubladen und stand auf. „Sie können es wieder gutmachen, indem Sie mir ihre neue Nummer geben."

Mr. Vasquez zog sein Handy aus der Tasche und fuhr mit den Daumen über den Bildschirm. „Ich schicke Ihnen jetzt ihre Kontaktdaten per SMS. Ihre Privat- und Geschäftsadressen sind auch dabei." Er sah auf und zuckte zusammen. „Aber wenn sie fragt, haben Sie diese Informationen *nicht* von mir bekommen. Ich würde es vorziehen, wenn meine Eier intakt bleiben, vielen Dank auch. Wie ich Quinn kenne, würde sie einen Weg finden, mich aus zweitausend Meilen Entfernung zu kastrieren."

Ach was. Sie hielt meine bereits in ihrer Hand.

Ich schmunzelte. „Sie haben mein Wort. Und jetzt brauche ich *Ihr* Wort, dass Sie sie nicht warnen werden, dass ich komme. Oder es Miss O'Hare erzählen."

Er hielt seine Handflächen nach oben. „Meine Lippen sind versiegelt, genauso wie sie es waren, als ich Ihnen ihre Flugdaten gab. Darf ich Ihnen noch eine Sache sagen, bevor Sie gehen? Und können Sie nicht mein Chef sein, wenn ich das tue?"

Ich nickte.

„Wenn Sie das noch einmal versauen, *werden* Sylvie und ich Sie zur Strecke bringen und sehr schmerzhafte Dinge tun. Und glauben Sie mir, wenn ich sage, dass diese Schlampe verrückt ist - ich bin mir sicher, dass sie hundert verschiedene Wege kennt, eine Leiche zu verstecken."

Ich schüttelte den Kopf. Mein Gott, die beiden waren manchmal so lächerlich, aber ich konnte nicht umhin zu schätzen, wie sehr sie Quinn beschützten.

„Hoffen wir, dass es nicht so weit kommt, Mr. Vasquez. Darf ich jetzt gehen?"

„Auf jeden Fall. Gehen Sie und holen Sie Ihr Mädchen." Er zwinkerte und winkte zur Tür.

Ich drückte den Rufknopf für den Aufzug und hörte zu, wie die Kabine in die oberste Etage fuhr und gelegentlich anhielt. Schließlich öffneten sich die Türen, und ich erstarrte vor Schreck, als ich den einzigen Fahrgast sah. Sie schien ebenfalls überrascht zu sein, mich zu sehen, denn die Tür begann sich wieder zu schließen, bevor einer von uns beiden ein Wort sagen konnte.

Ich steckte meine Hand in die Mitte und löste den Sensor aus, um die Türen zu öffnen. Ich betrat den

Aufzug und behielt Quinn im Auge. Ich ging auf sie zu und sie wich zurück, bis sie mit dem Rücken an die Wand stieß.

Wir befanden uns in der gleichen Ecke, in der ich einmal meine Hand unter ihren Rock gesteckt und sehr schmutzige Dinge mit ihr gemacht hatte. Wenn ihre steifen Brustwarzen ein Hinweis darauf waren, vermutete ich, dass sie sich auch daran erinnerte.

Unfähig, der Anziehungskraft zwischen uns zu widerstehen, beugte ich mich vor, bis meine Lippen nur noch Zentimeter von ihren entfernt waren. „Was machst du denn hier? Ich war gerade auf dem Weg zu dir."

Quinn blinzelte schnell. „Was soll das heißen, du warst auf dem Weg zu mir?"

Ich konnte mir ein Lächeln nicht verkneifen. Ich wusste, dass die Dinge zwischen uns immer noch im Arsch waren, aber ich war so verdammt glücklich, sie zu sehen. „Ich habe einen Flug nach Chicago gebucht. Ich war auf dem Weg zum Flughafen."

Sie wölbte sich mir entgegen. „Warum solltest du das tun?"

Der Aufzug setzte sich in Bewegung. Ich drückte auf den Stopp-Knopf, bevor er noch weiterfahren konnte.

„Ronan! Was zum Teufel machst du da? Du kannst nicht einfach den Aufzug anhalten."

„Sicher kann ich das." Ich zuckte mit den Schultern. „Mir gehört das verdammte Gebäude. Ich will wissen, warum du hier bist, und ich will nicht gestört werden." Ich rückte wieder näher, diesmal legte ich meine Arme auf die Gitterstäbe auf beiden Seiten von ihr, um sie einzukesseln. „Also, sag es mir, Quinn. *Warum bist du hier?*"

Ihre vollen Lippen verzogen sich zu einem Lächeln. „Immer noch ein rechthaberischer Arsch, wie ich sehe."

„Immer. Jetzt beantworte die Frage."

Sie verschränkte ihre Arme vor der Brust. Ich versuchte es, aber es war schwer zu ignorieren, wie die Bewegung ihre Titten nach oben drückte. Sie hatte wirklich tolle Titten. „Du zuerst", sagte sie. „Warum warst du auf dem Weg nach Chicago?"

Ich sah sie eindringlich an und versuchte, meine Aufrichtigkeit zu vermitteln. „Um dich zu sehen. Um dich anzuflehen, zurück nach Kalifornien zu ziehen. Um dich irgendwie davon zu überzeugen, mich zurückzunehmen, obwohl ich weiß, dass ich deine Vergebung nicht verdiene. Ich hatte gehofft, dass du mich genug liebst, um es trotzdem zu versuchen."

Quinn sah weg. „Du hast recht, du verdienst meine Vergebung nicht."

Ich sagte mir, dass ich jetzt noch nicht in Panik geraten sollte. Ich hob ihr Kinn mit meinem Zeigefinger an. „Aber? Bitte sag mir, dass da ein Aber drin ist, denn ich kann es nicht ertragen, ohne dich zu sein, und wenn ich bedenke, wie oft deine Freundin Sylvie versucht, mich mit ihren Augen zu ermorden, habe ich das Gefühl, dass es dir genauso geht."

Sie lachte. „Du bist im Moment sicher nicht ihre Lieblingsperson."

„Schatz, mich interessiert nur, ob ich *deine* Person sein kann oder nicht. Wenn du mir noch eine Chance gibst." Ich lehnte meine Stirn an ihre. „Quinn, ich will nicht mehr ohne dich sein. Bitte lass mich nicht mehr ohne dich sein. Sag mir, warum du hier bist."

„Ronan-"

Natürlich klingelte in diesem Moment das verdammte Notruftelefon.

„Verdammt noch mal! Merk es dir." Ich nahm den roten Hörer ab. „Ja?"

„Guten Tag, Sir. Hier ist Jim Garrett vom Sicherheitsdienst. Ist alles in Ordnung?"

„Ja, Jim. Alles ist gut."

„Schön zu hören, Sir. Wenn Sie mir einen

Moment Zeit geben, werde ich das System außer Kraft setzen und Sie wieder in Bewegung setzen.“

„Jim, wagen Sie es nicht. Hören Sie mir gut zu. Hier ist Ronan Maxwell. Ich glaube, Sie wissen, wer ich bin?“

„Äh... ja, natürlich, Sir.“

„Gut. Jim, ich führe gerade ein sehr wichtiges Gespräch, das ich *nicht* noch einmal unterbrechen möchte. Verstehen Sie, was ich sage?“

„Sie wollen nicht, dass ich den Aufzug in Kraft setze?“

„Richtig. Ich will *nicht*, dass Sie den Aufzug bewegen. Wir sind nicht in Gefahr. Ich rufe Sie an, wenn ich bereit bin, wieder loszufahren. Wenn Sie das System vorher außer Kraft setzen oder hier noch einmal anrufen, sind Sie gefeuert. Haben wir uns verstanden?“

„Kristallklar, Sir.“ Jim legte ohne ein weiteres Wort auf.

Mit einem teuflischen Lächeln wandte ich mich wieder an Quinn. „Also, wo waren wir?“

„Du hast mich daran erinnert, wie unmöglich es war, für dich zu arbeiten.“ Sie rollte spielerisch mit ihren Schokoladenaugen. „So ein Bosshole.“

Ich lächelte. „Du kannst mich so nennen, wie du willst, wenn du wieder für mich arbeitest.“

Ihr Gesichtsausdruck wurde nüchtern. „Ronan, das werde ich nicht tun. Dieser Teil ist nicht verhandelbar." Meine Enttäuschung muss offensichtlich gewesen sein, denn sie hob den Zeigefinger, um anzuzeigen, dass sie noch mehr zu sagen hatte. „Außerdem habe ich bereits einen Job. Ich habe gerade eine Stelle als Finanzdirektorin bei Coastal Cosmetics angenommen."

„Ich dachte, du wolltest im Hotelgewerbe bleiben?" sagte ich.

Sie zuckte mit den Schultern. „Ich habe viel nachgedacht, seit du an dem Tag bei mir zu Hause von Finanzen gesprochen hast. Ehrlich gesagt bin ich überrascht, dass ich das nicht schon früher in Betracht gezogen habe. Als ich auf diese Stelle bei Coastal stieß, wusste ich, dass sie perfekt ist. Ich wollte für ein Unternehmen arbeiten, an das ich glaube, und das war genau das Richtige. Ich liebe ihre Produkte. Sie sind hochwertig, umweltfreundlich und zu hundert Prozent frei von Tierversuchen. Und was noch besser ist, ich kann mich den ganzen Tag über Zahlen auslassen." Wir lachten beide über ihre offensichtliche Aufregung. „Außerdem... der wichtigste Faktor bei meiner Entscheidung war, dass sich ihr Hauptsitz in Los Angeles befindet."

Ich hasste es, dass sie nicht mehr hier arbeiten

wollte, aber ich fand es toll, dass sie zurück nach Kalifornien zog.

„Du ziehst also zurück?"

Quinn lächelte. „Das bin ich schon. Ich habe nie ein Umzugsunternehmen beauftragt, meine Sachen nach Chicago zu bringen, also hatte ich nur ein paar Koffer. Ich glaube, ich wusste tief im Inneren, dass dies immer mein Zuhause sein würde. Es gibt allerdings ein kleines Problem."

Ich legte den Kopf schief. „Was ist es?"

„Ich habe gerade keine Wohnung. Als ich mein Haus zur Vermietung anbot, meldete sich ein Investor bei mir und machte mir ein Angebot, das ich nicht ablehnen konnte. Ich habe das Geld, um mir eine neue Wohnung zu kaufen, aber bis das passiert, bin ich eigentlich obdachlos. Ich möchte eigentlich nicht in einem Hotel wohnen, denn das habe ich in den letzten Monaten genug getan. Ich weiß, dass Sylvie oder Antonio mich sofort aufnehmen würden, aber..."

„Bleib bei mir." Ich konnte die Worte nicht schnell genug herausbekommen.

Quinn lachte. „Du lässt mich nicht einmal meinen Satz zu Ende sprechen?"

Ich schüttelte den Kopf. „Bleib bei mir, Quinn. Für eine Woche, einen Monat, *für immer* - wie lange auch immer du willst. Ich habe jede Menge Platz, und es würde uns die Chance geben, die verlorene Zeit wieder aufzuholen."

Sie hob die Augenbrauen. „Und wie kommst du darauf, dass ich das will?"

Ich fuhr mit dem Finger an ihrem Arm entlang und umkreiste ihr Handgelenk. „Warum bist du hier, Quinn? Genauer gesagt, *in diesem Gebäude*. Bist du gekommen, um deine Freunde zu sehen?"

Sie schüttelte langsam den Kopf. „Ich bin gekommen, um dich zu sehen, Ronan."

Ich küsste die Innenseite ihres Handgelenks. „Warum?"

Ihre Augenlider flatterten zu, als ich mit meiner Zunge über ihren Pulsschlag fuhr. „Weil ich auch nicht mehr ohne dich sein will. Aber du musst mir versprechen, dass du so etwas *nie* wieder machen wirst."

Bevor sie es zurücknehmen konnte, drückte ich meine Lippen auf ihre. „Ich liebe dich, Quinn, und ich verspreche dir, dass ich alles in meiner Macht stehende tun werde, um dich glücklich zu machen."

Sie lächelte gegen meinen Mund. „Ich liebe dich auch."

Meine Lippen verzogen sich zu einem Lächeln. „Also, was jetzt?"

Quinns Gesicht errötete. „Du kannst damit anfangen, mich nach Hause zu bringen, damit wir richtig heißen Versöhnungssex haben können."

Ich konnte gar nicht schnell genug zum Hörer greifen. „Jim, fahren Sie das Ding direkt in die Parkgarage. Keine Stopps."

„Ja, Sir."

Ich knallte das Telefon auf und nahm die schöne Frau vor mir in meine Arme. „Ich werde es manchmal vermasseln. Das weißt du doch, oder? Nicht annähernd so schlimm wie beim letzten Mal, aber ich werde Fehler machen."

Sie gluckste. „Nun, das ist so gut wie sicher. Du bist ja schließlich *du*."

„Aber ich verspreche, das mit Orgasmen wieder gutzumachen." Ich zwinkerte ihr zu, als ich ihr Gesicht in meine Hände nahm. „Ich hatte Angst, dass ich dich nie wieder in meinen Armen halten könnte. Ich werde den Rest meines Lebens damit verbringen, dafür zu sorgen, dass du nie bereust, mir noch eine Chance gegeben zu haben."

„Vorsichtig", stichelte sie. „Wenn du so weiterredest, werden die Leute denken, dass du weich geworden bist."

Ich drückte meinen Körper an ihren und bewies damit, wie *wenig* weich ich in diesem Moment war.

„Schätzchen, das ist etwas, worüber du dir *nie* Sorgen machen musst."

Quinn lachte. „Ronan?"

„Ja?"

Sie schlang ihre Arme um meinen Hals. „Halt die Klappe und küss mich."

„Ja, Ma'am."

QUINN

„Heirate mich."

Ich krümmte mich mit dem Rücken auf dem Bett, als Ronan mit seiner Zunge über meine Klitoris fuhr. „Was?! Du kannst mich nicht fragen, ob ich dich heirate, wenn dein Gesicht zwischen meinen Beinen ist!"

Ich konnte spüren, wie sich seine Lippen auf meiner Haut zu einem Lächeln verzogen. „Warum nicht?"

„Weil…" Oh, Gott, er war so gut darin. „Was sollen wir den Leuten sagen, wenn sie fragen, wie wir uns verlobt haben?"

Sein Kichern vibrierte in meinem Inneren und brachte mich an den Rand des Abgrunds. „Wir sagen ihnen, dass ich mit meinem Lieblingsmenschen an meinem zweitliebsten Ort auf der ganzen Welt war."

Meine Zehen kräuselten sich, als er mich zum Loslassen brachte. Es dauerte einen Moment, bis ich in der Lage war, zu antworten. „Was ist dein erster Lieblingsort?"

Ronan kroch an meinem Körper hinauf und küsste mich dabei ausgiebig. „Ich würde es dir lieber zeigen." Er demonstrierte es, indem er seinen Schwanz nahm und ihn an meinem Eingang ansetzte. Er senkte seinen Kopf in meine Halsbeuge und stöhnte, als er in mich eindrang. „Ich war schon überall auf der Welt und es gibt keinen besseren Ort als genau hier. Es ist mir egal, wo wir sind, oder ob wir im Elend leben, solange ich diese enge, feuchte Muschi habe."

Ich stöhnte auf, als er einen Rhythmus fand, der mich verrückt machte. „So ein Romantiker." Ich versuchte, sarkastisch mit den Augen zu rollen, aber er vertiefte seine Stöße, was dazu führte, dass ich aus einem anderen Grund mit den Augen rollte.

Uns fehlten die Worte, bis wir ein schlaffes, verschwitztes Häufchen Gliedmaßen auf unserem Bett waren. Am Ende habe ich nie ein neues Haus gekauft. Zumindest nicht für mich selbst. Ronan und ich hatten etwa zwei Monate nach meiner Rückkehr nach Los Angeles ein Heim direkt am Strand von Malibu gefunden.

Jeden Morgen trank er mit mir einen Kaffee auf unserer Terrasse und sah zu, wie die Wellen an den Strand schlugen. Dann fuhren wir in unsere jeweiligen Büros, wo beide Unternehmen florierten, und kamen abends zu uns nach Hause. An den Wochenenden ging Ronan surfen, während ich mich am Strand aufhielt. Ich war keine gute Schwimmerin, also sah man mich nie dort draußen, aber ich ließ keine Gelegenheit aus, ihn im Neoprenanzug zu bewundern. Als ich ihn das erste Mal auf einem Brett sah, wie er auf den Wellen ritt, konnte ich es kaum erwarten, dass er an Land kam, um mich zu reiten.

Ronan Maxwell in seinem Element im Büro, in einem Designeranzug, war eine großartige Sache. Aber nichts im Vergleich zu dem Mann, den ich zu Hause hatte. Dieser Ronan hatte eine erstaunlich große Sammlung von Band-T-Shirts und zerrissenen Jeans. Er lachte viel und liebte heftig. Nicht falsch verstehen, wir zankten uns immer noch oft, aber ich denke, das ist normal für zwei so willensstarke Menschen wie uns. Außerdem war der Versöhnungssex immer heiß. Ich habe ihm das noch nie gesagt, aber manchmal fange ich absichtlich einen Streit mit ihm an, nur um ihn zu ärgern.

„Wirst du meine Frage beantworten?"

Das Bett neigte sich, als ich mich auf den Rücken drehte, um diesen schönen Mann anzuschauen. „Was war das für eine Frage? Alles, was ich gehört habe, war eine Forderung."

Er grinste, als er sich langsam an meinem Körper hinunterbewegte. „Quinn Montgomery, willst du mir die Ehre erweisen, meine Frau zu werden?" Er nahm meine Brustwarze in den Mund, saugte und knabberte daran, bis ich mich nur noch winden konnte. Während er meinen Unterleib mit Küssen bedachte, fügte er hinzu: „Willst du meinen inneren Höhlenmenschen glücklich machen und mir erlauben, dich eines Tages zu schwängern?" Er bewegte sich noch tiefer, bis sein Gesicht wieder zwischen meinen Schenkeln war. „Wirst du mich deine köstliche Muschi für den Rest unseres Lebens verschlingen lassen?"

Ich keuchte auf, als er mit seiner Zunge über meine komplette Mitte fuhr. „Jesus, Ronan, das ist ja noch schlimmer! Das M-Wort gehört nicht in einen Heiratsantrag!"

Er blies seinen heißen Atem über meine empfindliche Haut und strich mit dem Daumen über meine

Klitoris. „Schätzchen, wann lernst du endlich, dass ich mich nicht an die Regeln halte? Ich *mache* sie."

„So ein Arschloch", murmelte ich kichernd.

„Du willst mich also dazu bringen, schmutzig zu spielen, ist es das?"

Bevor ich ihn um eine Erklärung bitten konnte, verschloss er seinen Mund über meinen Schamlippen, leckte und saugte, bis ich das gleiche Wort immer wieder schrie.

Ja.

BÜCHER VON LAURA LEE

Wicked Liars: Ein düsterer Highschool-Liebesroman

Ruthless Kings: Ein düsterer Highschool-Liebesroman

Fallen Heirs: Ein düsterer Highschool-Liebesroman

Broken Playboy: Ein Enemies-to-Lovers-Roman

Arroganter Milliardär: Ein Enemies-to-Lovers-Office-Roman

Laura Lee ist USA-Today-Bestsellerautorin von manchmal pikanten, manchmal schreiend komischen Liebesromanen. Ihren ersten Schreibwettbewerb gewann sie im zarten Alter von neun Jahren, was ihr eine Reise in die Landeshauptstadt einbrachte, um dort ihr Manuskript vorzustellen. Zum Glück für sie werden diese frühen Werke nie wieder das Licht der Welt erblicken!

Laura lebt im pazifischen Nordwesten mit ihrem wunderbaren Ehemann, zwei großartigen Kindern und drei der am schlechtesten erzogenen Katzen, die es gibt. Sie mag ihre Frucht-Smoothies am liebsten mit Rum, ihre Schränke mit Cadbury's-Schokolade gefüllt und ihre Musik laut aufgedreht. Wenn sie nicht gerade mit den Kindern herumjagt, schreibt oder Fernsehen schaut, liest sie alles, was sie in die Finger bekommt. Sie hat eine Schwäche für pikante Liebesromane, hauptsächlich für solche, die sie zum Lachen bringen!

Weitere Informationen über die Autorin findest du auf ihrer Website unter: www.LauraLee-Books.com

Du kannst sie auch gelegentlich in den sozialen Medien „arbeiten" sehen.

Facebook: @LauraLeeBooks1
Instagram: @LauraLeeBooks
Twitter: @LauraLeeBooks
TikTok: @AuthorLauraLee
TikTok: @BookTokSmuthouse
FB-Gruppe: Laura Lee's Lounge